네, 총무부 클리닉과 입니다

네, 총무부 클리닉과입니다

후지야마 모토미 **지음** 오정화 **옮김**

초판 1쇄 발행일 2024년 8월 26일

펴낸이 이숙진 **펴낸곳** (주)크레용하우스 **출판등록** 제1998-000024호

주소 서울 광진구 천호대로 709-9 **전화** (02)3436-1711 **팩스** (02)3436-1410

인스타그램 @bizn_books **이메일** crayon@crayonhouse.co.kr

HAI, SOMUBU CLINICKADESU. 1
© MOTOMI FUJIYAMA, 2022
All rights reserved.
Original Japanese edition published by Kobunsha Co., Ltd. in 2022
Korean translation rights arranged with Kobunsha co., Ltd.
through Eric Yang Agency, Inc., Seoul.

이 책의 한국어판 저작권은 EYA(Eric Yang Agency)를 통해 Kobunsha와
독점 계약한 (주)크레용하우스가 소유합니다.
저작권법에 의하여 한국 내에서 보호를 받는 저작물이므로 무단 전재 및 복제를 금합니다.

▪ 빛은책들은 재미와 가치가 공존하는 ㈜크레용하우스의 도서 브랜드입니다.
▪ KC마크는 이 제품이 공통안전기준에 적합하였음을 의미합니다.

ISBN 979-11-7121-074-9 04830

네, 총무부
클리닉과
입니다

후지야마 모토미 지음
오정화 옮김

빚은
책들

차례

제1화

지금부터 사내 회진을
시작하겠습니다

역 개찰구로 속속 출격하는 베드타운의 통근 전사들.

아침 7시 50분에 그 흐름을 거슬러 계단을 내려가기를 반복한 지도 어느새 7년. 넓은 4차선 도로 건너편 끝에 늘어선 주택들 사이에 있는 직장을 향해, 태양이 뜨겁게 내리쬐는 날에도, 매서운 칼바람이 부는 날에도, 나 마쓰히사 가나미는 이곳에서부터 20분 걸리는 출근길을 변함없이 걷는다.

물론 신발은 늘씬한 다리나 패션 따위는 안중에도 없는, 오로지 기능만을 보고 고른 트레킹화. 두 손에 무언가가 있으면 동작이 한 박자씩 늦어지는 데다가, 꼭 무언가를 떨어뜨리기 때문에 핸드백이나 숄더백은 들지 않는다. 등에 멘 건 백팩이라고 부르기에 안성맞춤인 전투적인 배낭. 이 가방이라면 도시락을 넣어도 수평이 유지되니 국물이 샐 걱정이 없어 안심이다.

'매일 마주치는 당신에게 줄곧 말을 걸고 싶었습니다' 같은 전개는 이 세상에 존재하지 않는 우주의 판타지임을 안다. 사실 16년이나 되는 긴 학창 시절 동안 단 한 번도 경험한 적이 없다. 도미노가 쓰러지듯 연속적으로 생각하면 앞으로도 그런 전개는 없다고 생각하는 게 타당하다. 그렇기에 통근 **장비**는 기능성을 중시해도 괜찮다.

"아, 죄송합니다…."

그래도 정면에서 걸어오는 사람을 여유롭게 피하기란 쉽지 않다. 걸으면서 스마트폰을 만지작거리는 것도, 이어폰으로 귀를 막고 있는 것도 아닌데 너무나도 이상하다. 더구나 오른쪽 왼쪽 중 어느 쪽으로 길을 양보할지 망설이는 사이, 노골적으로 혀를 차며 쏘아보는 시선까지 당연하다는 듯이 세트로 딸려 오니 참으로 난처하다.

반면 기어코 다가오는 이는 휴지나 전단을 나눠주는 사람들이다. 아니면 모델하우스로 이끌거나. 그리고 때때로, 어째서인지 눈이 마주친 어르신들이 내게 길을 물어본다.

내년에는 경쟁이라는 이름이 붙은 모든 것에서 승리할 마음이 조금도 없는 상태로 이십대와 결별해야 하지만 어쩔 수 없다. 그래도 즐겁게 해나가는 방법을 터득했다는 자신감은 있다.

다른 사람과 경쟁하지 않고, 싸우지 않고, 관계하지 않고, 최대한 영혼이 닳아 없어지지 않도록 할 것. 그러면 스트레스를 최소화할 수 있다. 손에 넣는 건 적어도 괜찮다. 대신 잃는 것도 최소한으로 하자. 그리고 인간으로서 상상력 넘치는 인생을 사는 것이 중요하다는 사실을 깨달았다.

상상은 영원히 자유롭고 절대로 대가를 요구하지 않는다.

예를 들면, 매일 보는 이 중간 규모의 분양 아파트. 3층 모퉁이 방에 널어놓은 빨래나 아파트 외벽보다 튀어나온 창문에 아무렇게나 쌓아둔 캐릭터 인형들. 그 모습을 보면서 거기 사는 사람의 생활을 이것저것 상상해본다.

그게 꽤나 즐겁다.

만약 내가 저기 살게 된다면 몇 년 동안 대출금을 갚아야 할까? 역시 맞벌이일까, 아니면 주부일까? 아이는 있을까? 그리고 남편은 미래에 대머리가 될까? 어쩌면 혼자서 아파트를 매입하는 시나리오일지도 모른다. 아니, 이웃에 어떤 괴물 같은 주민이 살지도 모르는데, 몇천만 엔짜리 쇼핑은 위험하기 짝이 없다. 그럴 바에야 고급 노인 요양 시설에 입주할 때를 대비해 모아두는 편이 낫지 않을까?

그런 상상을 하며 걷다 보면 도보 20분도 순식간이다. 주택가 풍경이 펼쳐지면 바로 5층짜리 사옥이 보인다.

남은 인생도 그런 식으로 담담하게 이어졌다면 정말 좋았을 텐데. 그런 생각에 저도 모르게 한숨이 새어 나왔다.

"안녕하세요."

주식회사 라이토쿠는 청소 도구 등의 미화용품을 제조하고 판매하는 회사다. 이곳은 그렇게 크지도 않고, 지바현에 자리했는데도 도쿄 에도가와구와 가까워서인지 '도쿄 본사'라는 명칭이 붙어 있다. 도쿄 후나보리와 히로시마에도 지점이 있고, 사이타마와 가나가와에 독자적인 제조 공장 세 곳과 배송 센터 두 곳을 운영하고 있으니 규모 측면에서 보면 본사라고 불러도 문제는 없다.

청소용품을 취급하는 회사인 만큼 라이토쿠 도쿄 본사의 아침은 맞은편 건물 세 채와 양옆 두 채의 부지 앞까지 직원들이 돌아가면서 쓰레기를 줍고 청소하는 모습이 일상이다.

"안녕하세여어."

"안녕하심까아."

남자 직원들이 빗자루와 쓰레받기를 든 채로 고개도 들지 않고 건성건성 인사하는 것도 여느 때와 같다. 근무한 지 7년이 지난 지금도 아주 소수만 내 얼굴과 이름을 기억하고 있지만, 딱히 신경 쓰이지 않았다. 나이 들면서 이성에게 공기처럼 취급받는다며 한탄하는 유명인의 SNS를 볼 수 있는데, 공격에 취약한 인간에게는 이 정도 분위기가 딱 좋다. 모난 돌이 정을 더 맞는 법이니 나약한 사람은 그냥 나서지 않으면 된다.

어디에서 들었는지 기억이 잘 안 나지만, '침묵의 평온'이라는 표현은 지금까지의 삶 자체를 긍정해주는 것 같아 매우 좋아한다.

그런데 그것도 오늘부터는 어림도 없다고 생각하니 절로 깊은 한숨이 나오고, 계단을 오르는 발걸음이 무거워졌다.

"아, 안녕… 하세요."

열린 문에는 낯선 간판이 붙어 있다.

총무부 클리닉과

3층 구석의 사용하지 않는 소회의실에 이 낯선 수수께끼 부서가 신설되었다.

일반직*이라도 부서 이동이 있다는 건 알고 있었다. 입사 이후 계속 총무과에서만 근무하게 되진 않을 거라는 점도 어느 정도는 고려했다.

하지만 들어본 적도 없는 신설 부서에 배속될 줄은 상상도 못 했다.

"마쓰히사 씨, 좋은 아침입니다."

---

* 일본 기업에서, 기업의 핵심 업무가 아닌 비교적 단순하고 보조적인 업무를 맡는 직무층. 부서 이동이나 전근 가능성이 낮다.

결 좋은 앞머리를 비대칭으로 길러 왼쪽 귀로 넘긴 투 블록 스타일에 담백한 외모의, 호스트처럼 생긴 이 남자는 모리 류고. 클리닉과를 새로 만들면서 수시 채용으로 입사한 36세, 과장 겸 의사다.

멍하니 쳐다보는 건지, 뚫어지게 바라보는 건지, 어쨌든 시선을 피하지 않는다.

과장이자 의사라는 존재적 위화감을 아직도 머릿속에서 반추하는 중이지만, 솔직히 과장이자 의사인데 호스트일 가능성도 있다. 덧붙이자면 의사인 만큼 흰 가운을 걸치고 있으니 잡지에 실릴 만큼 수준 높은 코스튬 플레이어 같다는 느낌을 부정할 수 없다. 그러면 과장이자 의사, 호스트에다가 코스튬 플레이어라는 다른 차원의 키메라 생물이 극적으로 탄생해 내 망상도 다원적 우주로 확장되니 곤란하다.

"아, 안녕하세요, 모리 선생님."

"편안하게 **과장**이라고 불러요."

"…네, 과장님."

왜 선생님이라고 부르면 안 되는지 모르겠다. 하지만 가명이나 예명이 있으면 그렇게 불러도 상관없다고 생각하므로, 이건 큰 문제가 아니다.

"아, 가나미 씨. 안녕하세요오."

다음으로 굵은 컬의 앞머리에 가르마를 정 가운데로 타고 안경을 낀, 살짝 가벼워 보이는 스타일의 호스트처럼 생긴 이 남자는 사나다 쇼마. 클리닉과는 있는데 약국이 없으면 의미가 없다며, 같은 공간에 신설된 '약국과'에 수시 채용으로 들어온 28세, 과장 겸 약사다.

이 사람은 기운 넘치는 막내 남동생 같다고나 할까.

물론 과장이자 약사라는 존재적 위화감을 아직도 머릿속에서 반추하고 있다. 하지만 솔직히 그가 과장이자 약사에 호스트, 코스튬 플레이어라고 해도 있는 그대로 받아들이려는 내가 더 걱정스럽다. 두 명이나 이러니 이제 어떤 다른 차원의 키메라 생명체가 있어도 어색하지 않으리라. 어쨌든 앞으로 매일 이런 두 사람과 함께 일해야만 한다는 사실은 명백하다.

"안녕하세요…. 아, 으음…."

의사는 선생님이라고 부르면 되지만 약사는 뭐라고 불러야 하는지 몰라 인터넷에 검색했더니, 약사끼리는 서로 선생님이라고 불러도 일반인은 약사에게 선생님이라고 부르지 않는 경우가 많다는 답 없는 결론에 도달했기에 고민하는 것을 그만두었다.

"쇼마라고 불러주세요. 신입이기도 하고, 후배잖아요."

"아, 그건 안 되죠…. 과장… 아니, 사나다 과장님."

회사 내에 편성된 부서이니 월급은 다른 수시 채용 직원과 똑같다는 소문이 있던데, 정말 그 금액으로 의사와 약사를 고용할 수 있나? 인력 부족은 이해하지만 신설하고자 한 부서는 바로 의료 부서다. 애초에 세 명만으로 의료 부서를 꾸려나갈 수 있는지도 걱정스럽다.

요컨대 두 사람 모두 흰 가운은 걸쳤지만 온몸에서 뿜어내는 이 세상 것이 아닌 아우라는 숨길 수가 없어서, 도저히 건실한 직장인으로는 보이지 않는다.

어쨌든 현실적으로 고용할 수 있었던 건 이 두 사람이었다는 사실을 받아들여야만 한다.

"하핫. 그럼, 가나미 씨가 편한 대로 불러주세요…. 아, 혹시 저도 마쓰히사 씨라고 성을 부르는 게 좋을까요?"

산뜻한 미소란 똑바로 바라보기 어렵다는 걸 알고 있었지만 이렇게까지 눈이 부시리라고는 생각 못 했다.

"아…. 저야말로 편한 대로 불러주시면…."

"그럼 '죄송하지만, 괜찮으시다면' 하고 말하지 않아도 괜찮죠? 가나미 씨."

게다가 이름을 부르는 방법 하나로 이렇게까지 이야기를 끌어갈 수 있다는 점이 참으로 신기할 따름이다. 이런 주제로 이만큼 대화할 수 있는 건 반을 바꾼 지 얼마 안 된 고등학생, 특히 쾌활하고 밝은 애들이 모인 그룹에만 국한된다고 생각했다.

"어떤가요, 가나미 씨?"

"네? 아, 네… 그럼요, 네."

"다행이네요. 저는 바로 상대의 울타리를 뛰어넘어 그 안으로 깊숙이 파고드는 버릇이 있거든요."

이어지는 이 대화, 왠지 모르게 굉장히 부끄럽다. 경험한 적 없는 간지러움, 이상한 호르몬이 몸 이곳저곳을 누비는 듯한 부끄러움이다.

"마쓰히사 씨, 이거요."

"네?"

그리고 무의식적으로 그러는 건지, 일부러 그러는 건지. 모리 선생님과의 거리가 믿을 수 없을 정도로 가깝다.

그저 새로운 사원증을 건네는 것뿐인데, 이렇게 가까이 올 필요는 없다고 생각한다. 이건 약혼반지를 주고받는 거리라고 해도 될 정도다. 게다가 믿을 수 없을 만큼 좋은 향기가 나는 것도 굉장히 곤란하다. 다시 말해 이 모든 게 믿기지 않아서 굉장히 당황스럽다.

"응? 무슨 일입니까?"

"아, 아뇨…. 아무것도, 아닙니다…."

"류 씨. 너무 가깝다니까."

직설적인 사나다 과장님의 대변이 너무나도 고마웠다.

"미안합니다. 쇼마가 있어서, 저도 모르게."

"아뇨, 저야말로 실례했습니다."

엉뚱한 대답이 나왔다 한들, 애초에 모리 선생님은 신경도 쓰지 않는다.

"잠깐, 왜 저 때문이죠?"

"어쩌다 보니."

"정말 그 거리감, 어떻게 좀 해봐요. 그렇게 오해받는데도 전혀 고치지 않았네."

그보다 사나다 과장님이 대화에 참여함으로써 친한 학생 무리 같은 느낌이 강해져서 더 문제일지도 모른다.

"인지 기능은 그렇게 쉽게 수정할 수 있는 게 아니야."

"가나미 씨도, 류 씨가 너무 가까울 때는 딱 잘라 말해줘요."

내가 나약한 인간이라는 것은 내가 가장 잘 안다.

그래서 얻어맞지 않도록, 튀어나온 돌이 되지 않으려고, 어느 무리에도 속하지 않고 누구의 소문에도 엮이지 않으려고 7년이나 꾸준히 노력했다. 친한 동료나 아군이 없는 대신 적도 없다. 회사에서 그런 절묘한 인간관계를 7년이라는 시간 동안 쌓아온 것이다.

"아, 네…."

그랬는데 이렇게 다른 사람의 시선을 빼앗는 두 남자와 사이가 좋다고…, 특히 이런 일에 관심 많은 여자 직원들이 그렇게 착각하면 지금까지의 노력은 모두 물거품이 된다. 일부

여자들이 초등학생 시절부터 끊임없이 이어가는, 그 불합리한 적개심으로부터 도망칠 수 없게 된다.

그것만큼은 꼭 피하고 싶다.

"마쓰히사 씨. 슬슬 안내 방송을 부탁해도 되겠습니까?"

"…네?"

새로 취임한 3대 사장이 사내 개혁 중 하나로 신설한 총무부 클리닉과와 약국과. 이는 사회의 변화와 복리후생이라는 두 가지 측면에서 사내에 병원 기능을 도입해야만 한다는 대담한 발상에서 비롯되었다. 신설 부서라는 사실만으로도 충분히 주목받는데, 그것이 부서로서 최소한이라도 기능하려면 아무래도 또 한 사람, 사무 담당자가 필요했다.

"클리닉과의 의료 사무, 첫 업무로요."

그런 의료 사무직에 어째서인지 내가 뽑혀버렸다.

물론 경험도 없고 자격도 없었다. 아무리 총무부에 속한 우리 총무과가 무슨 일이든 하는 부서라고는 하지만, 자기 계발을 할 마음이 없는 인간이 공인 자격증을 따게 될 줄은 정말이지 예상하지 못했다.

"…역시 해야겠죠."

"첫 사내 회진이니까요."

그렇게 주어진 '사외 연수'라는 명목의 유예 기간은 3개월. 아무것도 모르는 생초보가 기초부터 배워서 전국 의료복지

교육협회의 의료사무공인실무자시험*에 합격해야만 했다.

　아직도 그 글자만 보면 긴장돼서 화장실에 가고 싶어진다. 이건 회사가 지시한 명령이었다. 기본적으로 거절할 수도 없거니와 울면서 계속 거절해도 그건 그거대로 너무 과해서 눈에 띄고 만다. 만약 사람의 지혜로는 파악할 수 없는 어떤 힘이 작용하여 잘 거절했다고 해도 그 임무는 반드시 다른 누군가에게 돌아갈 것이고, 분명 그 상대에게 원한을 사고 만다. 거기다가 시험에 불합격하면 3개월이나 놀면서 월급을 받았다고 여겨질 수도 있다.

　다시 말해 낯선 세계의 공인 시험에 합격하는 선택지밖에 없었던 셈이다.

　"걱정하지 않아도 괜찮아요. 가나미 씨의 목소리는 상냥하게 들리니까요."

　집을 나오기 전부터 계속 수분 섭취를 자제했는데도 화장실에 가고 싶어 참을 수 없었다.

　하지만 시곗바늘은 곧 업무가 시작될 시간임을 알려주고 있었다.

　"연습대로만 하면 됩니다만 못 할 것 같으면⋯."

　"아뇨, 괜찮아요. 이거, 항상 이렇거든요."

　"항상⋯ 이걸?"

---

* 우리나라에는 비슷한 자격증으로 '병원행정사 자격증'이 있다.

'안녕하세요, 좋은 아침입니다. 총무부 클리닉과에서 알려 드립니다. 지금부터 사내 회진을 시작하겠습니다. 건강 고민이 있으신 분들은 부담 없이 상담해주시기를 바랍니다.'

오늘 아침까지 수없이 연습한 대사가 머릿속을 거침없이 누빈다. 단지, 접수대에 설치된 마이크만 보면 화장실에 가고 싶어 어쩔 줄 모르는 게 문제다.

이건 어렸을 때부터 있던 버릇 같은 것이다. 조금만 긴장해도 바로 이렇게 되니까 익숙하고, 아직 참을 수 있다는 사실도 알고 있다.

하지만 그래도….

"죄송한데…. 그 전에 화장실 잠깐 다녀와도 괜찮을까요?"

"그거였군요."

"아, 화장실인가요? 그럼요, 어서 다녀오세요."

이런 상태로는 대면 업무인 의료 사무를 제대로 할 수 있을 리 없다.

그런 불안이 뇌리를 스치면 방광은 더욱 자극받는다.

익숙한 회사 내부를, 익숙하지 않은 흰 가운을 입은 두 사람이 나란히 서서 당당히 걸어간다.

회사 안에서 흰 가운 차림이라는 것만으로도 눈에 띄는데, 두 사람 모두 반반한 외모다. 복도에서 스쳐 지나가는 사람들뿐만 아니라 꽤 먼 곳으로부터도 뜨거운 시선이 느껴진다. 쏟아지는 시선의 총량은 틀림없이 과거 7년 동안 내가 받은 시선의 총량을 가뿐히 뛰어넘을 것이다.

"안녕하세요오. 클리닉과 회진입니다아."

그런데도 사나다 과장님은 주춤거리는 기색 없이 안경을 쓱 밀어 올리며 웃는 얼굴로 총무과에 들어섰다. 그 미소는 영업하는 사람이 짓는 숙련된 전문가의 미소라기보다 순수한 소년의 미소에 더 가까웠다. 그 기세로 앞뒤에 큰 상자가 달린 자전거를 타고 작은 유산균 음료를 나눠주러 다니면 누구나 망설임 없이 한 병 사버릴 것이다.

"자, 류 씨도 웃는 얼굴 합시다, 웃는 얼굴."

"그렇지."

그 뒤를 모리 선생님이 아르카익 스마일을 지으며 따라갔다. 어디를 보고 있는지 모르겠지만, 왠지 모르게 누구나 자신을 보고 있다고 착각하는 모나리자 시선이다. 아침 특유의 어수선한 분위기가 단번에 착 가라앉는 것이 느껴졌다.

"어? 뭐야, 가나미잖아?"

그런 성스러운 두 사람을 방패로 이곳저곳에서 날아드는 시선 총알에서 숨으려 했는데. 총무과에서 가장 성가신 동기가 바로 말을 날려 꽂았다.

"아, 안녕, 사호."

"어, 뭐야 뭐야. 클리닉과라니, 이분들은 누구셔? 뭐가 어떻게 돼서 같이 있는 거야?"

평소와 다른 이 눈빛은 뭐지?

미팅을 잡아달라고 부탁할 때의 눈빛과도 다르고, 누군가의 남자친구를 전부 부정할 때의 눈빛과도, 자신이 모르는 신상품을 봤을 때의 눈빛과도 다르다. 이건 여러 감정이 뒤섞인, 복잡한 눈빛이다. 애초에 자리에서 일어나면서까지 다가온 데는 이유가 있을 터.

회사라는 사바나에서 살아남는 데 필요한 예민한 임팔라 센서는 내게 어서 이 자리에서 도망치라고 경고한다.

그러나 함께 산책하는 것처럼 보여도 지금은 클리닉과 업무 중. 있어도 그만 없어도 그만인 존재라고는 해도 여기서 화장실로 뛰쳐나갈 수는 없다. 그러다 보니 생각이 의료 사무 담당자가 사내 회진에 동행할 필요가 있나 하는 근원적인 문제에 도달해버리므로, 더 이상 생각하지 않기로 했다.

"아니, 왜 나, 자격증 따려고 3개월 공부했던….."

"앗, 그거구나! 뭐였지, 병원에서 사무 보는 사람, 그거."

"전국 의료복지교육협회의….."

"아, 그게 일이구나! 잠깐, 완전 로또 당첨 아니야?"

변함없이 빠른 입놀림으로 상대방의 말을 가로막는 것은 물론이고 칭찬하는 건지, 깎아내리는 건지 알 수 없는 그 말투도 여전히 건재하다. 부서 이동을 '당첨'이라고 표현하면 마치 총무과 일은 '꽝'이었다는 것처럼 들린다. 뒤집어 생각해보면 '총무과는 바쁘고 힘들지만 클리닉과는 한가해서 좋겠다'라는 의미도 포함된다. 그런 말을 사호는 목소리 크기도 낮추지 않고 너무나도 태연하게 한다.

"아직… 뭘 해야 할지 모르겠지만…."

"괜찮지 않아? 가나미의 페이스로도 가도 말야. 어차피 나도 다음 달에 그만두거든."

"어, 회사 그만둬…?"

"퇴사해."

"이직해?"

"설마. 결혼하거든."

"겨…."

세상의 모든 움직임과 소리가 멈추고, 주위 풍경이 색을 잃어버린 듯한 기분이다.

평소와 눈빛이 다른 건, 이 숨겨온 공을 던질 전조였다.

입사 동기 가운데 지금까지 라이토쿠에 남아 있는 사람은 사호뿐이다. 보이지 않는 분기점이라도 존재하듯 스물다섯, 스물여섯에 모두 이런저런 이유로 퇴사했다.

그중 사호는 입사 5년이 지났을 무렵부터 이른바 '고참' 분위기를 풍기기 시작했다. 위로는 살살 비위를 맞추고, 아래로는 강하게 나가는 그 영악한 모습은 다른 부서에서도 세면대에서 양치하는 시간에 화제로 삼을 정도다. 하지만 정말 질이 나쁜 건, 사호 본인도 그 사실을 충분히 알면서 의도적으로 행동한다는 점이다.

"…결혼, 하는구나. 추, 축하해."

"아, 미안. 가나미한테는 말 안 했나?"

같은 부서에 동기이니 대화를 나누지 않았을 리 없다. 일을 못 한다고 따가운 눈총을 받고 귀찮은 업무를 전부 떠맡으면서도 점심 식사를 같이하거나 소개팅 등은 권유하지 않을 정도의 절묘한 관계를 유지하며, 7년 동안 대화 상대를 한 셈이다. 공동명의로 아파트를 사서 함께 살지 않겠냐는 말이 나왔을 때도, 어떻게든 도망치기 위해서지만, 같이 머리를 맞대고 미래를 다시 설계했다.

그러나 결혼과 퇴사를 앞두고 있어도 알려주지 않는다. 그게 사호다.

"그렇구나…. 결혼이라니."

내일과 타인에게는 무언가를 기대하는 게 아니다.

내일이 와도 뭔가 달라지는 것은 없고, 누군가가 도와주는 일도 없다.

그러나 이것은 너무나도 청천벽력이다. 요즘 말로 하면 집중호우라고나 할까. 애초에 사호에게 결혼을 생각할 만한 상대가 있다는 사실조차 몰랐다.

"가나미는 결혼하려고 여기저기 참여하는 활동에 별 관심 없잖아."

취업 활동, 아침 활동, 결혼 활동, 임신 활동. 앞으로의 인생에서 적극적으로 활동하는 건 죽음을 준비하는 생명 활동만으로도 충분하다. 그리고 조금 더 보태 최애가 나타나면 하는 팬클럽 활동, 아니면 기껏해야 장내 세균을 정리하는 장 활동 정도다.

아무튼 이제 오늘부터는 '나에게도 그런 사람이 있었으면 좋겠어'라며, 마음에도 없는 말로 사호에게 반응해주거나 비위를 맞추는 날들과도 영원히 안녕이다. 가능하면 퇴사한 후에 청첩장을 받고 축의금을 빼앗기지 않도록 가볍게 수신 거부와 차단을 누를 수 있는, 그런 인간으로 거듭나고 싶다.

"나도 그런 사람이 있었으면 좋겠다."

반사적으로 입을 비집고 새어 나온 말에 정신을 잃을 뻔했다. 머리로는 알고 있어도 몸에 밴, 기울어진 힘의 균형의 탓인지 지금 여기서 또 비위를 맞추고 말았다.

화장실에 다녀온 지 얼마 안 됐는데 또 방광이 자극받았다.

어릴 때부터 어렴풋이 느끼고는 있었지만 이 빈뇨는 틀림없이 '나약한 마음'과 관련이 있다. 마음을 더 단단히 하면 분명 방광도 강해지리라. 방광에는 '인내'라는 글자가 어울리니, 참을성만 있으면 어떻게든 할 수 있는 장기가 아닐까?

"결혼 축하드립니다."

지금까지 아무 말 없이 아르카익 스마일을 유지하던 모리 선생님이 어느새인가 여전히 이상한 거리감으로 사호의 눈앞에 섰다.

"네? 고, 고맙… 습니다. 으음…. 모리 선생님?"

사원증을 힐끔 보고 나서 저 사호의 기가 눌렸다.

여느 때 같으면 처음 보는 어떤 상대라도 눈썹 손질이나 옷 다림질부터 구두 끝이 더럽지 않은지까지 훑듯이 평가하는 그 사호가 말이다.

"**과장**이라고 불러주시면 됩니다."

"아, 죄송합니다, 모리 과장님."

기가 꺾인 나머지 지나치게 가까운 그 거리감을 견디지 못한 사호가 결국 한발 물러났다. 괜찮은 남자를 눈앞에 두고 강제로 후퇴하다니. 사호에게는 굴욕적인 패배다.

그 모습을 보고 있던 사나다 과장님이 나를 돌아보며, 왠지 의미심장한 표정으로 엄지를 치켜세우고 하얀 이를 드러냈다. 저건 순수한 소년의 미소가 아니다. 'Good job!'이라고 칭찬해달라는 천진난만하지만 짓궂은 미소였다.

그렇다면 모리 선생님이 사호에게 가까이 가도록 사나다 과장님이 유도했다는 말인가? 설마, 지금 대화만으로 사호와 내 관계를 간파한 건가?

그런 내 동요와는 관계없이 모리 선생님의 압박은 가차 없이 사호를 덮쳤다.

"항체 검사나 예방 접종 예정은 있으십니까?"

"네?"

얼떨떨한 듯, 사호는 필사적으로 의미를 이해하려고 노력 중이다.

"웨딩 검진 혹은 필요하면 산전 검사로 홍역이나 풍진, 각종 감염병의 항체 역가를 알아두면 나쁠 건 없으니까요."

"아아, 네….."

또 한 걸음, 뒤로 물러선 사호.

"이십대에도 자궁암은 있을 수 있습니다. 인유두종 바이러스(HPV) 검사 등도 포함해 배우자 되실 분과 상담해보는 건 어떻습니까?"

"…음, 네에."

물론 의사이니 그 내용이 의학적인 게 당연하다. 하지만 그보다 모리 선생님이 이렇게 긴 문장을 유창하게 말할 수 있다는 사실에 바보 같이 놀라고 말았다.

워낙 외모가 담백한 호스트 그 자체라 종종 의사라는 사실을 잊어버린다. 모리 선생님 입에서 '웨딩 검진'이나 '산전 검사'라는 단어가 나와서 놀라움이 더욱 박차를 가했다.

"그러니까, 즉 이런 말이죠."

모리 선생님의 말이 끊긴 순간, 바로 사나다 과장님이 대화를 이어간다.

"…앞으로 한 달밖에 같이 일하지 못한다니 너무 아쉽지만, 클리닉과에서는 직원분들께 팍팍 도움이 되었으면 합니다. 그 말씀이죠, 모리 과장님?"

저 용기도 용기지만, 상대에게 닿지 않고 어디론가 날아가던 선생님의 말을 강제로 되돌린 저 능력은 그야말로 대단하다. 어쩌면 하루의 끝자락에서 지친 사람들을 능란한 말솜씨로 치유하는 일을 한다고 보는 게 타당하지 않을까?

"맞습니다. 그 말을 하고 싶었어요. 미안합니다, 실례할게요."

"네…?"

사나다 과장님의 지원에 만족한 걸까? 멍하니 있던 사호를 뒤로하고 모리 선생님은 유유히 총무과 안으로 들어갔다.

"자, 잠깐만요, 류 씨. 죄송합니다. 일하시는 데 방해했네요. 가나미 씨도, 어서요."

"네? 아, 네! 그럼, 사호. 미안, 나중에 봐."

"으응. 아… 히, 힘내."

사호가 여길 향해 손을 흔드는 순간, 신기하게도 모든 빚이 청산되는 기분이었다.

끝이 좋으면 모든 게 좋다기보다, 끝나버리면 그다음은 어떻게 되든 상관없다. 어쨌든 귀찮은 관계는 이것으로 끝. 이제부터 사호라는 존재는 내 인생에서 사라질 테니 나도 '해피엔딩'이라며 마무리하면 된다.

"처음 뵙겠습니다. 클리닉과의 모리입니다."

그런 사소하고 미묘한 마음 따위는 아랑곳하지 않고, 정신을 차리고 보니 모리 선생님은 총무과 과장님 앞에 서 있었다. 심지어 손을 내밀어 악수를 청했다.

총무과 과장님도 당황하긴 했지만, 사호와는 달리 일어서려고는 하지 않는다. 일본에서는 조금 생소한 악수에도 물론 응할 생각이 없어 보였다.

"클리닉과? 아… 능력 좋은 새로운 사장님이 돌봐준다던 부서지?"

예민한 임팔라 센서가 또다시 위험 신호를 포착했다. 그에 재빠르게 반응한 방광 때문에 미친 듯이 화장실로 뛰어들고 싶어졌다.

"거기다 꽤 젊은데…. 아, 그래, 의사 선생님이구나. 그러면 그 나이라도 어쩔 수 없겠네."

과장님은 자문자답하여 스스로 결론을 내렸나 보다.

아무리 클리닉과가 수수께끼의 신설 부서라고는 하지만 쉰을 앞두고 겨우 승진한 과장에게, 서른여섯에 본인과 같은 과장 대우를 받는 중도 입사자는 이해하기 어렵겠지. 저 세대까지는 연공서열이라는 고리타분한 일본의 경영 감각이 아직 확실하게 남아 있다.

"…그건 무슨 의미입니까?"

다시 아르카익 스마일을 띤 모리 선생님이 동작을 멈췄다.

내 방광은 더욱 자극받아 긴박해졌다.

가라앉기 시작한 분위기를 움직이기 위해서인지, 바로 사나다 과장님이 작은 목소리로 모리 선생님 귓가에 속삭였다.

"돌봐주었다는 말은 열심히 공을 들였다는 의미예요."

"그렇군. 맞습니다, 클리닉과는 사장님께서 돌봐주시는 부서입니다."

마음에 걸린 부분이 거기야? 그렇게 딴지 걸고 싶은 마음을 꾹 참고 삼켰다. 그보다 모리 선생님의 의문을 바로 알아차린 사나다 과장님에게 둘이 무슨 사인지 언젠가는 물어보고 싶다.

"그래서? 그런 클리닉과 선생님이 부하 직원들을 데리고, 오늘은 무슨 일로 오셨나?"

과장님이 싸늘한 시선을 던지는 이유도 뼈저리게 안다.

어제 업무 시간이 지나고 날아온 메일에 회신하고 오늘 해야 할 일에 쫓기느라 이 시간대는 비교적 정신없다. 하물며 부서 이동으로 생긴 결원을 충원했다는 이야기도 못 들었고, 다음 달에 퇴사하는 사호도 인수인계가 필요한 일은 맡지 않을 테지. 아무래도 인력이 둘이나 빠지면 과장님도 인사부에 강하게 말하겠지만, 지금은 그것도 불가능하다.

그러한 부정적인 감정이 응축된, 매우 밀도 높은 시선이다.

"**과장**이라고 불러주시면 됩니다."

"…예?"

모리 선생님의 이 말은 이번이 몇 번째일까?

누구나 존칭인 '선생님' 소리를 듣고 싶어 한다고 생각했다. 정치가 선생님, 작가 선생님, 변호사 선생님, 때로는 '자칭' 선생님. 그런데도 진짜 의사 선생님인 모리 선생님은 무슨 이유에서인지 과장 직함을 고집한다. 심지어 약간 기쁜 듯한 얼굴로 말한다.

"모리 과장이라고 불러주시면 됩니다."

"그, 그렇군요…. 모리 과장."

절대로 뒤로 물러서지 않는 모리 선생님에 총무과 과장님이 꺾이고 말았다. 깜빡이지도 않는 저 눈동자가 바로 앞에서 바라보면 남녀 불문하고 누구나 물러설 수밖에 없을지도 모른다.

"몸 상태는 어떠십니까?"

"예?"

사내 회진이라고는 하지만 과장님이 대답하기에 곤란한 질문이 갑작스럽게 날아들었다.

과장님이 내세울 만한 것은 '건강'뿐이다. 병결이나 조퇴하는 것을 본 적도 없고 독감이나 신종 감염병도 한 번 걸린 적 없는 데다가 검진 항목은 매년 전부 A를 받았다.

전 총무과 사람으로서 사전에 모리 선생님에게 귀띔했어야 했다고 반성과 후회에 짓눌려 있는데 옆에서 사나다 과장님이 '아이고, 저런' 하는 표정으로 서 있었다.

"아휴, 류 씨는 완전히 허둥대고 있네요."

"네에? 모리 선생님이요?"

"틀림없어요."

"저 상태가요?"

"표정이 별로 없어서 알기 어렵지만…. 저건 분명히 대학 병원의 병동 회진이랑 혼동하고 있는 거예요."

"모리 선생님이, 대학 병원에서 근무하셨나요?"

"조교수에서 그만두었지만요."

인간이란 타산적이기에, 그것만으로도 보는 시선이 살짝 바뀌어버린다.

"저 사람, 옛날에는 후생노동성 연구팀 회의에서 아카데믹한 폭력으로 꽤 높은 사람들을 때려눕혔다니까요? 그런데 왜 이런 회진으로 긴장하는 걸까요?"

"후생노동성?"

"놀랍죠? 조교수 때 겸직했었대요."

조금 더 친해지면, 아카데믹한 폭력이 무엇인지도 물어보고 싶다.

"…그런 사람도 긴장이란 걸 하는군요."

라이토쿠 총무과에서 긴장하는 이유는 잘 모르겠지만, 모리 선생님이 왠지 사람답게 느껴져서 안심했다. 무엇에 긴장하느냐는 사람마다 다르니까.

그런데 조금 전까지만 해도 재빠르게 선생님을 도와주던 사나다 과장님이 지금은 왜 움직이지 않는 걸까? 확실하게 선을 긋는 저 감각을, 언젠가는 커피라도 마시면서 부담 없이 물을 수 있는 사이 정도는 되고 싶다.

"괜찮아요. 아직 류 씨가 혼자서 대화를 이어가고 있어요."

"저… 혹시 제가 소리 내어 말했나요?"

"하하. 제가 맞혔나요?"

예민한 임팔라 센서로 회사라는 이름의 사바나에서 살아남을 자신이 있었는데, 차세대 커뮤니케이션 몬스터에게는 이길 수 없나 보다.

그 와중에 모리 선생님은 사나다 과장님의 예상대로 아르카익 스마일을 지으며 다음 대화로 나아가는 데 성공했다.

"무엇이든 부담 없이 상담해주셔도 좋습니다."

"뭐냐, 그건가…. 선생님은 산업의랑 비슷한 건가요?"

"아뇨, 저희는 의료 기관입니다."

"어허…. 역시, 사내 부서가 아니었구만."

"아니요. 부서이기도 하면서 독립된 의료 기관으로도 신고되어 있습니다."

누구나 느끼는 신기함에 총무부 과장님도 고개를 갸웃거렸다.

"저희 클리닉과는 시(市)에 신고하여, 의료 시설로 인정받은 '사내 부서'입니다. 검사, 진단, 치료는 물론, 약국과도 있어서 처방도 할 수 있습니다."

"아하… 으음… 그렇군요."

"그리고 저는 **과장**이라고 불러주시면 됩니다."

모리 선생님이 갑자기 말을 많이 하는 타이밍을 예상할 수 없다. 예측할 수 있는 건 '선생님'이라는 호칭을 어색해한다는 것 정도. 옆에서 만족스럽게 보고 있는 차세대형 센서가 달린 사나다 과장님은 이것도 훤히 내다보고 있었나?

"하지만 그거 아닌가요? 자비로 진료해야 하는…."

"보험 진료입니다."

"근데 그러면 원래 가던 병원에 가면 되는데요."

"신종 바이러스 감염증의 세계적인 유행으로 '주치의'가 있는 사람이 많지 않다는 문제점이 드러났습니다. 최근에는 오후 6시 이후에 진료하는 병원도 많아졌지만, 회사 내에 있는 의료 기관보다 편하고 좋은 곳은 없다고 생각합니다."

"하지만… 뭐, 그렇긴 하네요."

"게다가 복리후생 정책으로 회사에서 환자 부담액의 절반을 부담합니다."

"절반? 처음 듣는 시스템인데."

"이는 '모든 직원에게 건강과 복지를'이라는 사장님의 방침입니다."

"아, 예예. 새로운 사장님의, 또 **그런 계열**의 이야기군요…."

어쩔 수 없다는 듯이 한숨을 내쉬는 건강 우수자 총무과 과장님.

혹시 새로운 사장 때문에 다른 일로 골머리라도 앓고 있나?

"그런 계열이라니, 무슨 의미인가요?"

"아니, 아마 잘 모르시겠지만…. 이번에 새로 온 사장님은 조금 특이한 분이랄까, 천재적인 기질이랄까? 대단한 경력의 소유자던데, 어떤 부분은 이야기를 따라가지 못하겠더라고요."

"그렇군요. 말이 빠르다면 빠른 편일 수도 있겠군요."

이야기를 따라가지 못하는 건 속도의 문제가 아니라고, 사나다 과장님은 설명을 덧붙이지는 않았다. 이 개입과 비개입의 선 긋기 역시 차세대형 센서의 성능일까?

"우리 총무과도 다음 달에 한 명이 그만두는데. 인사부에서 '재고용 증명서'라는, 들어본 적도 없는 서류를 보내서…. 인력 충원이 어떻게 될지 몰라 난감하거든요."

"그렇군요."

"혹시, 들은 적 있어요?"

"아뇨, 없습니다."

총무과 과장님의 얼굴에 '뭐야, 들은 적 없어?'라고 쓰여 있었지만 사나다 과장님도 같은 표정이었다.

"출산 휴가와 육아 휴직 후 복직은 말할 것도 없고, 여러 이유로 직장을 **퇴사**해도 마찬가지라고요. 돌아올 의지가 있으면 시기와 관계없이 재고용을 보장한다던데."

"그렇군요. 그건 '일하는 보람과 경제 성장을 동시에'라는 것이겠네요."

"그건 잘 모르겠지만. 올해부터는 '개인 학습 경비'라는 것도 인정된다고 하고, 무슨 생각을 하시는 건지, 보통 사람은 아예 이해를 못 하겠어요."

"그건 '모두에게 수준 높은 교육을'이겠네요."

'그건 잘 모르겠고'라는 말풍선이 총무과장의 입가에 보이는 듯했는데, 나도 완전히 같은 의견이었다. 어쩌면 과장님과는 총무과에서 잘 지낼 수 있었을지 모른다.

"경리부도 잡무가 늘어나서 힘들겠지만…. 그 대신 반복 업무를 외주로 뺐으니 우리 총무과보다는 복 받은 거지."

그렇게 따끔하게 비꼬는 것을 보니, 역시 앞으로도 과장님과 원만하게 지내기는 어려웠을 거라고 새삼 느꼈다.

"뭐, 훌륭하신 분들의 생각은 잘 모르겠지만…. 아무튼 무슨 일이 있으면 찾아가겠습니다."

"그러신가요. 여러분도 잘 부탁드립니다."

책상이 중앙에 마주 보는 형태로 섬처럼 배치된 총무과를 돌아보며, 마침내 모리 선생님이 가볍게 손을 흔들었다. 이건 어느 각도에서 봐도 굉장히 고귀한 사람이다. 어딘가에서 작은 감탄사가 터져 나오는 것도 어쩔 수 없는 일이다.

그래도 자기 뜻과는 상관없이 따라다닐 수밖에 없는 약 서른의 이 불쌍한 빈뇨인에게, 바라건대 빗나간 증오는 품지 않았으면 한다. 그렇지 않으면 누군가의 시선을 받을 때마다 화장실의 고립된 칸으로 뛰어가고 싶은 충동이 계속되리라.

"자자, 류 씨. 회진이 늦어질 것 같아요."

"그렇네요. 그럼 마쓰히사 씨, 이 층에는 또 어떤 부서가 있습니까?"

"네?"

이것으로 사내 회진이 끝난다고 언제부터 착각하고 있었던 걸까?

무엇에 긴장하는지는 사람마다 다르지만, 나도 화장실 신호가 찾아오면 왠지 모르게 한심해진다.

"다음에 방문할 부서입니다."

"아, 음, 그러니까… 저, 죄송한데요… 모리 과장님."

"지금은 사과할 게 없는 것 같은데."

"그게 아니라, 저… 잠깐… 화장실을….."

두 사람의 침묵이 화장실로 뛰어가고 싶은 마음에 가속페달을 밟게 했다.

빠른 걸음으로 뛰어들면 아마도 늦지는 않을 것이다.

"그렇군요. 그렇다면 저도 가겠습니다."

"…네?"

"저기, 잠깐. 저만 두고 가는 건 아니잖아요."

"네?"

'십대 여자야?'라고 따지고 싶은 것을 꾹 참고 삼켰다. 나이 먹을 만큼 먹은 남녀 셋이 모여 회사 화장실로 향하는, 약간 초현실적인 상황에 웃음이 터져버렸다.

그런 느슨한 마음이 방광까지 방심하게 만들어, 곤란하다고 말할 여유조차 없다.

"있지, 쇼마."

"응?"

"왜 '화장실에 간다'고 말하는 거지?"

"뭐? 무슨 말이에요?"

"아니, 이런 상황 말이야."

"혹시 '볼일 보러 간다'고 하지 않는 거요?"

"맞아. 소변보러 가는 거면 '볼일'이라고 하면 되는데….
혹시 대…."

"안 돼, 안 돼! 스톱! 그거 여자 앞에서 할 소리는 아니잖
아."

'앗!' 하며 눈을 크게 뜬 모리 선생님.

나이 먹을 만큼 먹은 어른이니, 그런 부분은 신경 쓰지 않
아도 되는데.

"정말 미안합니다."

"아, 아뇨…. 저는 딱히."

"가나미 씨, 미안해요. 류 씨가 나쁜 사람은 아닌데…."

"아직 만난 지 얼마 되지 않았는데, 제가 너무 스스럼없이
굴었습니다…."

"저, 그건 괜찮은데요…."

오히려 이런 대화를 나누다 보니 마음도, 방광도 더 느슨
하게 풀어져 위험하기 짝이 없다. 심지어 지나가는 사람들의
호기심 어린 강렬한 눈빛까지 더해져, 방광이 한계에 다다른
탓에 종종걸음이 되고 말았다.

그렇게 어째서인지 세 명이 나란히 화장실까지 경보했다.

이 진묘한 광경이 제발 우스워 보이지 않았기를.

◆

기다리게 할 수도 없고, 절차를 생략할 수도 없고.

지금껏 경험한 적 없는 속도로 화장실 볼일을 끝내고 다음은 제3상품개발부로 향했다.

이곳은 IT 디지털 부품을 담당하는, 통칭 '삼상'이라고 불리는 부서다. 네 명뿐인 적은 인원에 밝은 실내는 사무실이라기보다 가젯(gadget)*을 매우 좋아하는 이과 남자들이 모여 방을 점거한 느낌이다. 총무과 시절, 삼상에서 요청한 비품이 너무 특이해서 긴 제품 번호를 몇 번이나 확인한 후에야 겨우 주문했던 기억이 있다.

"안녕하세요! 클리닉과 회진입….”

"앗, 사나다 씨! 그거 스마트 안경 아니야?”

들어온 지 2초 만에 머리가 희끗희끗한 남자 직원이 뛰쳐나왔다. 그게 신호가 되었는지 모니터 앞에 앉아 있던 세 명이 순식간에 사나다 과장님을 에워쌌다.

"우와, 부럽다! 그거 포칼사 제품이네.”

"망막 투영하는 그거! 초점 거리는 어떻게 조정하지?”

---

* 혁신적인 기술이 적용되어 크기가 작아지고 성능이 뛰어난 작은 기계 장치나 도구, 부속품.

"스마트폰을 경유하는 방식이면 처리 속도가 느려지지는 않나?"

네 사람은 나이도 경력도 모두 제각각이다. 대학 졸업 이후 라이토쿠 한길만 걸어온 사람도 있고 시내의 작은 공장에서 이직한 사람도 있다. 그런데도 사내에서 가장 의사소통이 잘 되는 부서로 꼽히는 이유는 '취미의 연장선에 업무가 있는 느낌' 덕분인 것 같다.

"다들 대단하신데요? 이렇게 빨리 들킬 줄은 몰랐어요."

"조금만, 아주 조금만 볼 수 있을까?"

"나도! 나도 한번 써보고 싶네."

"엄청 멋있네, 이거. 진짜 그냥 안경으로밖에 안 보여."

"사나다 씨 자택에 있는 IP카메라는 어디 제품이랬지?"

대화 내용을 대충 정리하자면, 주제는 아무래도 사나다 과장님의 안경 같다. 물론 스마트 안경이 정확히 무엇인지는 모르겠지만 적어도 삼상 사람들이 흥미진진하게 달려들 만한 가젯이 분명하다.

다만 이해할 수 없는 건, 이들이 이미 사나다 과장님을 안다는 점이다.

"참, 모리 과장! 사내 각 부서의 수치와 상황은 어땠어?"

혼자 묘하게 격양된 한 사람이 갑자기 떠올랐다는 듯 모리 선생님을 돌아보았다.

"안녕하세요. 대체로 예상한 대로였습니다."

이야기에 뒤처지거나 대화에 끼어들지 못하는 상황에는 익숙하다.

하지만 모리 선생님이 당연한 듯 자연스럽게 이들과 어울릴 수 있는 이유는 무엇일까? 사내 회진은 오늘이 처음일 텐데, 마치 삼상 사람들과는 미리 회의라도 한 것처럼 말이다.

그런 모습을 관객이 되어 먼발치에서 바라보는데 갑자기 선생님이 손짓하며 불렀다.

"마쓰히사 씨, 잠깐 이것 좀 봐줄래요?"

"아, 네!"

선생님의 부름에 모니터 앞으로 다가가자, 더 가까이 와서 보라는 듯 자연스럽게 등 뒤로 손을 돌렸다. 그 스마트하고 유려한 동작에 아무런 의도가 없다는 것을 알면서도, 혼자 제멋대로 날아오를 정도로, 특별 대우를 받는 착각에 빠지고 만다.

주위에 있던 삼상 사람들도 그 분위기에 휩쓸렸는지, 얼른 모니터 앞까지 쫙 길을 열어준다. 마치 시찰 나온 왕이 된 듯한 기분에, 하마터면 '알았노라'라는 소리가 나올 뻔했다.

"이것 좀 보시죠."

저 반짝이는 눈동자에 어떤 반응을 보여야 할까? 모니터에는 방 배치도처럼 구분 선이 그려져 있고, 그 안에 숫자 몇 개가 떠 있다. 숫자들은 신호등처럼 빨강, 노랑, 초록으로, 어떤 의미를 담아 경고하는 것처럼 보였다.

"이건 사무실 안의 공기 상태를 집중 관리하는 모니터입니다. 삼상 여러분이 협력해주셔서 덕분에 네트워크를 관리할 수 있게 되었습니다."

"에어컨인가요?"

"아뇨, 멀티 센서입니다."

"…센서요?"

"실내 온도, 습도, 이산화탄소 농도를 동시에 측정하는 사각형 센서죠. 각 부서 벽에 붙어 있습니다."

"아, 그런…?"

물론 그런 장치를 간파할 여유 따위가 있었을 리 없다.

총무과 회진 중에는 그저 화장실에 가고 싶다는 생각밖에 없었다.

"여기를 봐요."

"앗…!"

함께 모니터를 들여다보는 상황인 게 맞지만, 변함없이 모리 선생님의 얼굴은 너무 가깝다.

"…어디 안 좋습니까?"

"아뇨, 전혀요."

게다가 반대편에서 사나다 과장님까지 모니터를 보고 있

으니, 이것은 그야말로 미남 호스트 샌드위치. 그들 사이에 끼어 얼굴이 뜨거워진다는 의미에서 따뜻한 샌드위치라고 말할 수도 있겠다. 만약 밤의 신주쿠였다면 돈을 얼마나 내야 할지, 가본 적도 없는 호스트 클럽을 상상해버렸다.

"가나미 씨, 가도 괜찮아요!"

"아…. 역시 제가 방해되죠?"

"네? 아니, 화장실 가고 싶은 것 같아서."

두 사람 사이에 끼어 묘한 상상을 하고 있었다고는 목에 칼이 들어와도 말할 수 없다. 그런 상황에서 화장실 신호까지 챙김받다니, 사나다 과장님에게는 송구스럽기 짝이 없다.

"아, 감사합니다…. 아직은, 괜찮아요."

"신경 쓰지 말고 꼭 말해요."

전혀 의식하지 않았는데 그런 말을 들으면 더 신경 쓰여 곤란하다. 여기에서는 계단을 내려간 2층 화장실이 더 가까울 듯하다.

그런 내 걱정은 아랑곳하지 않고, 모리 선생님은 모니터를 가리키며 말을 이었다.

"여기는 아까 회진을 돌았던 총무과. 표시는, 실내 온도 26도, 습도 58퍼센트이니 초록색. 실내 열사병은 걱정하지 않아도 됩니다."

"실내에서도 열사병에 걸리나요?"

"열사병은 어떤 장소에서든 발생합니다. 온도, 습도, 그리고 주변에서 쏟아지는 열까지 세 가지 요소가 갖춰지면 말이죠. 가령 지하철 안에서 온도와 습도가 올라가고, 체온 36도의 열원인 사람들에게 둘러싸이면 얼마든지 열사병을 일으킬 수 있습니다. 거기에 개인적인 피로, 탈수 경향, 식사 부족으로 인한 저혈당, 수면 부족 등이 더해지면 간단히 '요구조자'가 생기는 거죠."

어떤 스위치가 켜졌는지는 잘 모르겠지만, 모리 선생님은 자세히 설명해주었다. 알아두면 도움이 되는 토막 지식 같은 이야기라 특별히 어렵지 않아 삼상 사람들도 흥미롭게 듣고 있다. 모리 선생님은 모나리자 시선과 아무 말 없는 아르카익 스마일보다 이런 모습이 훨씬 잘 어울린다.

"지하철에서 사람이 쓰러지는 건 열사병 때문이군요."

"물론 모두 그런 건 아닙니다. 하지만 장마부터 가을까지, 특히 비가 오고 습도가 높을 때 꽤 자주 볼 수 있죠."

"그러고 보니 류 씨는 요구조자와 마주치는 확률이 꽤 높지 않나요?"

"…꼭 그렇지만은 않은데."

반대편 사나다 과장님도 대화에 참여하면서, 진정한 의미로 따뜻한 샌드위치 상태가 되었다.

이건 따뜻하다 못해 너무 뜨겁다. 그렇다고 여기에서 혼자만 얼굴을 뒤로 쏙 빼는 것도 이상하다. 세상에 나온 지 29년, 이건 너무나도 낯선 상황이다.

"아니, 안 그래요? 가나미 씨, 드라마 같은 데서 종종 나오는, '혹시 이 안에 의사나 간호사, 안 계십니까?'라는 안내 방송 같은 거 들은 적 있어요?"

"아, 없죠, 없어요."

"여러분은 어때요?"

삼상 사람들에게도 신경 써서 물어보는 걸 보면 상냥한 사나다 과장님은 분위기를 아우르는 능력이 정말로 뛰어나다. 흔히 말하는 '경험이 많다'라는 게 이런 걸까? 이렇게 눈 깜짝할 사이에 모리 선생님의 진지한 이야기도 흥미로운 에피소드로 바꿔버린다.

"저는 예전에 류 씨와 시즈오카의 야이즈로 초밥 먹으러 갔을 때, 신칸센에서 처음 들었었거든요."

"차내 방송이었나요?"

"네. 방송이 나오는데 옆에 있던 류 씨가 평소랑 다를 바 없는 얼굴로 자리에서 일어나면서, '잠시 다녀올게'라고 말하는 거예요. 그때 주위 사람들이 작은 목소리로 뭐라고 한 줄 알아요?"

"아뇨, 상상이 안 가네요."

"다들 '저 사람, 의사야?', '그냥 화장실 가는 거 아니야?'라면서 의사라는 걸 전혀 안 믿더라고요."

"앗…. 뭐, 그건…."

삼상 사람들이 고개를 숙인 채 소리 죽여 웃고 있었다.

사나다 과장님의 말에 뭐라 대답하기는 어려웠지만, 그 승객들의 마음도 잘 알 것 같다. 모리 선생님의 사복 취향이 어떤지는 모르겠지만 적어도 흰 가운을 걸치지 않은 상황일 터. 설마 이 얼굴과 분위기로 의사라고는 누구도 바로 믿지 못했을 것이다.

"류 씨, 그때 어떤 환자였죠?"

"알코올의존증이 있는 분이 식사를 충분히 하지 않고 술을 마신 채 신칸센을 탄 거야. 저혈당으로 의식을 잃었길래 차내 매점에 가서 스틱 설탕을 받아와 먹인 것밖에 없어."

상상했던 전개와는 다른 무거운 이야기에 조금 당황했다.

"그거 말고도 차내 방송 경험이 꽤 있었잖아요."

"그렇게 많지는 않아. 도호쿠로 가는 신칸센에서 초등학생이 무열성 경련을 일으켰을 때랑, 또 무슨 일이었는지는 잘 모르겠지만 현장에 가보니 이미 뇌외과 의사와 순환기 의사, 간호사까지 있어서, 오히려 통로에서 방해만 되니 아무것도 하지 않고 그냥 돌아왔을 때 정도?"

그 정도면 꽤 많다고 할 수 있지 않을까?

동시에 의료진이 같은 열차에 함께 탄 경우가 이렇게나 많다는 점도 놀라웠다.

"그리고 류 씨가 자동차에서 신호를 기다리는데 바로 앞 횡단보도에서 자전거를 탄 아이가 굴러 넘어져서, 같이 구급차를 타고 이송한 적도 있었지?"

"이마의 열상이라고는 하지만 출혈이 심했고, 초등학교 5학년인데 글래스고 혼수 척도(GCS)*도 3-4-4로 미묘했으니, 당연히 가야지."

매우 진지하게 중증도를 분류하고 있는 듯한데, 어느 정도까지가 당연한 걸까?

"그리고 그때, 아파트 옆집 남자가 피를 토해서 구급차를 불렀을 때도, 구급대원에게 지시하면서 처치했잖아요."

"그건 이웃 사이에 당연한 거 아니야?"

이웃과 교류하는 정도가 너무 남다르다.

"역 개찰구를 지나는데 앞에 있던 사람이 쓰러져서 역사에서 도움을 준 적도 있고."

"그런 것까지 기억하다니. 그때는 그 남성이 밥을 먹어야 할 돈까지 도박으로 탕진해서 탈수와 저혈당으로 쓰러졌는데, 다른 질환은 없는지 문진하고 의식 상태를 진찰했을 뿐이야."

뭐라고 해야 할까, '인생은 새옹지마'라고 말할 수밖에 없

---

* 의식 장애를 평가하기 위한 임상적 점수 척도. 눈뜨기, 운동 반응, 말하기를 평가한다.

는 이야기였다.

솔직히 모리 선생님이 상당한 '끌어당기는 힘'을 가진 것 같긴 한데, 의사라면 이 정도 에피소드는 당연한 걸까?

"가나미 씨, 어때요? 류 씨는 정말로 '사건 연루 하이 레벨'이라고 생각하지 않아요?"

아마도 높은 확률로 사건에 휘말리지 않느냐는 의미다. 솔직하게 웃어도 되는지 고민스러운 부분이기도 하다.

"그건 어찌 되었든 다시 원래 이야기로 돌아가자면…."

모리 선생님의 다양한 에피소드를 더 듣고 싶었지만, 어쩔 수 없다. 삼상 여러분도 그렇게 아쉬운 표정 짓지 말고 다음 번을 기대하자고요.

"어? 그래서 무슨 얘기를 하다 말았지?"

"각 부서에 설치한 공기 상태 센서 얘기."

"아, 맞아, 맞아. 이 모니터로 실내 이산화탄소까지 집중 관리하고 있다는 이야기였죠."

사나다 과장님에게는 감사할 수밖에 없다. 솔직히 무슨 이야기를 하고 있었는지 까맣게 잊어버렸다. 무슨 일이 있어도 절대 물어볼 수 없다고 생각하던 참이었다.

"총무과의 이산화탄소 농도는 1000피피엠을 넘었으니 노란색, 즉 환기가 충분하지 않음을 한눈에 알 수 있어요."

난 세상에 나온 지 29년 동안 한 번도 이산화탄소 농도를 의식해본 적이 없다.

"이산화탄소도 열사병과 관련이 있나요?"

"아뇨. 건축물 환경위생 관리 기준으로 정해져 있어서 1000피피엠을 넘지 않도록 환풍구나 창문을 열어 관리해야 합니다. 특히 신종 바이러스가 세계적으로 크게 유행한 이후에는 감염병을 대비하는 방법으로 가정에서도 '환기'가 주목받았죠."

"확실히 요즘 '환기'라는 표현을 자주 듣는 것 같아요."

"실내 이산화탄소 농도가 1000피피엠을 넘으면 나른함, 졸음, 두통, 이명, 답답함 등이 느껴져도 이상하지 않습니다."

"와아…. 증상이 그렇게나 많군요."

"참고로 시중에 판매하는 측정기로 테스트해보면 알 수 있는데, 약 3평 정도의 방에 두 명이 있으면 1000피피엠은 금방 넘습니다."

"그렇다면 지금 총무과는…."

"자신도 모르는 사이에 개인이 본래 발휘할 수 있는 능력치가 떨어졌을 가능성이 있습니다."

그렇구나, 그래서 총무과에서 나는 제대로 실력을 발휘하지 못했나 보다. 졸음이 쏟아지는 게 당연했네 하고 말하고 싶지만, 기본적으로 능력치가 그리 높지 않다는 것은 나 자신이 가장 잘 안다. 졸린 건 항상 식사 후였으니, 아마 이산화탄소와는 무관할 것이다.

하지만 어쩌면, 이산화탄소 농도가 낮았다면 더 잘할 수 있었을지도 모른다. 그런 의혹도 이 모니터가 있으면 밝혀낼 수 있다.

"어쩌면….."

"왜 그래요, 마쓰히사 씨?"

"아, 아무것도 아닙니다….."

진실을 모르는 게 더 나을 때도 있다. 인간이란 존재는 진실을 아는 것이 모두 행복으로 이어진다고는 할 수 없다.

"앞으로 각 부서의 모든 단말에 위젯으로 표시하여 사람들이 사무실 공기 상태를 알 수 있도록 삼상 여러분께 네트워크화를 부탁드렸던 겁니다."

"그래서 삼상에 계신 분들과 이미 안면이 있으셨던 거군요."

"상품화하기 전에, 가급적 빨리 회사 내에 설치하고 싶었습니다. 실제로 이산화탄소 농도가 노란불인 총무과에서는 시미즈 씨와 우치다 씨가 하품하고 있었습니다. 이제 막 업무를 시작한 아침이라고는 하지만, 다카노 씨도 나른해 보이는 게 신경 쓰이네요."

"네….?"

"응? 바로 앞 책상에 있던 시미즈 씨, 서류 캐비닛 근처에 있었던 우치다 씨, 그리고 우리와 엇갈려서 나간 다카노 씨."

"…선생님, 어떻게 모두의 이름을 알고 계세요?"

"이 회사는 모든 직원이 목에 사원증을 걸고 있던데요."

설마, 아르카익 스마일에 모나리자 시선으로 멍하니 바라보는 동안 총무과 전원의 이름을 기억하는 게 가능한가?

"가나미 씨, 류 씨는 그런 거 잘해요. 눈으로 본 무언가를 기억하는 뇌 안의 시스템이 우리와는 다르대요."

"그건 초능력이잖아요!"

"초능력과는 조금 다르지만…. 그렇다면 류 씨, 총무과에서 안경을 쓴 사람은 누구죠?"

"아오야기 씨, 모리모토 씨, 사에키 씨, 요시카와 과장."

"어때요, 맞았나요?"

"…우와."

믿기 어려웠지만 모두 정답이다.

그렇다면 저건 모나리자 시선이 아니라 슈퍼 메모리가 탑재된 이글 아이다.

"모리 과장님! 대단한 능력인데요!"

삼상 사람들도 깜짝 놀란 듯했다.

"부러워. 나도 그런 초능력이 있었으면 좋겠어."

"초능력과는 다르겠지. 뭐냐, 쉬지 않고 두뇌 훈련을 해서 단련하는, 그런 거 아닐까?"

"새로 온 사장님이 인사부도 거치지 않고 직접 데려왔으니, 역시 엄청난 사람 아니에요?"

마지막 한마디에 다시 한번 임팔라 센서가 반응했다.

"저… 모리 선생님은 사장님과 아는 사이인가요?"

"글쎄요. 그냥 아는 사이라기보다 몇 안 되는 친구라는 표현이 더 맞을 것 같군요."

그냥 아는 사이보다도 깊은 관계였다.

"그렇다면 사나다 과장님도…?"

"저요? 류 씨를 통해서 같이 술자리를 한 것뿐이에요."

술친구였다.

두 사람 모두 사장님과 친분이 매우 두터운 사이. 스마트하게 표현하면 '헤드헌팅'인데, 흔히 말하는 '낙하산'과는 다른 걸까?

낙하산 입사 자체는 드물지도 않고, 거기에 아무런 거부감도 없다. 수수께끼 부서인 클리닉과가 사장님 혼자만의 생각으로 신설된 것도, 그런 클리닉과에 입사한 두 사람이 인사부조차 거치지 않은 사장님의 독단적인 결정이었다는 것도 크게 문제라고 생각하지 않는다.

다만 문제는 **회사 내에 단 한 사람, 그런 클리닉과로 부서 이동을 한 인물이 있다**는 것. 심지어 그 완전 생초보는 3개월이나 직무에서 벗어나서 의료 사무 공인 자격을 취득했다.

그게 왜 문제냐면.

"그러면 그거군요! 총무과에서 클리닉과로 이동한 마쓰히사 씨도 분명 대단한 사람이겠네요!"

"그렇구나. 지금까지 잘 모르는 총무과 직원이었는데, 그런가 봐요."

"3개월 공부해서 한 번에 시험에 합격했잖아요!"

"우와! 정말요?"

사람들은 이렇게 생각하는 것이다.

누구의 연줄도 없이 조용히 라이토쿠에 입사한 뒤로 눈에 띄지 않게 바람 불지 않는 7년을 쌓아왔다. 그런 내가 클리닉과라는 독특한 부서의 의료 사무라는 독특한 자리로 이동하면서, 모리 선생님이나 사나다 과장님처럼 호기심과 의심 어린 눈길을 받게 되었다.

"저, 전혀요! 저는 그냥 평범한 사람이에요!"

"특별한 분이라고 들었습니다."

"서, 선생님!"

"적재적소죠."

"사나다 과장님까지!"

그때 왜 그렇게나 필사적으로 성실하게 공부한 걸까.

솔직히 너무 힘든 탓에 울며 공부하긴 했다. 시험이라는 명칭이 붙은 것을 마지막으로 본 건 입사 시험이다. 공부하는 시험은 학생 이후로 처음이었다. 그런데도 다른 사람에게 이 역할이 돌아가서 원망받을까 봐 두려워 결국엔 벽돌 같은 의과 진료 보수 점수표 책에 수많은 인덱스 라벨을 붙이고, 의료 사무 강의 교과서에 끊임없이 형광펜을 그었다.

그리고 얻은 것이 이런 불편한 호기심의 눈빛이라니, 수지 타산이 맞지 않아도 너무 안 맞는다.

"그러면 여러분, 아직 회진이 아직 남아서요. 다음에 또 뵙죠."

"어라? 가나미 씨, 왜 그래요? 이제 가게요?"

"아, 네에⋯."

회사 안에서 쌓아온 평온한 생활은 분명히 무너지기 시작했다. 이제 앞으로는 전혀 다른 세계가 펼쳐질 테고, 좋든 싫든 변화의 파도에 휩쓸렸다. 이제 와 사호만이라도 곁에 있길 바라는 나 자신이 애처로웠다.

당장 가까운 화장실로 향해야만 한다는 것은 말할 필요도 없다.

이렇게 화장실이 급한 건 입사 이후로 처음이다.

오전 시간 대부분을 라이토쿠 도쿄 본사에 있는 모든 부서를 회진하는 데 사용했다.

모리 선생님은 가히 위협적인 수준의 기억력을 발휘해, 각 부서의 공기 상태와 직원들의 모습을 모두 확인했다. 눈을 의심할 정도의 속도로 스마트폰 키보드를 두드리며 계속해서 삼상 부서에 정보를 전달했다.

아무래도 오늘 회진은 각 부서의 공기 데이터와 실제 모습을 비교하려는 목적도 있는 것 같다. 클리닉과의 얼굴을 알리는 목적 이외에 의학적 의미가 있어 다행이라 여기면서도, 한편으로 이 정도는 산업의로도 충분할 것 같다는 생각을 지울 수 없다.

커뮤니케이션 몬스터인 사나다 과장님은 각 부서와의 첫 만남 자리를 부드럽게 만들며, 처음부터 끝까지 모리 선생님의 보조 역할로 일관했다. 하긴 사나다 과장님이 없으면 모리 선생님이 충분히 기량을 발휘하지 못할 것 같으니 필요하다면 필요하겠지만, 그렇다고 약사일 필요가 있는지 사실 마음이 혼란스럽다.

그보다 이 회진, 매일매일 계속하는 걸까?

"…아직 3시구나."

원래 소회의실이었던 공간에 만든 훌륭한 접수대와 그 안에 설치된 완전 새 제품인 진료 보수 청구 기기의 모니터와 키보드. 평소 하던 대로 싸 온 도시락을 혼자 먹고 난 뒤 가만히 앉아 두 시간. 진찰권을 만들거나 보험증을 확인할 일도 없고 그저 열릴 기미가 보이지 않는 입구 문을 계속 바라보고 있었다.

이런 식이라면 무릎 위에 올려둔 '부적 손수건'을 계속 쥐고 있지 않아도 될 듯하다. 부적이라고 해서 누군가의 유품이나 영험한 곳에서 산 물건 같은, 그런 특별한 게 아니다. 부적으로 삼는 조건은 오직 하나, '타월 손수건'이라는 것뿐이며 가격도 브랜드도 상관없다.

이 부적이 주는 보상은 마음의 평화.

반대로 타월 손수건이 없으면 모든 상황에서 불안감이 증폭된다.

이유는 잘 모르지만, 어릴 때부터 타월 손수건을 쥐고 있거나 그럴 수 없을 때는 무릎 위에 올려놓기만 해도 마음이 편해졌다. 무적 상태가 되는 건 아니어도 화장실을 가는 횟수가 크게 줄어든다. 가방 안에 넣으면 크게 효과가 없는데 주머니에 넣고 있으면 그것만으로도 마음이 편안해지니 너무나도 신기하다.

"가나미 씨, 지금 공기 상태 별로인가요?"

"으음… 아뇨, 딱 좋습니다."

"뭔가, 추운가 해서요."

그렇게 말한 사나다 과장님이 무릎 위에 올려둔 손수건을 가리켰다.

설명하기가 번거로워 지금까지는 대체로 '몸이 찬 체질'이라고 둘러댔다. 언젠가 무릎 위로 올라오는 치마를 입지 않았을 때도 그랬더니 사호에게 '치마 속을 보이는 게 싫은 거야, 아니면 자의식이 넘치는 거야?'라는 말까지 들었지만, 그때도 '몸이 찬 체질'이라고 꿋꿋하게 일관했다.

그러나 약국과라고는 해도 같은 사무실을 쓰는 사나다 과장님에게 그렇게까지 마음의 거리를 두는 게 과연 옳을까? 적어도 앞으로 매일 얼굴을 마주하고 일해야 하는 사람이다. 만약 파고들어 물어본다면 거짓 없는 범위에서 대답해야 하지 않을까?

"이건, 어렸을 적부터 습관이에요⋯."

"아, 그렇군요."

그걸로 끝.

인생이란, 무슨 일이든 지나치게 걱정하는 건 좋지 않다. 무릎 위에 손수건을 올리든 컵 받침을 올리든 아무도 신경 쓰지 않는다. 오히려 자의식이 지나쳤던 게 부끄럽다.

"에이, 다마키. 그쪽 아니야, 이쪽, 이쪽. 아하하하."

그 증거로 사나다 과장님은 웃는 얼굴로 창문을 바라보며 약간 크다 싶은 혼잣말을 중얼거리고 있다.

아마 저 안경에 무언가 장치가 있는 것 같은데, 그걸 모르면 여러모로 위험한 사람으로밖에 보이지 않는다. 입에서 흘러나오는 '다마키', '미치요'라는 여성스러운 이름이 그 무서움을 배가시키지만, 그것도 너무 신경 써서는 안 된다. 적어도 모리 선생님이 언급하지 않으니 환각을 보고 있는 건 아니라고 믿고 싶다.

그런 모리 선생님은 벽에서 떨어져 섬 모양으로 마주 보게 배치된 책상 중 한 곳에 자리를 잡고 엄청난 속도로 키보드를 두드리고 있었다.

"그리고오… 그으게에아니이라아…."

키보드를 치며 무의식적으로 소리를 내뱉는 타입 같은데, 아무튼 문자 키와 엔터 키를 누르는 그 속도와 모습은 지금까지 본 적 없을 정도로 무시무시하다. 이런 흐름이라면 선생님이 쓰는 키보드 모델을 미리 알아두는 게 좋을지도 모르지만, 그것도 대수롭지 않은 일이니 너무 신경 쓰지 않는 게 좋다.

이런 생각이 끊임없이 들 정도로 한가했다.

"후우…."

화장실에 가고 싶지 않아 다행이지만, 옛날부터 업무 중에 스마트폰을 하는 건 마음이 편치 않았다. 무엇보다 회사 내에서는 보안상 유선 LAN을 사용하기 때문에 가장 저렴한 통신 요금제를 사용하는 이 스마트폰으로는 동영상 시청은커녕 앱 부팅마저 부담스럽다.

내일부터는 원점으로 돌아가서 책이라도 가져와야 하나?

7년 동안 무사안일주의를 고수하며 가능한 한 다른 사람과 하는 업무를 피했는데. 이 상황에서는 역시나 나 자신과 클리닉과의 존재 의의를 다시 한번 돌아볼 수밖에 없다.

클리닉과는 정말로 필요한 부서인 건가?

그러나 사실 나는 사후에 유명한 신사나 절의 '영험한 나무'로 환생해, 아무것도 하지 않고 서 있는 것만으로도 추앙받고 소중히 여겨지기를 바라는 사람이다. 이렇게 가만히 앉아 있기만 해도 월급을 받을 수 있다면 이렇게 일생을 끝마쳐도 더할 나위 없지 않은가.

그렇게 세상을 음미하던 마음이 허락될 리 없다. 갑자기 입구 문이 벌컥 열린 것이다.

"네, 총무부 클리닉과입니다!"

"아, 저기….."

정장 차림의 여성이 문에서 손을 떼지 못한 채로 굳었다.

아무리 응대법을 배운 지 얼마 안 되었다고는 하지만, 바로 손수건을 쥐고 벌떡 일어나 부서명을 말할 필요까지는 없는데. 이래서 익숙하지 않은 일은 하는 게 아니라는 생각이 절실히 들었다.

"…상담을 하고 싶은데요….."

"잠시만요. 의사 선생님을 불러 드… 리기 전에, 진찰권을 안 가지고 계신 것 같은데, 보험증은 가지고 계시나요?"

정장을 입은 여성의 얼굴에 '지금 무슨 소리를 하는 거지?'라고 쓰여 있었다.

그래도 이해해주길 바란다.

모리 선생님도 회진에서 허둥댔다고 하는데, 그것과는 비교조차 되지 않는다. 나란 인간은 애초에 구조부터가 '나약'하다. 오른손에 핸드백, 왼손에 페트병을 든 상태로 발이 걸려 넘어지면 어느 손도 물건을 꽉 쥐고 놓지 못해서 얼굴부터 떨어지는 인간이다.

웃는 얼굴만은 자신 있으니 지금은 상대가 말을 꺼낼 때까지 기다리는 방법밖에 없다.

그렇게 견뎌낼 마음으로 만반의 준비를 하고 있는데 등 뒤에서 모리 선생님이 구원의 손길을 내밀었다.

"영업부 가와나 씨죠? 오늘은 무슨 일로 오셨나요?"

사원증을 확인하니 '제1영업부 가와나'라고 쓰여 있다. 하지만 그 거리에서 저 글자가 보인 거라면, 도대체 시력이 얼마나 좋은 걸까? 무인도에 떨어지면 지나가는 배를 가장 먼저 발견하는 사람은 틀림없이 모리 선생님이리라.

"어머…. 어디서 뵀었나요?"

"점심시간에 직원 식당에서 지나쳤을 때 봤습니다."

예상이 완전히 빗나갔다. 시력 문제가 아니라 예전의 그 특수한 능력 문제였다.

스쳐 가면서 이름과 얼굴을 외워버리는 수준이라면, 이건 스토커로 오해받기에 딱 좋다. 아니면 이 능력을 살린 선생님이 '범인 얼굴을 기억'해 번화가나 터미널 등의 인파 속에서 지명 수배범을 찾아내는 모습도 상상할 수 있다.

"그러면 이쪽 접수 카운터에서 진찰권을 만들어주시겠습니까?"

"저, 그 전에… 먼저 여쭤보고 싶은 것이 있는데요."

"그러면 우선 안쪽 진찰실에서 이야기할까요?"

클리닉과 벽에 설치된 문은 창고였던 옆 공간을 리모델링한, 진찰실과 연결되어 있다.

아무리 그래도 이 소회의실의 빈 책상에 환자를 앉히고 청진기를 가져다 댈 수는 없다. 기본적으로 진료에는 정보 누설 금지, 즉 비밀 유지 의무가 따르니 반드시 별실 수준의 파티션이나 부스가 필요하다.

"아, 그 정도까지는 아닌데…."

하지만 가와나 씨는 대답을 얼버무린다. 역시 총무과 **출신** 직원이 클리닉과 접수대에 앉아 있으니 사생활을 들키는 기분이라 말을 꺼내기 어려우려나?

보험증에 쓰인 보험자 번호의 처음 두 자리로 근무처나 보험 종류까지 알 수 있다. 03 또는 04면 일용직, 06이라면 대기업, 33은 경찰 직원, 81은 한부모 가정이라고 추측할 수 있다. 연봉까지는 알 수 없지만 그게 신경 쓰이는 사람은 기분이 썩 좋지 않겠지.

그렇다고 한다면 회사 내부에 의료과를 만든 건 실패가 아닐까?

"…실은 오늘 여기에서 약을 처방받을 수 있을까 해서요."

"다니고 계신 병원에서 장기 처방받고 있는 약입니까?"

"네. 벌써 몇 년째 먹고 있어요."

"그러면 약 수첩을 보여주세요. 그리고 간단하게 증상 경과를 말씀해주시면, 진료소견서(의료정보제공서)는 특별히 필요 없습니다."

진료소견서는 작성해주는 입장에서 진료 정보 제공료(Ⅰ) 250점=2,500엔으로 수익성이 높다. 얼마 전에 제공처와 목적에 따라 가산 점수가 매우 세분화되어 있다고 배웠다. 분명 일정한 조건으로 회신을 작성하면, 진료 정보 제공료(Ⅲ)*를 산정할 수 있다.

하지만 기억이 애매하니 오늘은 가와나 씨가 진료소견서를 가지고 오지 않았기를 바라는 수밖에.

---

* '연계 강화 진료 정보 제공료'라고도 한다. 소개받은 병원이 소개한 병원에 환자의 정보를 제공하는 경우 산정하는 점수.

"아, 그게… 제 약이 아니라서요."

예상이 완전히 빗나갔다. 진료소견서가 있고 없고의 수준이 아니라 가와나 씨가 아닌 다른 사람의 처방이었다.

본인이 아닌 다른 사람의 약을 처방받고 싶다. 그건 허용될 것 같지 않았다.

"그 말씀은?"

"오늘이 아들 약을 정기 처방받는 날인데…. 갑자기 출장이 생겨버려서요."

"그렇군요. 약은 어느 정도 남았나요?"

"제가 잘 챙기지 못해 부끄럽지만… 오늘 저녁 식사 이후부터 약이 부족해요…."

"오늘부터 출장이라면, 내일 이후에도 진찰받기가 어렵겠군요."

"할머니도 다리가 불편하셔서 부탁할 수 없고…. 혹시 가능하다면 여기서 받을 수 있을까 해서 왔어요."

반사적으로 시선이 왼손 약지를 향했지만 반지는 없었다.

아이 아빠의 존재가 나오지 않은 것은 그런 이유에서였을지도 모른다.

"오늘 아드님 본인은요?"

"그게…. 초등학생이라 학교에 갔어요."

이건 의사법 제20조 '무진료 치료의 금지', 즉 '진료하지 않

고 처방해서는 안 된다'의 문제다.[*]

강의에서도 시간을 할애해 다룬 항목이기에 잘 기억하고 있다. 접수처에 진찰권을 내고 '오늘은 약만 받아 갈게요'라며 진찰실에 들어가지도 않고 대기실 소파에 앉은 채, 의사와 이야기를 나누지도, 진찰을 받지도 않고 처방전만 받고 돌아가는 그 상황. 강의를 듣기 전까지 의사법에 금지되는 행위라고는 조금도 생각하지 못했던 상황이다.

"오늘 아드님의 약 수첩은 가지고 오셨나요?"

"아, 네. 있습니다…. 여기요."

일요일 아침 방영하는 애니메이션 캐릭터의 스티커가 여기저기 붙은 수첩을 내민 가와나 씨. 그건 아들이 약에 흥미를 느끼도록 고민한 노력의 흔적이 아닐까? 매일 약을 먹는 것**뿐**이라고 쉽게 말하지만 어른도 약 먹는 것을 잊어버리거나 때로는 안 먹어도 괜찮다는 생각에 제멋대로 그만두곤 한다. 초등학생과 그 부모에게 약을 챙겨 먹기란 매우 힘든 일이다.

"그렇군요…. 발프로산나트륨의 서방정뿐이군요."

"네. 한 종류밖에 없어요."

"혈중 농도는 마지막으로 언제 검사하셨나요?"

"지난달에 했어요. 평소 결과와 다르지 않았습니다."

---

[*] 우리나라에서는 의료법 제17조2(처방전)의 제1항에 규정되어 있다.

"마지막으로 **발작**을 일으킨 건요?"

"벌써 2년도 더 됐어요."

그러나 이 약은 의사법에 따르면 진료 없이 처방할 수 없다. 같은 약을 오랜 기간 계속 복용하는 환자로서는 이해가 가지 않을 테고, 매우 안타깝지만 처방하는 쪽에서도 환자를 단념시키는 방법밖엔 없다.

"처방해드리겠습니다."

예상이 완전히 빗나갔다. 안타깝기는커녕 즉시 대답할 수 있는 수준인 듯했다.

"감사합니다! 덕분에 살았어요."

"2주 분량이면 되나요?"

"아뇨! 출장에서 돌아오면 바로 진료를 받을 수 있으니, 3일 치도 괜찮습니다!"

가와나 씨는 안도의 한숨을 내쉬었다. 지금까지 비슷한 일이 몇 번이나 있었지만 다른 병원에서는 거절당했을지도 모른다.

그렇다고 해도 어딘가 석연치 않은 찜찜함이 남는다.

"마쓰히사 씨, 가와나 씨 아드님의 진료 기록부를 만들어주시겠습니까?"

"아… 네."

"…응? 왜 그래요?"

"잠시만 기다려주세요."

잘 이해되지 않는 상태로 익숙하지 않은 전자 진료 기록부를 만들기 시작했다. 대체로 인생은 이렇다. 이 세계에서 의사의 지시는 절대적이고, 하물며 나는 의료 사무를 담당하는 완전 아마추어. 이런 상황에서는 '무진료 치료의 금지'를 몰랐다고 하는 것이 임팔라계 사회인으로서 가장 좋은 대응이다. 분명 내가 모르고 있을 뿐, 특례와 같은 뭔가가 있는 게 분명하다.

"류 씨, 류 씨."

"쇼마까지 무슨 일이야, 무슨 문제라도 있어?"

"정직한 가나미 씨는 의사법 제20조가 마음에 걸리나 봐요."

사나다 과장님의 배려는 고맙지만, 이런 식의 도움은 더 이상 필요 없다. 어쨌든 지금은 첫 업무를 실수 없이 완수하기에도 벅차다. 무릎 위에 올려놓은 손수건의 효과도 무의미한 데다 모니터 속 어디에 어떤 숫자를 입력해야 하는지를 찾는 것마저 익숙하지 않은, 새로운 작업을 하는 중이니까.

"그렇군요. 역시."

모니터를 응시하며 실수하지 않으려고 전신전령을 다해 입력하고 있는데, 또 거리감을 잘못 잡은 모리 선생님의 얼굴이 바로 옆으로 다가왔다.

"으앗!"

"설명이 부족해서 미안합니다."

남성이 내 귓가에 비밀 이야기를 속삭이는 상황은 현실에서는 있을 수 없는 일이라고 생각했다. 적어도 일단 지금은 아니었으면 좋겠다.

"…아니, 전 딱히."

"소아청소년과 영역에서 발프로산은 '뇌전증', 즉 '간질'에 사용하는 경우가 많습니다. 게다가 서방정이라는 얘기는 내복량 조정이 끝났을 가능성이 높고, 어머님의 말씀대로 긴 복용 기간을 뒷받침하는 증거이기도 하죠. 게다가 혈중 농도도 유지되고 있다면 지시 준수(compliance)와 처방 준수(adherence)도 양호한 환자라고 판단하는 게 타당하고요."

"네에…."

숨결이 미묘하게 귓가를 간지럽혀서 이야기가 조금도 머리에 들어오지 않는다.

"이런 경우에는 처방이 끊겼을 때의 위험성을 생각해야만 합니다. 만약 몇 년간 양호했던 간질 증상이 재발하기라도 한다면 지금까지 열심히 호전된 상태를 유지해왔는데, 복용 치료 기간을 몇 년 더 연장하게 될지도 모릅니다. 그 위험성을 고려한 끝에 저는 아이에게 진료 없이 약을 처방하려고 한 거예요."

"그렇… 군요."

"제 판단이 잘못되었을까요? 괜찮으면 마쓰히사 씨의 의견을 듣고 싶습니다."

어떻게 대답해야 할지 모르겠고, 지금은 일단 조금 떨어져 주었으면 좋겠다.

"아… 굉장히, 좋다고 생각해요."

"류 씨, 가나미 씨한테 방해가 되잖아요."

"아!"

갑자기 눈을 크게 뜬 모리 선생님.

계속 이 거리였으면 여러모로 위험한 망상에 빠질 뻔했는데 사나다 과장님이 너무나도 고마웠다.

"자꾸 미안합니다."

"가나미 씨, 미안해요. 류 씨가 나쁜 사람은 아닌데…."

내 기억이 잘못되지 않았다면 이 대사도 오늘만 벌써 두 번째다. 사나다 과장님의 도움이 없으면 모리 선생님은 일상생활이 정말 힘들 것 같은데, 과연 지금까지 어떻게 일해온 걸까?

"그러면 마쓰히사 씨, 여기."

어느새 책상으로 돌아온 모리 선생님이 진료 기록부와 처방 약, 명세서의 병명까지 입력 완료. 그 흐름으로 출력까지 해주었기에 남은 것은 접수대 너머로 자비로 부담하는 치료

비의 절반을 받고 거스름돈과 진료 명세서를 건네는 일밖에 없었다.

"가나미 씨, 처방전 가져갈게요!"

"아, 사나다 과장님!"

"우와, 뭔가 생각보다 부끄럽네요."

"…뭐가요?"

"가나미 씨가 과장님이라고 불러주는 거요."

"그보다 사나다 과장님, 약국 창구에 거스름돈은 있나요?"

"괜찮아요. 여유 있게 준비해뒀어요."

"아, 그렇다면 다행이네요."

아무리 그래도 이곳 서류 캐비닛에 약국과에서 취급하는 의약품을 보관할 수는 없다.

처방전을 취급하는 드러그스토어의 제조 공간을 가만히 들여다보면, 그리 크지 않은 한쪽 구석에서 해결하는 것을 알 수 있다. 그래서 약국과의 약제는 입고와 출고, 온도와 습도를 꼼꼼하게 관리할 수 있는, '보안 등급 4'인 기존 서버실을 '약국 창구'라는 이름의 '약제 보관고'로 새롭게 고쳐 관리하기로 했다.

"그보다 가나미 씨. 역시 저를 '과장'이라고 부르는 게 편한가요?"

"…네?"

"예를 들면 '사나다 씨'는 어때요? 뭔가 선을 긋는 느낌이 적었으면 좋겠는데."

"알겠습니다…."

"그러면 다음부터 그렇게 부탁드릴게요!"

출력한 처방전에 모리 선생님의 도장을 찍은 사나다 과장님이 드디어 가와나 씨를 약국 창구로 데리고 갔다.

"하아…."

한 일이라고는 필사적으로 진료 기록부를 만든 것뿐이다. 그런데도 완전히 녹초가 되어버렸다. 게다가 무의식중에 타월 손수건까지 움켜쥐었다.

"마쓰히사 씨, 접수 업무나 진료 명세서에서 뭔가 모르는 것이라도 있습니까?"

"아, 괜찮습니다. 대부분 선생님이 해주셔서요."

"하지만 조금 전에는 분명 한숨 아니었나요?"

"정말 아무것도 아니에요. 오히려 마음이 놓였달까요."

"쇼마에게는 내가 말해두겠습니다."

"아, 안 그러셔도 돼요. 사나다 씨는 오히려 저를 신경 써주고 계세요."

"그래요? 그러면 무슨 문제가…."

역시 모나리자 시선은 안 보는 것 같으면서 제대로 보고 있었다. 한순간이지만 분명히 손에 꼭 쥔 손수건에 선생님의 시선이 닿았다.

여기서는 물론 '아무것도 아니에요'라고 둘러대는 게 무난하다. 몇 번을 물어도 '아뇨, 정말 아무것도 아니에요'라는 대답을 반복하면 사람들은 대부분 더 이상 묻지 않는다. 상대가 세운 울타리를 불필요하게 타고 넘는 것이 굉장히 성가신 일임을 누구나 알고 있으니까.

"아뇨, 정말 아무것도 아니에요."

모리 선생님이 눈앞으로 의자를 끌고 와서 무릎이 닿는 거리에 정면으로 앉았다.

이 선생님, 물러날 마음이 전혀 없다.

"…아, 뭐라고 해야 할지…."

"표현을 고르지 않아도 괜찮으니까요."

아무리 손수건을 꽉 쥐어도 방광 자극은 가라앉지 않는다.

가능하면 이 자리에서 도망쳐서 화장실 칸으로 냅다 뛰어들고 싶다.

그러나 평온하고 무사하게 이 상황을 넘길 최고의 정답을 찾지 못하는 이상, 아주아주 순화된 표현으로 지금의 마음을 아주 살짝 전하는 수밖에 없다. 그것이 이 상황을 마무리하는 최선책이다.

"역시 저는 어울리지 않는다는… 생각이 들어서요."

"뭐가 말입니까?"

"그… 의료 사무 담당자로서… 어떤가 하고요."

솔직한 심정은 원래 있던 총무과로 돌아가고 싶다. 커리어 향상도 인생의 단계 상승도 원하지 않으니 침묵의 평온이 이어지는, 공기와 같은 존재로 돌아가고 싶다.

"그렇군요. 생각을 말해줘서 고맙습니다."

"죄송합니다…. 갑자기 이런 말을 해서."

"저도 하기 어려운 말이 하나 있는데, 괜찮으면 마쓰히사 씨에게 말해도 될까요?"

"저한테요?"

"예, 맞습니다."

"무, 무슨 이야기요?"

"처음 만났을 때부터 줄곧 한 생각인데…."

무릎이 닿는 거리에서, 이런 올곧은 눈동자는 완전히 반칙이다. 자연스럽게 손이라도 붙잡고 돈이 필요하다고 말한다면 망설이지 않고 ATM으로 달려가겠지.

"…'마쓰히사 씨'라고 부르기 어려워요."

"…네?"

'잠깐만요, 무슨 말씀인지 이해가 안 가요'라고 말할 수 있다면 얼마나 편할까? 가장 그럴듯한 해석은 사나다 씨처럼 '가나미 씨'라고 부르고 싶다는 의미인가?

"'마쓰히사 씨'라고 부를 때마다 '시옷'이 너무 많아요."

바로 이해하지는 못했지만, 차츰 그 의미를 깨달았다.

"아, 아아…. 듣고 보니…."

하긴 그런 의미에서는 '저도 하기 어려운 말이 하나 있는데'라는 표현이 틀린 것은 아니니 선생님을 탓할 수도 없다. 하지만 설마 여러 번 나오는 '시옷' 발음을 마음에 두고 있었으리라고 예상할 수 있는 사람은 사나다 씨 말고는 아무도 없으리라.

"'마쓰 씨'라고 부르는 건 어떨까요?"

"아, 그게 편하시면, 그렇게 부르셔도 괜찮아요."

"아뇨. 제가 편해도 마쓰히사 씨가 싫으면 의미가 없지 않겠습니까?"

선생님의 말을 듣고 곰곰이 되새겨보니 약간 어렵게 발음하고 있던 것을 깨달았다.

"그렇게 불러주셔도 저는 완전 괜찮습니다."

"그렇군요, 그렇다면 다행입니다. 앞으로 '마쓰 씨'라고 부를게요."

그렇게 골똘히 생각했나 싶을 정도로 깊은 한숨과 함께 선생님의 어깨가 내려갔다.

이렇게나 반반한 외모인데 의외로 힘들게 살아왔던 게 아닐까? 오히려 반반한 외모이기에 상대가 제멋대로 인간으로서 벽이 높다고 치부했을지도 모른다.

다만 그보다 더 중요한 이야기가 도중에 끊겼는데, 선생님은 잊어버린 게 아닐까? 용기를 가지고 고백한 '역시 저는 어울리지 않는다는… 생각이 들어서요'라는 문장이, 어딘가 시공간의 틈으로 사라져버리지 않았는가.

그런 생각을 하고 있는데, 지금 이 자리에 가장 필요한 인물이 돌아왔다.

"어? 무릎까지 맞대고, 뭐 하는 중이에요?"

"지금 막 마쓰 씨와 중요한 이야기를 하고 있던 참이야."

"마쓰 씨…? 그보다 무슨 이야기하고 있었는데요?"

"의료 사무는 마쓰 씨만이 할 수 있는 일은 아니지만, 꼭 마쓰 씨가 했으면 하는 업무라는 이야기를 하고 있었어."

순간 무슨 얘기를 하는지 따라갈 수 없었다.

조금 시간이 지나자, '나는 의료 사무에 어울리지 않는다'에 대한 선생님의 답변이라는 생각이 들었다. 하지만 이번에는 그게 칭찬하는 건지 비꼬는 건지를 모르겠다.

그런 말로 할 수 없는 고뇌를 감지해준 것은 역시, 커뮤니케이션 몬스터인 사나다 씨였다.

"류 씨, 혹시 가나미 씨에게는 **그 말 아직 안 하지** 않았어요?"

"쇼마. 아무리 나라도 역시 그렇지는… 응?"

"어휴."

사나다 씨는 크게 한숨을 내쉬었다.

"미안해요, 가나미 씨. 류 씨가 나쁜 사람은 아닌데 가끔 머리로만 한 생각을 이미 말한 것처럼 착각할 때가 있어요."

"네에….."

"정말 미안합니다."

어쩌면 상상 이상으로 굉장히 힘들고 고된 삶을 살았던 것은 아닐까?

일단 사회의 윤활유는 웃는 얼굴이다. 모리 선생님이 한 말의 의미는 나중에 생각하면 된다. 아마도 집에 돌아가 밥을 먹을 때쯤엔 잊어버리겠지만.

"참고로 그건, 가나미 씨를 칭찬하려고 했던 거예요."

"…그런가요?"

어떤 부분이 칭찬인 건지 조금 석연치는 않았지만.

좋든 싫든 주위를 휘몰아치는 거센 변화의 파도에 휩쓸리고 있는 것만은 확실했다.

제 2 화

어른의
화장실 사정

매일 아침에 하는 사내 회진은 약 30분 만에 모든 부서를 돌 수 있게 되었다.

유감스럽게도 이건 익숙해진 게 아니라 회진 중에 상담하는 사람이 없어서다. 클리닉과에 돌아와서도 일이 없어 무료하고 한가하기 짝이 없는 날들이 이어졌다.

"류 씨, 류 씨가 준 버드나무 리스, 어제 다 떨어졌어요!"

"꽤 빠르군."

"그러니까. 하루도 못 간다니까요."

섬처럼 마주 보고 배치된 모리 선생님과 사나다 씨의 책상은 접수대 뒤. 당연하지만 뒤를 돌아보지 않으면 목소리만 들린다. 그렇다고 대화를 나누려고 의자를 돌리면, 입구 쪽으로 등을 돌리게 되니 클리닉과를 방문하는 환자에게 예의가 아니다.

"알았어. 오늘이라도 다시 만들어둘게."

"정말? 덕분에 살았네요. 정말 순식간이라니까."

애초에 누구와도 쉽게 친해질 만큼 능력 좋고 사교적인 사람이 아니기에, 억지로 녹아들려고 노력할 필요는 없다. 오히려 그렇게 열심히 할수록 어째서인지 실패하는 경우가 더 많다는 것도, 경험상 흔히 있는 일이다.

"그렇구나, 순식간이구나. 맞아⋯."

"특히 코르크는 초 단위로 끝난다고요, 초 단위로."

"꽤 마음에 들었나 보구나. 이번에는 염주 모양으로 매달아볼게."

그렇다고 궁금하지 않다면 거짓말이다. 만들어달라는 사나다 씨의 부탁에 모리 선생님의 목소리가 기쁜 듯 살짝 높아졌다는 것은 알겠어도 버드나무와 코르크는 관계를 전혀 모르겠다.

그래서 부탁을 받고 기쁜 이유가 무엇인지 생각해보았다.

'리스'라는 단어를 듣고 가장 먼저 떠오른 의미는 '대출'. 하지만 버드나무를 리스해두고 다 없앤다는 건 의미가 너무 불분명하고, 버드나무를 리스하는 선생님이 도대체 어떤 사람인지 고민된다.

남은 건 식물이나 꽃을 엮어 동그랗게 만드는 크리스마스

리스. 그거라면 흔히 말하는 '취미로 물건을 만들어 나누어 주는 기쁨'과 결부해 대화가 이해된다. 모리 선생님의 취미가 수예라는 건 조금 의외지만 저 긴 손가락을 움직이며 무언가를 만드는 모습은 누구나 한 번쯤 보고 싶은 광경일 것이다.

하지만 버드나무를 엮어 무언가를 만든다면 보통 바구니나 수납함을 만들지 않을까. 단순한 버드나무 리스는 꽤 단조롭다는 생각도 든다. 그리고 애초에 사나다 씨가 그런 리스를 없애는 이유도 수수께끼로 남는다. 게다가 코르크가 염주 모양으로 매달린 리스 장식이라니, 혹시 주술적 의미가 있냐고 묻고 싶을 만큼 신기한데, 심지어 그마저도 순식간에 사라진다고 했다. 등 뒤에서 들리는 이런 대화를 듣고 이것저것 생각하지 말라고 하는 게 더 곤욕이다.

"특히 미치요가, 정말 곧바로 달려들어요."

거기에 수수께끼의 여성, 미치요 씨가 등장.

여성이 눈빛이 돌변해 달려들 만큼 매력적인 버드나무 리스는 대체 어떤 것일까? 단순히 동그랗게 엮은 것만이 아니라 가문의 문양과 같은 굉장히 섬세한 무언가를 새겼을지도 모른다. 혹은 선생님이 손수 만들었으니, '영험한 돌'이 아닌 '영험한 리스'로서 수익을 내고 있는지도 모른다. 그런 물건은 분명 의외로 잘 팔리니까.

"역시 미치요가 더 좋아하는구나."

심지어 미치요 씨는 선생님도 알고 있는 여성. 상상의 나래가 한껏 펼쳐졌다.

"왠지, 순서가 있거든요. 언제나 다마키는 마지막인걸."

"그렇군. 가여우니, 다마키에게는 라탄으로 무언가를 만들어줄게."

급기야 제2의 여성, 다마키 씨까지 등장.

선생님과 사나다 씨와 의문의 미녀들. 주고 주어지는 왜곡된 사각 관계. 무슨 말을 하는지 전혀 알 수 없으니 슬슬 생각을 멈춰야겠다.

그렇게 즐거운 망상을 하는데 오랜만에 클리닉과의 문이 열렸다.

"안녕하세요."

"어서 오세요, 총무부 클리닉과입니다!"

머릿속으로 몇 번이나 시뮬레이션을 돌렸는데도, 또다시 일어서고 말았다. 코미디 콩트도 아니고, 조금 더 침착하게 환자를 맞이할 수는 없을까?

"진료를 받고 싶은데 지금 괜찮은가요?"

앞에 선 사람은 취직 준비 중인 학생이라고 착각할 만큼 생기발랄함이 넘치는 정장 차림의 남성이다. 불합격 메일이나 압박 면접으로 피폐해지지 않은 만큼, 어쩌면 취업 준비

생보다도 상쾌한 미소일지도 모른다.

"다니던 병원이 아닌 클리닉과는 처음이네요."

"그러신가요."

등을 펴고 손을 앞으로 모으고 있기에 인상이 더욱 좋아 보였다. 이런 기세로 '자택의 인터넷 속도가 느리지는 않으세요? 벽 커넥터 부분을 확인해도 될까요?'라는 말을 들으면, 위험한 방문 영업조차 받아들일 것 같아 무섭다.

"그러면 문진표를 작성 후 이쪽에 사원증을 찍어주세요."

"사원증이요?"

클립보드에 문진표를 끼워 건네고 보험증을 받기 전까지는 다른 병원과 똑같다. 차이점은 접수대에 설치된 비접촉형 카드 리더기에 사원증을 터치하는 것. 터치하면 주소, 성명, 소속 부서 등 사무적으로 필요한 최소 항목이 자동으로 진료 기록부에 입력된다. 다시 말해 초진 시 환자나 의료 사무 담당자가 번거롭게 작성하지 않아도 된다는 소리다. 참고로 보험증이 라이토쿠의 회사 보험이라면, 재진 시 매월 확인할 필요조차 없다.

"꽤 편리하네요. 하긴 병원에서 처음 진료받을 때나 약국에서 처음 약을 받을 때 일일이 작성하는 게 귀찮잖아요."

"오늘부터 그 사원증은 진찰권도 된답니다."

"아, 그렇군요."

"최대한 편하게 진료받을 수 있는 시스템이라고 해요."

"예전부터 궁금했는데…. 바빠서 좀처럼 방문할 타이밍이 생기지 않더라고요."

만약 만화였다면 머리 위에 '데헷'이라는 동글동글한 글자가 들어갔을 것이다.

영업기획부의 이쿠타 고헤이 씨, 24세. 무의식적으로 다섯 살이나 어리다고 나이를 계산해버린 나 자신에게, 지금 살짝 소름 돋았다.

영업하는 사람들이 뿜어내는 상대의 경계심을 풀어주는 친근한 분위기와 조건반사적인 미소. 여기에 입사 2년 차라는 생물학적 신선함이 더해져 눈부심도 배가 된다.

이런 자질이 곧 야전 엘리트가 모인 영업부에 알려져 부서를 이동할지도 모른다. 그렇게 되어 방문한 거래처의 접수 카운터에 젊은 여성이 앉아 있다면, 틀림없이 마음을 설레게 할 것이다. 그리고 사내에서 발렌타인 초콜릿을 주고받는 게 금지된 요즘과 같은 시대에도 초콜릿이 가득 담긴 봉투를 앞에 두고 '괜찮아요. 여자친구가 달콤한 걸 좋아해서요'라며 자연스럽게 여심을 짓밟는 광경까지 세트로 보인다.

하지만 그래도 괜찮다.

"그래도 괜찮은가요?"

"네? 아, 네! 감사합니다."

여기서 접수 업무를 하다 보면 방문하는 모든 환자에게 망상이 피어올라 일을 제대로 하지 못할 위험이 있다.

방금 받은 문진표를 스캐너로 진료 기록부 화면에 읽어 들여, 적어도 글자가 번지거나 상하좌우가 거꾸로 되지는 않았는지 확인해야 하는데.

"저, 옛날부터 갑자기 복통이 생겨서요."

그리고 그 작업을 할 때 상대가 말을 걸면 무조건 손이 멈춰버린다고 해도 과언이 아니다.

주위 사람들은 잘 이해하지 못하는 이 문제. 상대방에게는 대단히 미안하지만 적당한 선에서 작업이 끝날 때까지 들리지 않는 척하기로 했다. 지금이라면 스캐너에 문진표를 스캔하고 '오케이' 버튼을 클릭하는 것까지가 필수 작업이다. 상하좌우의 확인은 상대가 꺼낸 이야기에 응하고 나서 하는 수밖에 없다. 그렇지 않으면 대화도 머리에 들어오지 않고 계속 건성으로 대답해서 상대방의 기분을 상하게 만든다.

"…그러신가요? 힘드시겠네요."

하지만 유감스럽게도 어차피 상대가 무슨 얘기를 했는지 모르는 경우가 대부분이었다.

작업 중 누군가가 말을 걸면 잘 대답하지 못하는 사람이 이 세상에 몇 퍼센트 정도 존재하는지, 언젠가는 정부가 반드시 조사해줄 것이라고 믿는다. 그리고 그 숫자는 절대 적지 않다고 확신한다.

"어렸을 때는 그러지 않았던 것 같지 않은데, 중학생이 되었을 무렵부터….

문진표에 작성한 내용은 가능하면 진찰실에서 모리 선생님에게 직접 이야기하기를. 그렇게 생각하면서도 내가 동네 병원이나 클리닉에서 진료받던 때를 돌이켜 보면, 환자가 처음에 이것저것 얘기하는 상대는 대부분 접수대를 담당하던 사람이었다.

"아, 그러셨군요."

그렇게 바쁘게 병원 업무를 하는 중에 그들은 어떻게 그리 요령 좋게 환자와 대화하고 적절하게 매듭을 지었던 걸까? 지금에서야 정말 대단한 기술이었음을 이해할 수 있다.

"저는 우유를 마시거나 요구르트를 먹으면 안 돼요. 오히려 심해지거든요."

물론 업무에 쫓겨 이야기를 듣지 않거나 정해진 내용에만 기계적으로 빠르게 대답하는 병원도 많았다. 하지만 그에 기분이 나빠진 진상 환자가 대기실에서 호통을 치자 접수 담당자의 태도가 싹 바뀌는 장면도 여러 번 본 적 있다.

다시 말해 접수 카운터는 그 병원의 얼굴이자 첫인상이다. 여기에서는 특기인 꾸밈없는 미소를 지으며, 가장 적절한 표현을 골라 무난하게 응대하는 역량이 필요하다.

"그렇군요. 우유랑 요구르트를 못 드시는군요."

최선을 다해 머리를 굴려서 나온 말이 이거다. 그냥 똑같이 따라 말하기. 다행히 상대의 눈을 보고 말하는 데에 저항은 없으니 어찌저찌 인상이 급격하게 나빠지는 건 막았을지도 모르지만, 이젠 곤란하게도 화장실에 가고 싶어졌다.

앞으로도 이런 일이 계속된다고 생각하니 접수 담당자로서 잘 해나갈 의지가 점점 희미해지는 것을 뼈저리게 느낀다.

"토요일이나 일하는 중간중간 짬을 내서 병원 진찰도 여러 번 받았는데…. 이것저것 검사를 받아도 원인이 명확하지 않더라고요."

이쿠타 씨가 클리닉과에 온 지 아직 5분. 하지만 체감상으로는 벌써 30분 넘게 이야기한 느낌이다.

"그러신가요…."

도저히 견디기가 힘들어 부적처럼 지닌 손수건을 슬쩍 꺼내 손에 쥐었다.

물론 이 손수건으로 무언가 재치 있는 대화가 떠오르기를 기대하지는 않는다. 가능하면 방광을 자극하기 시작한 위험 징후를 최대한 늦추고 싶을 뿐이었다.

"업무에도 약간 지장이 생기는 정도라, 제 상태가 궁금해서요. 세컨드 오피니언(second opinion)*이라는 걸 받을 수 있

---

* 주치의가 아닌 다른 의사에게 진단을 받거나 의견을 듣는 것.

을까 해서요. 무엇이든 알 수 있었으면 좋겠어요."

세컨드 오피니언이라는 자못 병원다운 단어가 방아쇠를 당겼을 것이다. 결국 머릿속에서 불안 도미노가 쓰러지고 말았다.

지금까지는 라이토쿠 본사 3층이라는 익숙한 풍경이 현실을 모호하게 해주었지만, 이건 틀림없이 실제 병원 접수 업무다. 그런 당연한 사실이 가장 처음에 툭 쓰러졌다. 그러자 그에 밀려 병원의 얼굴인 접수 담당자로서 위화감 없이 부끄럽지 않게 행동했는지에 대한 불안의 도미노가 쓰러졌다.

이제 더 이상 멈출 수가 없다.

작업과 손기술이 익숙하지 않고 서투르다. 애초에 의료 사무 담당자로서의 마음가짐은 되어 있을까? 이쿠타 씨는 다른 **제대로 된 병원**에서 원인을 알 수 없어, 이 사내 클리닉과로 진찰을 받으러 왔다. 반면 나는 '우리는 복리후생의 하나인, 증정품과 같은 클리닉과니까'라며 내 부서와 업무를 비하하는 듯한 자학적인 기분이었던 건 아닐까?

그런 잿빛 도미노가 뇌 안에서 차례차례 쓰러지며 멈추지 않았다.

"그, 그렇군요⋯."

조금 전까지 스물넷의 생기 넘치는 이쿠타 씨를 보며 끓어오르던 망상이 거짓말처럼 사라지고, 정신을 차리고 보니 타월 손수건을 꽉 움켜쥐고 있었다. 물론 그것으로 방광 자극이 가라앉지도 않았고 공교롭게도 다음 작업과 안내 절차까지 새하얗게 날아가버렸다.

이른바 얼음 상태.

너무나 갑작스러워서 무엇 때문에 굳었는지 주위 사람들은 잘 이해하지 못한다.

다행스럽게도, 옛날부터 이런 상태가 되어도 어째서인지 미소만은 사라지지 않았다. 방어적 미소라고나 할까. 어쩌면 임팔라 센서에 이은, 험난한 사바나 사회에서의 생존 기술일지도 모른다. 그만큼 상대방은 굳어 있기는커녕 오히려 침착하다고 여기기도 한다.

하지만 경험상 이렇게 되면 모든 것이 속수무책이다.

"이쿠타 씨 맞으시죠? 클리닉과의 모리입니다."

그런 나를 구해준 건 어느새 옆에 서 있던 모리 선생님이었다. 전자 진료 기록부가 오랫동안 '진료 대기'로 넘어가지 않자 보다 못해 나섰을 수도 있다.

"아, 처음 뵙겠습니다, 모리 선생님. 영업기획부의 이쿠타입니다."

"**과장**이라고 불러주시면 됩니다."

"…네?"

"자, 이쪽으로 오세요."

스르르 매끄럽게 접수대를 나온 선생님은 진찰실로 이어지는 벽 쪽 문을 열고 이쿠타 씨를 데리고 들어갔다.

"휴우…."

저도 모르게 한숨과 함께 힘이 쭉 빠지고 말았다.

그러나 의자에 앉은 것도 잠시, 이번에는 조금 뒤 내려질 처치와 검사 지시가 신경 쓰여 견딜 수 없었다. 물론 모니터 앞에 달라붙어 있을 필요는 없지만, 초보자라 일의 흐름을 파악하지 못해 왠지 불안하다.

여기에서 검사할까, 아니면 다른 곳에서 검사할까? 클리닉과가 아닌 다른 곳에서 검사하려면 검사 회사에 전화해 오후 픽업을 와달라고 해야 한다. 현재는 검사가 0건이라 매일 픽업하러 들러달라기에는 죄송해서 검체가 생기면 이쪽에서 연락하기로 했다.

그리고 진료 명세서와 환자인 직원의 자기 부담금 50퍼센트를 회사에 청구하는 절차는 어떻게 했었지? 특히 회사에 하는 청구 방법은 강의에서는 배우지 않았던, 라이토쿠사의 독자적인 사항이라 경리부 담당자에게 방법과 절차를 확인한 지 얼마 되지 않았다. 굉장히 귀찮은 듯한 담당자의 표정은 기억나도 자세한 내용은 메모를 다시 보지 않으면 떠올리지 못할 것 같다.

그런데 그 메모를 어디에 두었는지도 기억이 나지 않는다.

주위에서 보기에는 환자 한 명이 방문해서 간단한 사항을 입력하고 수다만 떨었을 뿐이다. 그런데도 이미 뇌 안의 처리 회로는 상당히 피폐해졌다. 이건 아무리 생각해도 생물로서 '나약'하다고 밖에 말할 수 없다.

그리고 무엇보다 화장실에 가고 싶다.

하지만 지금은 다른 병원에서는 원인을 알 수 없었던 증상에 대한 세컨드 오피니언이 한창이다. 진료는 3분으로 끝날 것 같지 않았다. 어떻게든 이 부적 손수건이 절대적인 효과를 발휘해서 방광 자극을 덜어내기를 바랄 수밖에.

"가나미 씨."

"네?"

그 기습은 아랫배에 굉장히 위험한 자극이었다.

조금 전까지 창문을 보고 알 수 없는 미소를 지으며 큰 소리로 혼잣말을 중얼거리던 사나다 씨가 갑자기 어깨 너머로 얼굴을 들이민 것이다.

"혹시 가나미 씨는 엄청나게 생각하는 사람인가요?"

"…뭘요?"

"뭔가 굉장히 여러 가지를, 여기로요."

그렇게 말한 사나다 씨가 자신의 관자놀이를 검지로 가리켰다.

아마도 사나다 씨는 내 머릿속에서 불안 도미노가 쓰러지고 있다는 사실을 눈치챘나 보다.

"아니, 생각한다기보다는… 멈춘다고나 할까요."

"진지한 성격이군요."

"아뇨, 요령이 없어요."

"하지만 진지함과 요령이 없는 건 동시에 존재해도 괜찮지 않나요?"

"동시에요…?"

"진지하지만 요령이 없다. 다시 말해 플러스마이너스 제로. 사람은 그래도 괜찮지 않을까요?"

생각해본 적도 없는 부분이라 뭐라고 대답해야 할지 모르겠다.

그런 점이 정말 요령이 없다는 생각이 들었다.

"잠깐, 제가 한번 만져봐도 될까요?"

"네? 어딜요?"

"아, 성희롱 같은 신체 접촉은 아니고요!"

안경 너머로 눈을 동그랗게 뜬 사나다 씨가 갑자기 하얀 치아를 드러냈다.

"그렇다면 뭐… 하하핫."

이럴 때 적당한 웃음밖에 돌려줄 수 없는 사람과는 차원이 다르다.

"진료 명세서 작성 프로그램이요! 그걸 척척 다루면 뭔가 멋있잖아요."

"사나다 씨, 그거 쓸 줄 아세요?"

"엄청 옛날에, 잠깐 류 씨를 도와준 적 있어요. 그때의 감을 되찾고 싶어서요."

"…지금, 말인가요?"

어깨 너머로 들여다보면서까지 무슨 말이 하고 싶은 건지 도무지 알 수 없었다.

"가나미 씨가 다른 일에 집중해야 할 때라든지, 잠깐 자리를 비워야 할 때라든지? 전 한가하니까 도움이 되지 않을까 싶어서요."

"아아…."

"그러니까 뭐라고 해야 하나."

고개를 갸웃거린 사나다 씨가 부끄럽다는 듯 머리를 쓸어 올렸다.

"왜, 가나미 씨가 화장실에 가고 싶을 때, 잠깐 부재중 교대랄까요?"

순식간에 귓불까지 새빨갛게 달아오르는 것이 느껴졌다.

사나다 씨의 차세대형 센서는 이 절박한 빈뇨 위기까지 당연하다는 듯이 감지했다.

"아, 아뇨. 그러니까… 이건…."

부끄러움과 신경 쓰게 만들었다는 미안함에 순간 아랫배

근육의 긴장이 풀렸다. 한계 돌파 직전, 화장실로 뛰어드는 작은 움직임조차 위험한 상황이다.

"역시 그랬나요? 뭔가 그렇지 않을까 했는데."

"죄송합니다, 사실…. 저, 이건….'

"신경 쓰지 말고 다녀오세요. 프로그램은 제가 조금 보고 있을게요. 만약 환자분 진찰이 끝나면 류 씨에게 물어봐서 해도 되니까요."

"너무… 죄송해요."

"그걸 참는 게 무슨 의미가 있겠어요?"

"…정말 너무 죄송한데, 잠깐만 죄송할게요."

지금은 이 이상한 말을 정정할 여유도 없다.

사람으로서의 존엄을 잃을까 말까 하는 아슬아슬한 줄다리기. 당황하지 않고 서두르면서, 모든 의식을 아랫배에 집중하고 급히 화장실로 발을 옮겼다.

지금 이 심정에 공감할 수 있는 사람은 전 세계에 몇 명이나 존재할까?

"앗, 잠깐, 잠깐만요!"

복도 모퉁이에서 화장실로 들어가는 여성이 보였다.

만약 화장실 칸이 모두 차 있으면…. 그것만큼은 생각하지 않기로 했다.

◆

　요즘 매일 오후 1시 반이 기다려진다.

　인테리어부터 내부 설비까지 새롭게 단장한 직원 식당 앞에서 오늘도 지갑을 들고 서성인다.

　"아, **오늘의 정식**은 '양배추와 삼겹살 마늘 간장 볶음'이구나. 흐음, 마늘 간장이라….”

　지금까지 7년 동안 냉동식품과 남은 반찬으로 싼 간단한 도시락을 먹으며 점심 식사 커뮤니티나 직원 커뮤니티의 번거로움을 피해왔다.

　제 우월감을 과시하는 이들이 조용한 냉전을 벌이는 피라미드의 가장 밑바닥에서는 밥을 먹어도 맛이 나지 않고 휴식이나 기분 전환도 불가능하다. 급기야 자판기에서 좋아하는 음료를 고르지도 못하고, 누군가와 똑같은 음료를 선택해야 하는 형편이다. 되도록 1년 365일 '따뜻한 음료'만 마시고 싶은 사람에게는 고문일 뿐이다.

　그래서 직원 식당은 1년에 몇 번 정도, 과장님이나 주임님과 일이 동시에 끝나버렸을 때만 아주 드물게 이용했다. 물론 무엇을 먹었는지, 어떤 맛이었는지조차 기억나지 않는다.

　그게 지금은 어떠냐면, 지금은 직원 식당으로 가는 길이 매우 설레고 입구부터 마음이 들뜬다.

"…으음. 아니면 **칼로리 조절 식단**인 '가지와 시금치를 곁들인 다진 닭고기무침'으로 할까."

그 이유는 진료 환자가 가장 많은 시간대가 점심시간 전후일 것이기 때문이다. 즉, 클리닉과의 점심시간은 다른 부서와 겹치지 않으므로, 거의 누구와도 만나지 않고 원하는 대로 좋아하는 음식을 서두르지 않고 천천히 먹을 수 있다.

물론 이유는 그뿐만이 아니다.

"**든든한 한 끼 식단**인 '일본식 마파 돈가스 덮밥'은 논외로 하고…. 아, 수프 코너에 '양배추 롤 포토푀 수프'는 남아… 있지 않네. 여자들한테 인기 있는 메뉴니까."

새로 온 3대 사장은 직원 식당에도 대담한 정책을 펼쳤다.

'공복 해소'라는 구시대적인 향기가 감도는 콘셉트를 제시했는데, 막상 뚜껑을 열어 보니 그 안에는 상상을 훨씬 뛰어넘는 알찬 내용이 담겨 있었다.

저렴하고 맛있는 건 당연하고, 쟁반을 밀며 나열된 음식을 집는 방식은 평범하지만 반찬이 여러 개의 '레인'으로 나뉘어 있다는 점이 참신했다. 많이 먹고 싶은 사람, 맛있는 음식을 조금만 먹고 싶은 사람, 열량을 신경 쓰는 사람, 먹고 싶어도 먹으면 안 되는 사람, 서둘러 먹어야 하는 사람 등. 취임식에서 직원 식당에도 각자의 스타일이 있었으면 좋겠다고 소리 높여 연설하던 사장님의 모습을 기억한다.

"역시 '칼로리 조절 식단'의 '밥 작은 공기'를 먹어야겠다."

이 업적을 가능하게 한 사람들이 신종 바이러스 감염증 탓에 장기화된 재택근무로 도쿄 긴시초의 술집을 접어야만 했던 대장과 파이팅 넘치는 그 동료들, 그리고 같은 동네의 종합병원에서 과로로 몸과 마음의 균형을 잃어버렸다는 영양사였다.

"안녕하세요, 대장. 칼로리 조절 식단 부탁드려요."

"어서 와요. 오늘은 400칼로리인데 못 먹는 음식은 있어?"

"다 괜찮아요."

찰리 채플린을 연상케 하는 수염에 작업복을 입고 하얀 치아를 슬며시 드러낸 전 술집 사장이자 현 대장. 항상 활기가 넘치고 말투도 술집에서 일하던 그대로여서 도저히 직원 식당의 주방장으로는 보이지 않는다. 무슨 자부심인지 아니면 이곳은 치외법권인지, 사원증도 하지 않아서 모든 직원은 이름도 모른 채 '대장'이라고 부른다.

"밥은 계량 안 해도 돼?"

우선 원하는 크기의 밥그릇이나 덮밥용 그릇을 골라 원하는 만큼 밥을 담는다. 나아가 열량을 신경 쓰는 사람은 밥을 계량할 수도 있다.

"아, 그렇게까지 엄격하게 하지는 않아서요."

여기에서 남자 직원들에게 인기가 많은 '든든한 한 끼 식단' 레인으로 나아가면 덮밥이 최고의 선택이다. 오늘은 밥 위에 바삭하고 육즙이 풍부한 갓 튀긴 돈가스가 살포시 올라가고, 그 옆에 다진 고기로 만든 매콤한 일본식 마파두부가 뿌려진다고 한다. 이런 메뉴가 300엔밖에 되지 않으니, 밥 양이 많은 젊은 남자 직원들은 대부분 이 식단에 줄을 선다.

"오케이, 오늘은 칼로리 조절 식단으로. 절임은 어떻게 할래?"

"조금만 주세요."

하지만 모두 젊고 한창 먹을 나이의 남성 직원들만 있는 게 아니다. 건강 검진에서 혈당치와 콜레스테롤 수치, 요산치까지 트리플 공격을 당한 사십대도 수두룩하고, 위가 작은 여성 직원에게도 그 메뉴는 가혹하다. 그래서 여러 가지로 신경 쓰는 사람을 위한 '칼로리 조절 식단'이나 메뉴 앞에서 망설이는 사람을 위해 평균 에너지 필요량에 맞춘 '오늘의 정식'이 있는 것이다. 신청만 하면 염분이나 칼륨 제한이 필요한 사람이나 식품 알레르기가 있는 사람의 식사도 준비되니 영양사에게 감사할 따름이다.

"아참, 내일은 키마 카레* 파스타가 무한 리필이야."

"정말요?"

그중에도 라이토쿠 직원 대부분이 기대하는 건, 대장이 갑자기 대량 매입해서 내놓는 '깜짝 무한 리필'의 날일 것이다.

---

* Keema Curry, 키마는 힌두어로 다진 고기란 뜻.

얼마 전에는 호텔 뷔페에서 볼 법한 은빛 워머에 수북하게 담긴 세 종류의 라자냐를, 샐러드와 수프까지 곁들여 300엔에 무제한으로 즐길 수 있었다.

"저렴한 다진 고기를 듬뿍 넣을 수 있을 것 같거든."

"와아! 저 그거 되게 좋아해요."

"그래?"

눈빛에 기쁨이 살짝 깃든 대장의 키마 카레는 그중에서도 엄청난 인기 메뉴다.

다진 돼지고기에 향신료는 오로지 카르다몬, 클로브, 커민, 옐로우 머스터드에 카레 가루로 가짓수를 줄이고, 오후 업무도 고려해 마늘도 적게 넣는다고 한다. 거기에 정성스럽게 으깬 양파와 토마토, 캐슈너트 페이스트, 요구르트를 더해 거친 육질과 노골적인 향신료 자극을 억제하고 부드러운 식감으로 마무리해서 엄청 맛있다.

내일은 그런 요리를 마음껏 먹을 수 있는 날이다.

커다란 은빛 워머 안, 올리브유에 버무려져 모락모락 김이 피어오르는 삶은 파스타 면이 키마 카레의 매콤한 향과 어우러지는 광경이 눈앞에 선하다.

하루쯤은 칼로리를 생각하지 않아도 벌받지는 않겠지?

"탄수화물이 걱정되면, 파스타 대신 쌈이나 채소 스틱을 준비해놓을 테니까."

"정말요?"

저도 모르게 목소리를 높일 정도로, 부드러운 키마 카레는 채소와도 잘 어울린다. 그런데 절대 밥만 준비하지 않는 점이 과연 대장답다.

대장이 술집을 운영하는 동안, 한 번쯤은 술을 마시러 가게에 가봤으면 좋았을 걸 싶었다.

"하지만 이 시간까지 남아 있지 않을 것 같은데…."

"괜찮아, 걱정하지 마. 따로 챙겨둘 테니 모리 씨와 사나다 씨에게도 말해줘."

그것만으로도 시야가 탁 트이는 것 같았다.

내일의 직원 식당이 기대되는 회사는 웬만해서는 존재하기 힘들다.

"어라? 마쓰히사 씨?"

레인 끝에서 건더기는 거의 다 떨어지고 양배추 잎만 남아 있던 '양배추 롤 포토푀 수프'를 받고 있는데 등 뒤에서 귀에 익은 목소리가 들렸다.

"이쿠타… 씨?"

뒤를 돌아보니 몸에 꼭 맞는 짙은 네이비색 정장을 입은 남자가 보였다. '양배추와 삼겹살 마늘 간장 볶음'과 밥 작은 공기가 올라간 쟁반을 든 이쿠타 씨가 굉장히 싱그러운 미소를 짓고 있었다.

"역시 마쓰히사 씨군요. 클리닉과는 점심시간이 늦네요?"

"네, 맞아요. 하지만 오늘도 역시 아무도 오지 않았어요."

"어휴, 그건 참 안타깝네요. 모리 과장님이 하는 설명은 여태 다른 병원에서 들었던 그 어떤 설명보다 이해하기 쉬운데 말이죠."

이런 느낌이라면 아무리 생각해도 '같은 테이블에서 식사'를 할 수밖에 없을 것 같은데.

폭발하던 직원 식당 도파민이 스르르 식어간다.

각 층의 화장실을 찾아 돌아다니면서 알게 된 사실인데, 이쿠타 씨는 2층 화장실에 모여 양치질하는 여자 직원들 사이에서 아이돌로 통하는 상당한 유명인이다.

영업부에서 몇 년 정도 외근을 경험하며 고객 니즈의 경향을 파악하고 나서 기획 부서로 이동하는 라이토쿠의 통상적인 종합직* 코스와 달리, 처음부터 영업기획부에 배치된 촉망받는 반짝반짝 슈퍼 루키. 게다가 상큼함과 적당한 달콤함이 절묘하게 블랜딩된 분위기를 자아내는 천부적인 여심 스틸러. 사나다 씨에게서 뿜어져 나오는, 숨길 수 없는 밤의 탐미적인 오라를 여과하여 정제한 결정(結晶)이라고 해도 절대 과장이 아니다.

---

* 일본 기업에서, 기업의 핵심 업무를 주로 담당하는 직무층으로, 장래에 관리나 임원으로 승진할 가능성이 높으며, 폭넓은 경험을 쌓기 위해 이동이나 전근이 잦은 편이다.

아니, 그건 조금 과장일 수도 있다.

어쨌든 그런 눈길을 끄는 산뜻한 청년과 마치 약속이라도 한 듯 붐비는 시간을 피해 직원 식당에서 함께 점심을 먹는다면 내일 양치 시간에 무슨 말을 들을까?

"창가 자리 괜찮으세요?"

"앗… 네, 아무 곳이나…."

당연한 듯 동석하는 흐름이 되어버리니 평범한 사람은 심히 걱정스럽다.

가급적 눈에 띄지 않는 구석 창가 자리에 마주 앉아 쟁반을 내려놓을 때까지는 괜찮아도 이런 상황에서는 먹는 타이밍을 잡기가 너무 어렵다. 점심 식사 자리에서 누가 먼저 수저를 드는지 신경 쓰는 사람은 없다고, 그렇게 자신 있게 단언할 수는 없다.

그러나 진짜 문제는, 이미 화장실에 가고 싶어졌다는 것일지도 모른다.

"저, 새로운 직원 식당은 오늘이 처음이에요."

"아, 정말요? 인테리어를 우드톤으로 해서 분위기가 싹 달라졌어요."

"이전 모습도 잘 기억나지 않네요. 직원 식당에 온 것도 이번이 세 번째 정도라서요."

2년에 세 번과 7년에 네다섯 번. 오히려 이쿠타 씨가 더 많이 이용한 것일지도 모른다.

"영업기획부는 점심에도 외근으로 바쁜가요?"

"밖에서 먹는 일도 많긴 하지만 영업부만큼 계속 나가지는 않아요."

"역시, 그곳은 다른 부서와 다른가 보네요."

"학생 때부터 계속 도시락을 싸서 다녔는데 이번에 직원 식당이 리모델링했다는 소식은 그냥 지나칠 수가 없어서요."

"그렇죠? 저도 요즘 점심시간만 되면 설레요."

틀에 박힌 뻔한 대화였지만 여기까지 이야기를 잘 이끌어 왔다고 스스로 칭찬하고 싶다.

하지만 경험상 이제부터는 '여자친구가 손수 만든 도시락' 등 민감한 이야기가 나올 확률이 비교적 높으니, 단어를 잘 선택해야 한다.

참고로 아직 젓가락은 '가지와 시금치를 곁들인 다진 닭고기무침'으로 가지 않았다.

"꽤 어렸을 적부터 할머니께 요리를 배웠는데…. 요즘에는 일이 바빠서 도시락 만들기도 힘들더라고요."

"어머! 직접 만든 도시락이었나요?"

의외로 '여자친구가 손수 만든 도시락'은 화제로 나오지 않았다. 게다가 '직접 도시락을 싸는 남자'와 '할머니와 자란 아이'라는 속성까지 뒤따라오다니 빈틈이 없다고 해도 과언이 아니다.

"아니, 뭐랄까…. 저는 다 같이 먹는 게 어려워요."

"…무엇을요?"

"네? 밥이라든지, 그런 거요."

하마터면 입 밖으로 '지금 무슨 말을 하는 거예요!'라는 소리가 나올 뻔했다. 공기처럼 자연스러운 흐름으로 창가에 같이 앉자고 권유했으면서, 설마 그럴 리 없다.

하지만 '그렇게 안 보여요'라는 말은 절대 누구에게도 하지 않으려고 한다.

외모가 얼마나 비중을 차지하는지는 모르겠지만 사람은 어차피 분위기나 인상이 전부다. 젊음으로 인한 과욕, 내일과 다른 사람에게 지나치게 기대했던 너무나도 달콤한 인생 설계, 그저 숨기기에 바빴던 돈이나 인간관계의 갈등 등. 인간에게 가장 중요한 부분일수록 외모가 주는 인상과 어긋나는 경우가 많다.

적어도 지금까지의 인생에서는 그랬다.

"어떤 느낌인지 저도 어렴풋이 알 것 같아요."

"어느새 전부 주변에 맞춰야만 한다는 분위기가 되잖아요. 밥도 적게 먹고 싶은데 모두 당연한 듯 고봉밥으로 가득 담아서 말하기 어려울 때도 있고."

"남자라고 고봉밥이 당연한 건 아닌데 말이죠."

"게다가 예전에는 회전초밥도 터치 패널식이 아니어서 가운데서 초밥을 만드는 사람에게 어느 타이밍에 말을 걸어야 할지 어렵더라고요…. 그런 건 아무도 신경 쓰지 않겠지만, 그냥 저 혼자 괜히 주눅이 들어버려서…."

"아, 그거 알아요. 회전초밥은 정말 편해졌죠."

"원래 먹는 속도가 느린데 대화를 나누면서 먹으면 더 느려지고요."

"알죠, 알죠. 왠지 모르게 굉장히 공감이 가네요."

절대 '왠지 모르게'가 아니다. 저도 모르는 사이에 격하게 고개를 끄덕였다.

"그리고 제가 어느 타이밍에 먹기 시작해야 좋은지도 고민하고 그래요. 예를 들면 지금도요."

"네? 앗, 죄송해요!"

나이 제한 없는 커뮤니케이션 배틀 로열 매치에서 백전백승이라고만 생각했던, 이토록 빛나는 멋진 청년 이쿠타 씨가, 아주 작은 조각이지만 설마 나와 똑같은 생각을 지녔으리라고는 전혀 예상하지 못했다.

특히 호감을 주는 외모일수록 사람들은 상대방의 내면에서 자신이 기대하는 우상을 찾는지도 모른다. 옛날 표현으로 말하자면 현대적인 사람, 1990년대에는 트렌디한 사람, 2010년대부터는 잘나가는 사람, 핫하고 시크하고 스웩이 넘치는 사람. 지금은 뭐라고 하는지 모르겠지만, 어쨌든 그런 사람들이야말로 외모와 내면의 괴리감에 시달려왔는지도 모른다.

"저야말로 죄송해요. 음식이 식지는 않았나요?"

"아뇨. 자, 이제 먹어볼까요."

그러나 그 반대는 내게 대입하면 쉽게 이해할 수 있다.

서투르고, 눈치 없고, 수수하고 진지하기만 한, 빈뇨로 고민이 많은 서른 즈음의 여성. 누군가가 알게 모르게 부여하는 저평가에 익숙해진 자의 생활 방식은 의외로 편하다.

어차피 억지로 밝고 긍정적으로 행동할 필요가 없기 때문이다.

"그래도 얼마 전에는 정말 큰 도움이 됐어요."

"…뭐가요?"

"클리닉과에서 진찰받고 마음이 편해졌다고나 할까요."

다진 닭고기와 함께 달짝지근한 간장으로 요리한 가지를 만끽할 수 없는 이야기가 나오고 말았다.

정보 누설 금지 의무가 있어서 설령 상대가 환자 본인일지라도 주치의에게 들어야만 하는 이야기도 있다. 확실히 지난번 진찰에서 받은 검사 결과를 기다리는 중이니 아직 이쿠타 씨의 진단 결과는 나오지 않았을 텐데. 그런데도 마음이 편해졌다니 무슨 말일까?

"그동안 어떤 병원에 가도 '검사는 정상입니다'라든가 '이상 없습니다', '상태를 지켜봅시다'라는 말만 들었어요. 그렇다고 약이 효과가 있는 것도 아니고, 시간이 지나면서 증상이 사라지는 것도 아니고요."

그 말은 내가 어렸을 적부터 수없이 들었던 말과 같다.

분명 증상은 있는데 어떤 검사에서도 이상한 점은 발견되지 않는다.

분명 증상은 있는데 점점 아무도 믿어주지 않는다.

"그건… 너무나도 잘 알 것 같아요."

"지하철을 타는 순간 배가 아파 다음 역에 내렸는데 화장실이 개찰구 밖에 있을 땐 정말로 눈물 날 것 같아요."

"아, 그런 건 화장실과 관련해 흔히 있는 일이죠."

"어, 아시나요? 그 절망적인 거리감."

"아, 저도 비슷한 유형의 사람이라서…."

"정말요? 저, 화장실이 개찰구 안에 있는 역까지 외우고 있어요."

"저는 화장실이 깨끗한 역을 외웠어요."

이쿠타 씨는 싱긋 미소를 머금은 뒤, 밥과 함께 삼겹살 마늘 간장 볶음을 입에 넣었다. 물론 다 삼키지 않으면 말을 시작하지 않는 사람이었다.

"어쩐지 기쁘네요. 대부분 이해를 못 하더라고요."

"그렇죠…. 저 역시 까다롭다는 이미지만 생길 뿐이었어요."

"특히 저 같은 경우는 증상이 전부 '아래쪽 증상'이거든요. 그래서 감염성 위장염도 아닌데 완치 증명서를 받아오라고 하거나, 음식을 다루거나 간병 쪽 거래처는 데려가지도 않았어요."

신종 바이러스 감염증이 유행하기 전에도 식중독 비슷한 증상이 있는 직원은 거래처에 보내지 않았다. 이쿠타 씨는 증상이 복통과 설사라서 특히 엄격했으리라고 쉽게 상상할 수 있었다.

"맞아요. 그러면 출장을 나가서도 무의식중에 화장실 위치부터 확인하게 되겠네요."

"그렇죠, 엄청 그래요. 사실 저는 라이토쿠에 면접 보러 와서, 여기에 꼭 취직하고 싶었던 이유가 쾌적한 화장실 때문이에요."

"진짜, 여기는 청소 및 미화용품을 다루는 회사인 만큼, 여자 화장실은 개별 칸이나 세면대 주변이 정말 자랑할 만한 수준인데, 남자 화장실도 그런가요?"

"우선 화장실 개별 칸에 소지품을 보관할 수 있는 선반이 있어요. 고리가 아닌 선반이라는 점에 놀랐어요. 비누도 비접촉식에다가 성분도 좋고, 화장실 자체의 배치가 넓어 지나다니기도 편하고요. 그리고 무엇보다 종이 타월이라는 점이 굉장히 인상적이었죠."

"종이 타월, 중요하죠. 화장실에 자주 가면 손수건이…."

"맞아요, 금방 축축해지잖아요."

이쿠타 씨는 '앗!' 하며 민망한 듯 입을 다물었다.

그리고 반찬을 한입 넣고 천천히 씹어 꿀꺽 삼켰다.

"죄송해요. 신이 나버렸네요."

"네, 뭐가요?"

"왠지 좀 그렇지 않나요? 여성분과 식사하는데 화장실 얘기로 들뜬다는 게… 인간으로서 조금 그렇잖아요."

"네? 아, 뭐랄까, 저야말로… 죄송해요. 저도 모르게 그만."

'네가 지금 무슨 청춘이냐?' 하고 스스로에게 핀잔을 주고 말았다.

점심을 먹으며 남자와 얼굴을 마주 보고 저도 모르게 웃는 게, 몇 년 만이지?

"저, 무슨 얘기를 하고 있었죠…? 아, 맞다. 모리 과장님이 '이것과 이것을 검사하고 정상이면 진단을 내리겠습니다'라고 하셨어요."

"지난번 검사 말인가요?"

"네. 믿기시나요? 검사가 정상이면 진단을 내린다니, 이게 도대체 무슨 말씀인지….”

그때 정장 안주머니에서 이쿠타 씨가 업무용으로 쓰는 옛날 기종의 휴대전화가 울렸다.

그것을 손에 든 순간, 이쿠타 씨의 모든 표정이 사라진 것처럼 보였다.

“네, 이쿠타입니다. 네, 네, 괜찮습니다. 네.”

미안한 듯 한쪽 눈을 찡긋하며 '죄송합니다. 가봐야 할 것 같아요'라는 신호를 보내며, 아직 절반도 먹지 않은 쟁반을 한 손으로 익숙하게 치우기 시작했다.

나에게는 나무랄 데 없는 점심시간이었기에 평소라면 '아니에요, 신경 쓰지 마세요'라고 인사하고 끝냈겠지만, 오늘은 뭔가 찝찝함이 남았다.

이쿠타 씨의 미간에 순간적으로 새겨진 옅은 주름도 마음에 걸렸다. 먹다 남긴 쟁반을 돌려놓으며 대장에게 사과하는 뒷모습도 마음이 쓰였고, 무의식적으로 손을 배에 대고 있는 것도 마음에 걸렸다.

그리고 전화를 끊은 뒤에 중얼거린 한마디가 결정적으로 불안감을 부추겼다.

“…화장실 갔다가 가면 한 소리 듣겠지.”

그 심정을 너무 잘 알 것 같아 마음이 아프다.

클리닉과에서 어떻게든 진단을 내리지 못하는 걸까?

그렇게 생각하다 보니 어느샌가 모처럼의 '가지와 시금치를 곁들인 다진 닭고기무침'의 맛을 느낄 수 없었다.

◈

이걸로 초진까지 포함하면 네 번째다.

오늘도 역시 클리닉과 접수대 너머로 이쿠타 씨에게 진료 명세서와 거스름돈을 건넸다.

"오늘은 선생님이 약을 처방하지 않으셨어요."

"네. 검사 결과를 들으러 온 것뿐이니까요."

"여기 거스름돈 30엔과 명세서입니다. 명세서는 월말에 경비를 제출할 때 경리부에 같이 제출하면 됩니다. 그러면 다음 달에 개인 부담금의 절반을 돌려받으실 수 있어요."

다른 환자가 한 명도 오지 않았기에 거의 이쿠타 씨를 상대로 접수 연습을 하는 셈이다.

"엄청 좋네요, 이거. 정말 의료비 절반이 들어오는 거죠?"

중간에 말을 걸어오면 작업 공정의 무언가가 날아가버리니까, 정말 미안하지만 지금은 친절한 미소만 돌려주기로 했다. 가능하면 잡담이나 여담은 일련의 사무 처리가 끝난 다음에 해달라고 부탁하고 싶은 심정이다.

"그리고… 다음 진료는 다음 주 월요일 점심시간으로 예약

되어 있으신데, 괜찮으신가요?"

아니나 다를까 하마터면 다음번 예약 확인표 출력을 잊어버릴 뻔했다.

"모리 과장님께서 아마 다음이 '마지막 진료'가 될 거라고 말씀하시더라고요."

"자, 여기, 예약 확인표입니다."

그건 그렇고 이쿠타 씨는 흰 가운 차림의 모리 선생님을 보고도 여전히 '과장님'이라고 부를 만큼 올곧음이 배어 있는 사람 같다. 그런 성격이니 점심을 먹고 있을 때도 상사가 부르면 바로 정리하고 달려가는 거겠지.

"고혜이 씨. 오늘은 약 안 나왔어요?"

이쿠타 씨와 비슷한 카테고리의 남성이지만 요즘 들어 상세 카테고리는 완전히 다르다고 생각하게 된 사나다 씨가 뒤쪽 책상에서 벌떡 일어나, 성큼성큼 접수대까지 다가오며 말을 건다.

"네. 저번에 받은 지사제가 아직 남았어요."

"소금 알약 시제품이 있는데 써볼래요?"

휙 하고 접수대로 상반신을 내민 사나다 씨가 작은 은색 봉지를 내밀었다. 이 거리에서 눈길을 끄는 두 남자가 얼굴을 맞대고 있으니, 말도 안 되는 여러 가지 이야기가 제멋대로 머릿속을 누벼 곤란하다.

"…소금이요?"

소금 알약은 열사병 대비용으로 여름철에 자주 볼 수 있는, 알약으로 된 영양제다. 그걸 이쿠타 씨에게 왜 권하는 걸까?

"설사하면 꽤 많은 염분이 배출되거든요. 하지만 그건 탈수나 저혈당보다 느끼기가 어렵다고 해요. 깨닫고 보면 몸이 노곤하다거나 몸 마디마디가 아프다면서, 권투의 보디 블로처럼 온몸이 욱신거리는 증상이 있나 봐요."

"그래요?"

"아, 물론 이건 류 씨의 말을 인용한 것뿐이지만요."

그렇게 솔직하게 말하는 점이 사나다 씨에게 호감이 가는 이유다.

"간략하게 말하면 소금 성분인 나트륨은 여러 세포 사이를 돌아다니는 물질이라 특히 근육에 쉽게 증상이 나타난대요. 근육통이나 쥐 같은 거, 여름철에 쉽게 나잖아요."

"그러면 저는 염분 부족이었나요?"

"그렇다던데요? 지금도 증상 있나요?"

"있어요. 저는 설사병이라, 몸이 나른해지는 건 어쩔 수 없다고 생각했는데…. 듣고 보니 원인 모를 근육통이라든가, 꽤 짐작 가는 부분이 있네요."

"뭐, '나른한' 증상의 원인은 산더미처럼 많지만 어차피 소금이라서 설사 증상이 있다면 먹어봐도 좋을 거 같아요."

"소금 알약 말이죠⋯."

"이거 줄 테니 가지고 가요. 아무리 그래도 처방으로 '소금'이 나오지는 않잖아요. 하루에 한 번, 한 알 정도? 물을 많이 마시지 않으면 안에서 삼투압이 높아져 속이 쓰리니까, 그 점에 유의하고요."

"그냥 받아도 되나요?"

"시제품인데 나눠주지 않으면 어디에 써요."

"감사합니다. 오늘 밤부터 당장 먹어볼게요."

"조만간 이쪽 벽에 드러그 스토어처럼 진열대를 놓아서, '쇼마의 베스트 셀렉션' 코너를 만들 테니 그때는 사줘요."

여기까지 불과 3분.

옆에서 물 흐르는 듯 유려한 사나다 씨의 설명을 들으며 어느새 '소금과 컨디션의 관계'를 이해한 나에게 놀랐다. 게다가 '쇼마의 베스트 셀렉션'도 어떻게 채워질지 너무나 궁금하다.

이것이 '이야기의 힘', '귀를 기울이게 하는 화술'이라는 걸까? 접수 담당자로서 꼭 익히고 싶은 기술이다.

"왜 그래요, 가나미 씨?"

"아뇨⋯. 사나다 씨, 정말 대단하시네요."

"그건가요? '이 녀석, 묘하게 말을 잘하네?' 그런 느낌인가요?"

"아니에요! 절대 그렇지는…!"

사나다 씨는 미소를 띤 채 '흐음' 하고 콧소리를 냈다.

도대체 무엇을 어떻게 해야 다른 사람의 생각을 읽을 수 있단 말인가. 정말 사나다 씨가 말한 대로 생각하고 있었는데, 신기할 따름이다.

"저, 지금까지 지방에 있는 큰 병원의 원내 약국부터 드러그 스토어의 약사까지, 꽤 이곳저곳을 전전했거든요."

"드러그 스토어…. 그래서 그렇게 말씀을 잘하시는 건가요?"

"그건 학생 때 호스트 아르바이트를 했던 영향이 더 클지도 모르겠네요."

"호스…."

제발, 마지막에 대답하기 힘든 말을 덧붙이지 않았으면 좋겠다. 하지만 일단 사나다 씨가 과장과 약사와 호스트가 혼재된 다른 차원의 키메라 생물이라는 사실은 판명되었다.

이 상태라면 코스튬 플레이어 혹은 2.5차원 배우*일지도 모른다.

"꽤 재미있는 이야기가 있는데 들어보실래요?"

---

* 애니메이션이나 게임 등 2차원 속 캐릭터를 3차원인 현실에서 재현하는 것을 '2.5차원'이라고 하며, '2.5차원 배우'는 2.5차원 콘텐츠에서 활약하는 배우를 가리킨다.

접수대에 기대어 머리를 쓸어 올리기만 해도 어디선가 카메라 셔터음이 연속으로 들릴 것 같다. 필요하다면 반사판을 사둬도 좋겠다는 생각마저 든다.

"으음…. 무슨 이야기인지 굉장히 궁금한데요."

어째서인지 사나다 씨가 크게 한 번 심호흡했다.

"저어… 가나미 씨?"

"…네?"

"우리, 류 씨까지 세 명밖에 없는 부서잖아요."

"아, 네."

"그러니까, 조금 더 편하게 대해주시는 게 어때요? 저, 들어온 지 얼마 안 된 후배잖아요."

"'편하게'라고 말씀하셔도….'"

'친구 100명은 사귈 수 있으려나?' 그 말이 무구한 마음에 박혀 지금도 괴롭다.[*]

그게 이상향이든, 노력할 목표든, 100은 불가능한 숫자다.

게다가 잘 들어보면 '사귈 수 있으려나?'라는 부드럽고도 애매한 표현은 사실 '나는 하려면 할 수 있는데 과연 너는 어떨까?'라고 위에서 내려다보는 시선으로 격하게 들쑤시는 것처럼 들린다.

---

[*] 〈1학년이 되면〉이라는 일본 동요에 '1학년이 되면, 친구 100명은 사귈 수 있으려나'라는 가사가 있다.

사람은 그만큼 쉽게 친해지거나 서로 이해하는 존재가 아니라는 현실을 조금 더 순하게 담아낸 다른 현대적 표현의 등장을 기다릴 수밖에 없다.

"제 입으로 말하는 것도 좀 그런데…. 저는 제가 먼저 다가가는 편이거든요."

"그런 것 같아요. 다른 분보다 말 걸기도 편하고요."

"그러면 우선은 뭐든지 괜찮으니 편하게 말 걸어주세요."

"하지만 그러면 싫지 않으세요? 뭐랄까, 상대가 제멋대로 울타리를 넘어온다는 느낌이요."

"하하. 저는 괜찮아요."

순간 사나다 씨의 표정이 살짝 굳었다.

"울타리를 넘는 방법이나 넘어온 후의 모습으로 어떤 사람인지 판단할 수 있으니까요."

바로 웃는 얼굴로 돌아왔지만 역시 사나다 씨는 커뮤니케이션 몬스터다.

상대를 자기 울타리 안으로 불러들인 다음 마음대로 행동하게 해 오히려 상대의 본성을 판단한다니. 도저히 흉내 낼 수 없는, '자기 살을 베게 하고, 상대의 뼈를 자르는' 수준의 엄청난 기술이다. 내일부터는 '검객 쇼마'라고 부르는 게 좋을지도 모르겠다.

그렇게 진지하게 생각하고 있는데 진료 기록부를 다 쓴 모리 선생님이 진찰실에서 나왔다.

"마쓰 씨. 신주쿠에 의뢰한 이쿠타 씨의 검사 결과는 아직 안 왔나요?"

"임시 보고서는, 하나 도착했습니다."

아직도 팩스로 거래하는 건 의료 업계밖에 없지 않을까? 보내는 측의 해상도에 심각한 문제가 있는지, 글자가 깨져 병원 이름조차 절반은 읽을 수 없는 A4 복사 용지를 모리 선생님에게 건넸다.

지역 의료 연계실을 통한 진료의뢰서 요청에 공식적인 '답변'을 보낼 때가 많은 큰 병원은 담당했던 의사가 환자의 진찰이나 검사에 대해 결론만 먼저 보내주는 경우가 있다. 물론 누구나 친절하게 임시 보고서를 보내주지는 않고, 의사나 병원끼리의 친분으로 성립하는 '선의'의 교환이라고 한다.

그런 A4 용지를 슬쩍 본 모리 선생님은 표정 하나 바꾸지 않고 중얼거렸다.

"…뭐, 그렇겠지."

"어때요. 류 씨. 고헤이 씨의 결과는?"

정신을 차려보니 모리 선생님은 사나다 씨와 둘이 뒤쪽 책상에 앉아 진단 회의를 시작했다.

"궤양성 대장염, 크론병도 포함해 만성 염증이나 구조 이상의 소견은 없대."

우리 클리닉과에서는 절대 불가능한 '대장 내시경 검사'를 다른 병원에 의뢰했었다. 모리 선생님이 신주쿠역 근처 대형 병원의 원장인 지인에게 직접 부탁해서 사전 예약 같은 절차 없이 인맥으로 받은 것이다.

"상부 소화관은 어떤데요?"

"거긴 내가 봤어. 가벼운 급성 위점막병변(AGML)만 있고, 파일로리도, 궤양도 없었어."

"다른 건?"

"안 그래도 채혈 스크리닝은 젖당못견딤증 같은 음식 계열도 포함해 모두 깨끗해서 문제없다고 아까 본인에게도 전한 참이야."

"그러면 역시?"

"그럴 가능성은 매우 높은데…. 그래, 높은데…. 과연 어떨까?"

"뭐, 우리는 그렇게 생각하지만 다른 사람들 의견도 듣고 싶긴 하죠."

"맞아. 제삼자의 의견을 들어보고 싶지."

"예를 들면 자주 이야기를 나누는 접수 담당자라든가?"

이상하다. 지금 두 사람은 임시 보고서를 보며 이쿠타 씨의 질병에 관해 이야기하고 있을 터이다. 그런 대화에 의료 사무를 담당한 지 얼마 안 된 인간이 들어갈 여지가 있을 리 없다.

"쇼마. 내가 또 뭔가 마쓰 씨에게 실례되는 일을 했나?"

모리 선생님은 가만히 등으로 시선을 보내며 말하고 있을 게 분명하다.

"에이, 설마."

사나다 씨도 이쪽을 바라보며 이야기하고 있다고밖에 생각할 수 없다.

"아니, 그보다 류 씨, 가나미 씨한테 뭔가 했었어요?"

"그걸 모르니까 너한테 물어보는 건데?"

"그게 뭐야. 자각이 없는 것도 정도가 있지."

'모리 선생님이 실례되는 일이라니 전혀 그렇지 않아요'라며 웃는 얼굴로 뒤를 돌아보는 리허설을 머릿속으로 그리는 사이, 그 타이밍을 놓치고 말았다. 만사가 이런 식이라고 말해도 아무도 믿어주지 않겠지만, 이것이 슬픈 현실이다.

"아마, 그거 아닐까요? 가나미 씨는 진지하니까 환자의 진료 얘기에 관여하면 안 된다고 생각하는 게?"

"왜? 우리 직원인데?"

"비밀 유지 의무를 굉장히 신경 쓰고 있는 것 같아서. 그렇죠, 가나미 씨?"

"에? 네, 네!"

그제야 의자를 돌려 뒤를 돌아볼 수 있었다.

사나다 씨에게는 정말 감사할 따름이다. 예전에 읽은, 병원을 무대로 하는 요괴 러브 코미디 소설의 등장인물인 '심술꾸러기 꽃미남 의사'라고 해도 믿을 것 같다.

"마쓰 씨, 커피 마시겠습니까?"

"네?"

"저기, 류 씨. 방금, 대화 흐름이 이상하다니까."

"그럼 이럴 땐 뭐라고 하면서 권해야 하지?"

맙소사 하는 표정으로 한숨을 내쉰 사나다 씨가 옆에 있는 빈 책상으로 손짓했다.

얼떨떨한 상태로 대화에 참여하게 되었지만, 정신을 차리고 보니 무의식중에도 손수건을 꺼내 쥐고 있으니 참으로 난감했다.

"가나미 씨도 클리닉과 직원이잖아요. 환자 얘기할 때, 혼자 못 들은 척하지 않아도 괜찮지 않을까요?"

"하지만 비밀 유지 의무가 있으니까요."

"마쓰 씨. 비밀 유지 의무 규정이라는 건 의료인이 환자의 정보를 누설할 우려가….."

"그만, 그만. 류 씨, 재미없다니까. 환자에게는 그렇게 알기 쉽게 설명 잘하면서 가나미 씨한테는 그런 식으로 못해요?"

"글자 그대로 설명했는데 그게 왜?"

"…뭐야, 혹시 긴장한 거?"

"마쓰 씨한테? 내가? 왜 그렇게 생각해?"

"그러고 보니, 류 씨. 가나미 씨가 '선생님'이라고 불러도 신경 안 쓰네요."

"병원 의사와 의료 사무원인데 과장이라고 불리면 관계성이 이상하잖아."

"하지만 처음에는 과장이라고 부르라고 했잖아요."

"마쓰 씨한테? 안 그랬는데?"

'네에, 네에'라며 모리 선생님에게 맞춰주는 사나다 씨.

그리고 여전히 선생님의 트리거가 무엇인지 전혀 이해할 수 없는 나.

"가나미 씨, 비밀 유지 의무란 건 그렇게 어렵게 생각하지 않아도 돼요."

"하지만 개인정보인데…."

"그거, 바로 그 부분이에요. 간단히 말하면 병원 밖, 즉 클리닉과 밖으로 나가지만 않으면 돼요. 우리 세 명이 의료 정보를 공유해서 환자를 위해 사용하면 되니까요."

"하지만 제가 대화에 낀다고 어떤 도움이 되진 않을 거예요…. 그러면 차라리 아무것도 모르는 편이 여러 가지로 안전할 것 같아요."

모르면 누가 물어봐도 대답할 방법이 없다.

모르면 누구한테 무심코 말할 일도 없다.

사회인 생활 7년 동안 배운, 조용히 사는 데 필요한 나만의 리스크 관리 방법이었다.

"그렇지 않아요. 의사가 본 환자, 약사가 본 환자, 접수 담당자가 본 환자, 각자 다르게 보는 건 당연하잖아요. 그런 다각적인 평가를 모아 공유하면 진단을 내리거나 치료할 때 힌트를 얻는 경우가 꽤 있으니까요."

"…그런가요?"

"의사에게 묻고 싶었던 불안한 점을 약국에서 끊임없이 이야기하는 환자는 흔히 볼 수 있는걸요?"

확실히 병원 접수처에서도 본 적이 있다. 이미 계산하는 단계인데도, 당장이라도 진찰을 받을 기세로 접수 담당자에게 증상과 불안을 호소하던 환자의 모습이 떠올랐다.

"그래서 의사가 모르는 환자의 증상을 약사가 알고 있거나, 접수 담당자가 나중에 의사에게 보고할 때도 있어요."

"맞습니다, 마쓰 씨. 제가 하고 싶었던 말이 그 말입니다."

사나다 씨는 더 이상 선생님의 대화를 도와주지 않으려나 보다.

저렇게 적당하게 선 긋는 느낌은 아마도 평생 터득할 수 없을 것이다.

"게다가 가나미 씨는 클리닉과의 코메디컬 스태프*이니까요."

"코… 메디컬?"

사나다 씨의 말에 등이 찌릿찌릿했다.

이 감각을 '소속감' 혹은 '소속 의식'이라고 하는 걸까?

지금까지 한 번도 경험하지 못한 감정이었지만 절대 나쁘지 않았다. 밀려오는 안심감과는 다른, 총무과에 7년이나 있으면서 한 번도 느껴보지 못했던 감각이다. 어떤 역할을 맡은 작전 부대의 일원이라는 표현이 딱 맞을지도 모른다.

"맞아, 나도 그 말이 하고 싶었어. 그래서 뭔가 눈치챈 건 없는지, 마쓰 씨도 같이 이야기하는 게 좋다고 생각한 겁니다."

"이쿠타 씨에 대해서 말이죠?"

"표정, 시선, 대화 반응, 버릇, 눈을 깜빡이는 횟수, 뭐든 좋습니다. 마쓰 씨, 뭔가 신경 쓰이는 점은 없었나요?"

상대방 표정이나 시선 처리를 살피는 건 일반적이라고 해도 눈을 깜빡이는 횟수까지 신경 써서 보는 사람이 있나?

"아, 그러고 보니….''

어째서인지 불현듯 직원 식당에서 만난 이쿠타 씨가 떠올랐다.

---

* comedical staff, 의사 외 의료 종사자.

"그겁니다."

"류 씨, 일단 들어요. 아직 가나미 씨는 아무 말도 안 했잖아요."

"…전혀 상관없을 수도 있는데요."

"아뇨. 동일 인물의 행동에 있어 아예 상호 관계가 없는 사건이란…."

"그러니까 잠자코 그냥 들으라니까."

떠올린 모습은 이쿠타 씨의 업무용 휴대전화가 울린 후다.

휴대전화를 손에 든 순간, 조금 전까지 드리웠던 모든 감정이 없어진 것처럼 보였다. 미간에 순간적으로 살짝 잡힌 인상도 신경 쓰였다. 더욱이 박차를 가한 건 무엇보다도 이쿠타 씨의 마지막 혼잣말이다.

'화장실 갔다가 가면 한 소리 듣겠지.'

내가 느낀 그런 모든 것을 두 사람에게 이야기했다.

"아, 그랬군요. 아, 그래그래. 그럴 수도 있겠네요, 그쵸, 류 씨."

"역시 다각적 관점은 중요하군."

밥을 먹던 도중에 호출받아 점심 식사와 휴식 시간을 급히 마무리해야 한다면 누구나 불쾌해할 것이다. 그래서 이쿠타 씨가 그때 보인 반응을 특별히 의미 있는 행동이라고 여기지 않았다.

그래도 '뭔가 눈치챈 점'이 있냐는 질문에는 그 표정이 떠오르지 않을 수 없었다.

"이런 얘기가 진단에 도움이 될까요…?"

의자에 등을 기댄 모리 선생님은 눈도 깜빡이지 않고 이쪽을 바라보았다.

"증상에서 고려할 수 있는 최대한 많은 질환을 나열해, 그중 무언가에 해당하지 않는지 진단하는 것을 '감별 진단'이라고 합니다. 이쿠타 씨의 증상과 경과에서 생각할 수 있는 질환을 하나씩 감별했지만 모든 검사가 정상이었고, 증상도 진단 기준을 충족하지 못했어요. 그래서 소거법으로 남은 진단, 즉 제외 진단으로 이쿠타 씨의 병명을 확정한 겁니다."

"…그, 그렇군요."

"그 마지막 결정타가 바로 마쓰 씨의 관찰입니다."

"정말요?"

"네. 코메디컬 스태프인 마쓰 씨의 관찰 덕에 결론에 확신을 가질 수 있었어요."

"하지만 제가 한 말은… 식사 중 상사의 호출에 싫은 얼굴을 했다는, 아주 보통의…."

"그에 대한 이쿠타 씨의 반응이 모든 걸 말해준다고 생각합니다. 굉장히 가능성이 낮은 희귀 질환을 의심하지 않는한, 우선 이 진단으로 관리를 시작하는 게 일반적일 겁니다."

"저기, 가나미 씨. 이건 비밀 유지 의무와는 다른 이야기 맞죠?"

자기 평가가 낮은 삶에 안주해온 인간으로서, 내가 누군가의 중요한 분기점에 어떤 결정적인 역할을 했다고 생각하기는 쉽지 않았다.

그런데도 평생 처음 느낀 클리닉과에 대한 소속감은 점점 부풀어 올랐다. 이런 감정이 29년 동안이나 내면에 잠들어 있었다니, 정말 의외였다.

동시에, 최악의 상황을 피하고 싶은 인간은 모든 최악의 상황을 가정한다. 즉, 지금 가정해야만 하는 최악의 사태가 뇌리를 스치고 말았다.

"하지만, 혹시 이쿠타 씨… 지금까지 진단을 내릴 수 없었던 질병이거나 하지는….

생각하고 싶지도 않지만 모리 선생님은 한 번도 '악성 질병은 아니다'라고 말하지 않았다.

쿵. 심장이 혈액을 빠르게 토해내면서 그동안 망각했던 요의가 갑자기 터지기 직전이라는 위험 신호를 보냈다.

"괜찮아요. 그건 안심해도 됩니다."

"아, 다행이에요….

모리 선생님의 상냥한 미소가 파도처럼 일렁이는 동요를 달래주었다.

"…마쓰 씨도 같은 카테고리의 질환이라서요."

"네? 앗, 여기서 왜 제가 나오는 거죠?"

"그럼 이쿠타 씨보다 먼저 설명드리죠. 사실 마쓰 씨의 빈뇨는….."

인간은 의외로 쉽게 굳어버리는 존재임을 요즘 자주 실감한다.

무슨 말인지 전혀 모르겠다는 말이 목에 걸려 질식할 것만 같았다.

드디어 이쿠타 씨에게 진단을 전하는 날이 왔다.

시각은 오후 1시.

장소는 클리닉과 진찰실이 아니라 블라인드를 내린 4층 라운지의 작은 회의실. 작고 긴 테이블을 사이에 두고 한쪽에 모리 선생님과 사나다 씨가, 맞은 편에는 이쿠타 씨와 내가 나란히 앉았다. 이 자리 배치는 차를 내오는 사람이 앉는 위치가 절대 아니다.

"모리 과장님…. 저, 오늘은 검사 결과를 들으러 온 것… 맞죠?"

"그렇습니다. 약사인 사나다 씨와 의료 사무원인 마쓰

씨… 아니, 마쓰히사 씨가 동석했는데, 여기에는 목적과 의미가 있어요. 이 방식이 이쿠타 씨에게 병세를 설명하기 쉽고, 또 이쿠타 씨도 본인의 증상을 이해하기 쉽다고 생각했기 때문입니다."

"그렇군요. 처음 있는 일이라 조금 놀랐습니다."

뜬금없이 작은 회의실로 불려서 세 사람에게 둘러싸이면 누구나 어리둥절할 것이다.

그러나 모리 선생님에게 미리 병에 대한 설명을 들은 나로서는 이 방식이 이쿠타 씨의 이해를 돕고 안도감을 줄 수 있다고 생각한다. 일반적인 진료 형태는 아니지만 이런 방식이 가능하다는 점도 클리닉과의 이점일 것이다.

"이쿠타 씨. 결론부터 말씀드리면 모든 검사 결과에서 악성 질환은 아니라고 나왔습니다."

"네? 아, 네!"

아직 아무것도 시작하지 않았는데 느닷없이 결론부터 전하는 모리 선생님.

질질 끌어봤자 득이 될 건 없지만 뭐랄까, 정말 모리 선생님답다.

"그리고 이어서 질병에 관해서도 이 방식으로 설명을 계속하고 싶은데 어떠신가요?"

"아, 이대로도 괜찮습니다. 감사합니다, 신경을 써주신 것 같아서."

"이해와 허락에 감사드립니다."

"아닙니다, 저야말로요. 왠지 취업 준비할 때 했던 GD 같아서 반갑네요."

"그렇군요."

이쿠타 씨를 바라본 채로 멈춰버린 선생님에게 사나다 씨가 작은 목소리로 귓속말했다.

"취업 준비생들이 자주 사용하는 '그룹 토론(Group Discussion)'의 줄임말이에요."

"그렇군."

그렇다. 선생님은 진찰실이 아니라 그룹 토론 방식을 제안한 것이다.

"그래서… 제 복통과 설사의 원인은 무엇인가요?"

"과민대장증후군으로 진단하는 것이 타당합니다."

그렇게 말한 선생님은 설명할 때 쓰려고 대량으로 준비한 A4 용지에 크게 진단명을 적었다. 글자만 놓고 보니 왠지 나쁜 병 같다.

"…처음 듣는데, 어떤 병인가요?"

"나타나는 증상은 '질병'이지만, 그 원인은 '병적'인 것이 아닙니다."

"…네?"

갑자기 '질병이지만 병적이지는 않다'라는 말을 듣고, 바로 이해할 수 있는 사람이 얼마나 될까?

선생님은 다른 종이에, 뇌에서 모든 방향으로 뻗어나가는 신경 그림을 그리기 시작했다.

"인간은 여러 가지 부담, 즉 스트레스를 받으면 자신을 지켜 몸을 방어하려고 신경을 긴장시킵니다. 그것이 두 종류로 구성된 '자율신경' 중 하나인 '교감신경'인데, 이 반응은 정상이고 병적인 것은 아닙니다."

그림 속 신경 끝에 폐와 심장, 위, 대장, 방광, 근육, 피부라는 글자를 차례차례 적고, 그 전부를 빨간색 펜으로 뇌와 연결했다.

"그래서 과장님은 아까 원인이 병적인 게 아니라고…."

"그렇습니다."

"그렇군요…. 제 복통과 설사의 원인은 스트레스였군요."

"간단히 말하면 그렇지만 엄밀하게는 다릅니다."

"네? 다른… 가요?"

"엄밀하게는요."

"…네에."

원인은 스트레스지만 엄밀하게는 다르다. 그 의미를 미리 들긴 했지만 오히려 뭔가를 말하지 않으려고 얼버무리는 건가 싶을 정도로 이해하기 어려웠다.

"조금 전에도 말씀드렸듯이, 이 반응은 스트레스를 받으면 **누구에게나** 발생하는, 긴장에 대한 인간의 **정상적인** 반응입니다."

"아아."

이쿠타 씨는 머리 회전이 빠를 것이다. 바로 작은 목소리와 함께 움직임을 멈추었다.

이 단계에서 자꾸 질문해서 선생님의 설명을 멈췄던 내가 부끄럽다.

"그러니 **어떠한 스트레스가 방아쇠를 당긴 것은 사실이지만**, 엄밀히 말해 이쿠타 씨는 이 **교감신경 자극에 대한 신체 반응이 과민한 것일 뿐**입니다. 비유하자면 교감신경과 그 작용하는 대상 장기의 관계가 섬세하다고나 할까요."

애초에 비유가 아닌 것 같다.

이쿠타 씨는 고개를 갸웃거리며 눈에 띄게 표정을 흐렸다.

"섬세…. 장이 약하다는 말씀인가요?"

"아닙니다. 소화관 기능이 떨어진다는 의미와는 다릅니다."

"그러면 끈기가 없다든가 마음이 약하다던가…. 그런 '마음가짐의 문제'인가요?"

"아닙니다. 교감신경 자극에 창자가 보이는 반응의 개인차, 즉 내장의 캐릭터라고나 할까요…. 아, 이해하기 어려우시다면 '몸의 캐릭터, 즉 성격이 섬세'하다는 표현은 어떻습니까?"

"몸의 성격….."

그렇게 또 한 걸음, 이쿠타 씨는 이해에 더 가까이 가지 않았을까?

만약 몸에도 성격이 있다면 그 성격을 바꾸기란 쉽지 않다. 모든 사람과 똑같은 스트레스를 받아도 '섬세한 성격의 몸'이기에 일어나는 반응이지, 결코 병적인 것이 아니다. 그러니 검사 결과도 모두 정상으로 나온다.

적어도 나는 이 정도가 가장 이해하기 쉬운 방식이었다.

"그리고 반응을 유발하는 스트레스는 설령 그것이 굉장히 사소하더라도 무엇이든 방아쇠가 될 수 있습니다."

"굉장히 사소한 것이라도…. 아주 작은 걱정거리도요?"

"그렇습니다. 정도나 종류는 관계없습니다. 그 사람이 스트레스라고 느끼는 것 혹은 본인이 그것을 '스트레스라고 의식조차 하지 못하는 것'도 방아쇠가 될 수 있습니다."

여기에서 다시 이쿠타 씨의 이해가 멈춘 것처럼 보였다.

보통 정신적 스트레스라고 하면 마음이 우울해져 견딜 수 없을 만큼 강렬한 것을 떠올리는데, 모리 선생님은 '무엇이든 될 수 있다'라고 말했다.

"에이…. 자기 스트레스를 자기가 의식하지 못한다는 게 말이 되나요?"

"아주 오래전, 지도 교수님께서 이런 말씀을 하셨습니다. 그것이 말이 되는지 아닌지를 논의하기 전에, 실제로 증상이 나타난다는 것을 잊지 말아야 한다고요."

테이블에 약간 몸을 내민 선생님은 이쿠타 씨를 물끄러미 바라보았다.

"그런 일은 '있을 수 없다'라든가 '들어본 적 없다'라는 선입견과 경험칙은 어김없이 오진을 초래합니다. 실제로 증상이 나타났으니 자각 여부를 떠나 원인이 되는 스트레스가 있다고 봐야 합니다."

이쿠타 씨는 선생님을 응시한 채, 움직임을 완전히 멈추고 이야기를 들었다. 그리고 말이 끝나자 테이블에 시선을 떨어뜨리며 가볍게 고개를 숙였다.

"모리 과장님. 정말로 감사합니다."

"…이쿠타 씨? 죄송하지만 어느 부분에서 감사하신 건지…?"

무심코 사나다 씨와 시선이 마주쳤지만 선생님과 이쿠타 씨의 대화에 끼어들지는 않았다.

"제가 너무 자주 배가 아프고 설사해서…. 나중에는 아무도 믿어주지 않더라고요."

"하지만 복통과 설사는 사실이잖습니까?"

"물론입니다. 아무도 믿어주지 않았어도 이 증상은 거짓말이 아니니까요."

"…처음부터 믿고 있었습니다만."

"그러니까 그… 감사합니다."

"그런 뜻이었나요? 마음 쓰지 마세요."

증상이 전부라고나 할까, 모리 선생님은 호소하는 증상을 의심하지 않을 것이라는 안심감을 준다. 이런 접근법을 '문제 해결형'이라고 해도 좋을 것이다.

"당연한 얘기지만 항상 방어적인 자세로 있으면 긴장해서 몸이 남아나질 않으니, 각 장기에는 그와 정반대로 몸을 이완시키는 자율신경의 '부교감신경'이 항상 세트로 연결되어 있습니다. 인간의 거의 모든 활동은 이 두 신경의 줄다리기로 균형을 잡고 있다고 할 수 있습니다. 여기까지 이해하셨나요?"

이번에는 파란색 펜으로 모든 장기를 뇌와 연결했다.

"네. 이해했어요."

다음으로 선생님은 폐에 동그라미를 그렸다.

"예를 들어 이 교감신경 자극에 폐가 섬세하게 반응하면, '답답함'을 느끼거나 호흡이 너무 많아지면서 '과호흡증후군'이 되기도 하는데, 이는 다양한 검사를 해도 원인을 발견할 수 없습니다."

"과호흡이라니, 들은 적은 있는데···. 이것이 원인이었군요."

다음으로 심장에 동그라미를 쳤다.

"심장이 반응하면 두근거림을 느끼거나 저처럼 부정맥이 옵니다."

"아, 부정맥까지. 어? 그런데 모리 과장님이요?"

"네, 맞습니다. 저는 스트레스를 받으면 기외수축이라는 부정맥이 생겨요."

"괘, 괜찮으신가요?"

"스트레스를 받을 때만 나타나는 증상이어서 일상생활에는 지장이 없습니다. 그러니 이를 '질병'이라고 부르느냐 마느냐는 그 정도와 빈도에 달린 거죠."

"그러면 모리 과장님은 아프신 게 아니라 심장이 섬세하다는 말씀이군요."

"인정하고 싶지는 않지만···. 지금까지 한 설명대로라면 그렇게 되죠."

옆에서 피식거리는 사나다 씨를 거들떠보지도 않고 아무 일도 없다는 듯 선생님은 이어서 피부에 동그라미를 쳤다.

"피부가 섬세하다면 쇼마처럼 두드러기가 납니다. 이를 특발성 두드러기, 혹은 스트레스성 두드러기라고 부르기도 합니다."

이쿠타 씨는 어떻게 반응해야 할지 모르겠다는 듯, 그저 눈을 동그랗게 뜨고 사나다 씨를 바라보았다.

그러나 무슨 생각을 하는지 짐작할 수 있다. '저런 커뮤니케이션 몬스터 사나다 씨가 몸의 성격이 예민하다니!'라고 생각했을 것이다.

이게 내가 다른 사람에게 '그렇게 보이지 않네요'라고 말하고 싶지 않은 이유다.

어차피 사람의 외모나 인상은 그 정도 수준이다.

"맞아요, 고헤이 씨. 저도 직장을 옮기거나 하면 두드러기가 꽤 올라오거든요."

"그러신가요? 이 회사에 왔을 때도 두드러기가 생겼나요?"

"아니요. 여기에 왔을 때는 올라올 기미조차 없었죠."

"그렇다는 건… 스트레스를 전혀 받지 않는다는 말씀인가요?"

"뭐, 그렇다고도 할 수 있죠. 아무 생각 없는 속 편한 바보라고 여길 수도 있지만."

"아, 아니에요! 그런 의미가 아닙니다."

확실히 사나다 씨를 보면 괴로워하거나 고민하거나 허둥대는 기색이 전혀 없다. 그건 매일매일을 즐기고 있다는 의미일지도 모른다.

"농담이에요. 잠이 엄청 부족하거나 너무 피곤할 때, 이런

저런 생각을 너무 많이 해서 머리가 돌아가지 않을 때도 두드러기가 나요. 그 말은 반대로, 두드러기가 났을 땐 몸과 마음, 모두 노란불이 켜졌다는 증거이니까 휴식을 취하려고 하죠."

"아, 아까 모리 과장님이 말씀하신 '의식하지 못하는 스트레스'라는 거군요."

이렇게 다른 사람의 사례를 들으니 교감신경 자극에 대한 몸의 반응을 이해하기가 상당히 쉬웠다. 모리 선생님은 그래서 이런 토론 방식을 택했을 것이다.

"그리고 저는 집단생활이 어렵거든요. 마음이 안 맞는 사람과 일하다 보면 그 사람이 하는 일마다 짜증 나요. '이제 됐으니까 그냥 나한테 넘겨', '내가 할 테니까 너는 손 떼'라고 하면 어느새 아무도 일하지 않잖아요. 그럴 거면 하고 싶은 사람이 하라는, 그런 분위기? 뭐, 당연하지만. 그러다가 목욕을 마치면 두드러기가 올라오는 패턴이죠."

"그, 그렇군요⋯."

"그래서 전 직장은 바로 그만두었어요."

"⋯용기가 필요하지는 않으셨나요?"

"용기요? 필요 없어요, 전혀. 두드러기가 나면서까지 일해야 할 만큼 제 인생은 보잘것없지 않으니까요."

한마디로 말하자면, 성숙하지는 않다.

하지만 '제 인생은 보잘것없지 않으니까요'라는 말에 무심코 생각에 잠겼다. 돈은 중요하지만, 두드러기가 나고 뼈를 깎으며 일한다고 한들 마지막에 무엇이 남는단 말인가.

"거짓말 아니에요. 휴대전화에 동영상 찍은 거 있는데, 한 번 볼래요?"

"아, 아니요. 괜찮습니다, 믿습니다."

갑자기 사나다 씨가 빙긋 웃으며 내 쪽을 바라보았다.

굳이 신경 써서 대화에 끼워주지 않아도 되는데.

"가나미 씨도 저를 심장에 털이 난 사람이라고 생각했죠?"

"네? 설마요…. 털이 많아 보이지는 않는데…."

회의실 안이 조용해졌다. 아마 적절한 대답이 아니었던 것 같은데, 무엇을 어떻게 잘못했는지는 나중에 알아보자.

아랑곳하지 않고 모리 선생님은 다음으로 위에 동그라미를 그렸다.

"그리고 위가 반응하면 위통, 식욕 부진, 울렁거림, 혹은 실제로 구토하기도 합니다. 신경성 위염이나 급성 위궤양 등도 이 반응의 일부라고 할 수 있습니다."

"아, 들은 적 있어요."

"이쿠타 씨에게 그런 소견은 보이지 않았기 때문에 상부 소화관 복통은 부정한 것이고요."

그대로 물 흐르듯 선생님은 대장이라고 적힌 글자에 동그라미를 쳤다.

"그리고 여기, 대장에 일어나는 반응이 이쿠타 씨의 과민대장증후군입니다. 물론 위와 대장에는 증상 차이가 있지만 스트레스로 인한 교감신경 자극에의 섬세한 반응, 즉 과민하게 반응한다는 의미에서는 똑같습니다."

"그렇군요…. **과민**대장증후군이니까요."

"그렇습니다. 특징을 매우 잘 나타낸 병명인 거죠."

"모리 과장님, 감사합니다. 두 분도 증상을 알려주시고 설명도 잘 해주셔서 아주 쉽게 이해할 수 있었어요."

"그런가요? 잘됐군요. 다음은 근육인데요."

선생님은 근육에 동그라미를 치며 설명을 계속해서 이어갔다.

"네…?"

"…응?"

"저, 과장님…. 매우 잘 이해했습니다만…."

"아, 미안합니다. 잠깐 휴식합시다."

"아뇨, 저는 괜찮은데…."

두 사람의 시선이 동시에 이쪽으로 날아왔다.

신경을 써주니 죄송하기도 하고 기쁘기도 하지만, 신기하게도 지금은 괜찮다.

"…저도 괜찮습니다."

그 말을 듣고 안심한 듯 모리 선생님은 설명을 계속했다.

앞으로 어떤 설명이 더해질지, 이쿠타 씨는 전혀 감을 잡을 수 없어 보였다.

"이건 주로 어깨나 목 언저리부터 머리 주위의 근육통을 말하는데, 여기에서는 주로 긴장형 두통을 나타냅니다."

"근육통이라는 말씀인가요?"

"그렇습니다."

"어라…. 하지만 두통이라니."

"두통은 크게 머리뼈의 안쪽 통증과 바깥쪽 통증으로 나눌 수 있는데, 편두통은 머리뼈의 안쪽 두통, 긴장형 두통은 바깥쪽 두통, 다시 말해 머리뼈를 덮고 목과 이어져 지탱하고 있는 근육의 '근육통'이라고 생각해도 무방합니다."

"아, 그래서 근육통은 곧 두통이라고 하셨군요."

"긴장형 두통과 편두통은 진단 기준이 다르고 구별하기 어려운 점도 있습니다. 긴장형 두통은 비교적 빈도가 높아서 쉽게 편두통이라고 판단하지 않는 것이 좋습니다."

"편두통이요? 그것도 자주 들어봤어요."

그렇게 말은 했지만 이쿠타 씨는 아직 설명이 계속되는 이유를 모르고 있다.

하지만 지금부터가 모든 설명의 나머지 절반이라고 말해도 좋다.

"마지막으로 방광이 교감신경에 섬세하게 반응하면….”

모리 선생님이 힐끗 시선을 보내왔다.

아무리 둔해도 그 의미가 **확인**이라는 것쯤은 안다. 문제없으니 예정대로 이야기를 진행하도록 조용히 고개를 끄덕여 대답을 대신했다.

"…요로와 방광, 생산되는 소변에 문제가 없는데도 화장실에 가고 싶어지는 심인성 빈뇨가 됩니다. 그렇죠, 마쓰 씨?”

"네? 마쓰히사 씨가?”

깜짝 놀라며 고개를 돌린 이쿠타 씨에게도 말없이 고개를 끄덕여 대답했다.

어렸을 적부터 20년 이상이나 시달렸던 나의 빈뇨. 방광염이나 이뇨증 등 다양한 질병을 의심해서 다양한 검사를 닥치는 대로 받았지만 결과는 모두 정상. 마지막에는 무조건 '너무 신경 써서'라든가 '소심해서' 등으로 결론지은 나의 빈뇨. 지금까지의 검사 결과와 역사를 모두 얘기했더니 모리 선생님은 제외 진단 방식으로 너무나도 간단히 심인성 빈뇨라고 진단해주었다.

왜 이 병명을 가르쳐주는 의사가 20년 넘게 나타나지 않았는지 의아하기 짝이 없다. 그리고 이쿠타 씨가 없었다면 여전히 몰랐을 것이다. 그렇기에 이 그룹 토론에 참여해서 잘 알지도 못하는 이쿠타 씨 앞에서 내 증상이 밝혀지는 것을 받아들였다.

모리 선생님은 스트레스로 부정맥이 발생하고, 사나다 씨는 두드러기가 올라오고, 이쿠타 씨는 배에 증상이 나타난다. 그 말을 들었을 때 교감신경 자극 증상은 '누구에게나' 일어날 수 있는 일이라며 안심하며 20년 이상 응어리졌던 감정이 단번에 해소되던 그 느낌을 아마 평생 잊지 못하리라.

그리고 이것이 거짓 증상이 아니고 마음가짐의 문제도 아님을 의학적으로 인정받았다는 점이 무엇보다 기뻤다. 그러니 분명 이쿠타 씨도 '동지'가 많은 편이 더 마음 놓일 것이라는 생각으로 이런 방식을 택한 것이다.

"자, 마쓰 씨에게 질문하겠습니다. 그런 긴장의 계기는 아주 사소한 것도 포함되나요?"

"네. 대체로 계기는 사소해요."

"긴장의 종류나 정도는 상관없다는 말씀이죠?"

"맞아요. 저와는 관계없이, 그 자리의 분위기만 나빠져도 찌릿찌릿 아랫배에 자극이 오기 시작해요. 만약 잘못해서 제가 주목받으면 바로 달려갈 수 있는 화장실 위치를 머릿속에서 확인하고 있을 정도예요."

"그렇군요. 그러면 그 증상을 피하려고 무언가 특별한 대책을 세운 적이 있나요?"

"…최대한 다른 사람의 눈에 띄지 않게 생활하려고 노력

중입니다."

"그러셨군요. 귀중한 증언, 감사합니다."

왠지 재판 같은 대화가 되어버렸지만, 모두 사실이다.

빈뇨가 발생하는 원리를 알고 나니 마음이 편해진 깃도 사실이다. 성격이 섬세한 방광에게 내일부터 당장 씩씩해지라고 하는 건 절대로 불가능하다. 물론 무조건 참으라는 식의 논조는 논외인 데다가, 설령 내장의 성격을 단련하는 멘탈 트레이닝을 한다고 해도 그 결과는 앞으로 몇 년이나 뒤에 나올 것이다.

또 스트레스는 매일 같이 쏟아진다. 그리고 스트레스는 절대 익숙해질 수 없으며, 오히려 뇌 안에 축적된다. 이는 살아 있는 한 피할 수 없다.

다시 말해 이 증상과도 '마주해야만 한다'는 것인데, 그건 죽을 때까지 자기 성격과 우호적으로 지내야만 한다는 이야기와 똑같다.

그렇게 생각하고 받아들이게 되었다.

"이쿠타 씨. 이러한 교감신경 반응에 의한 증상에는 기외수축, 특발성 두드러기, 과민대장증후군, 심인성 빈뇨 등 각각에 다양한 병명이 붙어 있는데, 심리적 부담과 신체 증상이 교감신경으로 연결되어 있어 대체로 '심신증'이라고도 불립니다."

그 단어를 들은 이쿠타 씨의 표정이 살짝 변했다.

"…그건 정신건강의학과의 질병 아닌가요?"

"이러한 증상이 '질병'이 되는지는 그 정도와 빈도에 따라 달라집니다."

"아, 그랬었죠…."

"무지개에는 뚜렷한 색의 경계선이 없습니다. 빨간색은 어느새 주황색이, 주황색은 또 어느새 노란색이 되어 있습니다. 그것과 똑같다고 생각해주시면 좋겠습니다."

"…확실히 그러네요."

역시 이쿠타 씨는 머리 회전이 빠른 사람이다. 바로 선생님의 설명을 이해했는지 작게 고개를 끄덕이며 크게 한숨만 내쉬었다.

"심신증이라는 단어를 들으면 특별한 질환으로 잘못 이해하기 쉽습니다. 하지만 이것은 지극히 평범한 생체반응이며, 약간 섬세하고 지나친 정도의 문제라고, 부디 이쿠타 씨도 이해해주셨으면 합니다."

"모리 과장님. 혹시 오늘 이 회의실로 부르신 이유가…."

이쿠타 씨가 회의실 안을 둘러보았다.

여기에 있는 네 명 모두 무언가의 심신증 증상이 있다. 그러나 그것은 질병이라기보다 일상생활의 일부 혹은 성격의 일부라고 말하는 게 좋을 것 같다.

"감사합니다. 왠지 후련하네요."

"물론 업무와 일상생활에 지장이 없도록 앞으로도 약은 처방해드리겠습니다. 하지만 이는 근본적인 치료가 아닌, 임시방편임을 이해하셔야 합니다."

"그렇겠죠? 결국은 스트레스 원인이 해소되어야만 하는 거니까요."

그 표정을 보고 이쿠타 씨가 직원 식당에서 중얼거린 말이 떠올랐다.

'화장실 갔다가 가면 한 소리 듣겠지.'

물론 추측이지만 그건 상사나 부장님으로부터 온 전화가 아니었을까?

입사 2년 차에다 사회 경험도 적으니 당연할 수도 있다. 하지만 아무래도 상사의 갑질이나 어떤 괴롭힘은 없는지 걱정된다.

"근본적으로는 스트레스를 없애야 하는데 쉽지 않지요. 이쿠타 씨, 요즘 스트레스를 받고 있습니까?"

핵심을 찌른 선생님의 말에 문득 정신을 차리고 보니 손수건을 움켜쥐고 있었다.

"스트레스 말인가요? 흐음, 바로 떠오르지는 않네요."

그 표정이 말하고 싶지 않은 마음을 숨기려는 모습으로 보이지는 않는다.

하지만 분명 복부 증상이 있으니 스트레스는 반드시 존재한다.

"그렇군요. 자, 오늘의 병세 설명은 여기까지입니다. 처방약을 다 드시기 전에 다시 진료받으러 오세요."

"모리 과장님, 감사합니다."

왜 이렇게 마무리하는지 전혀 이해할 수 없다.

세 사람이 자리에서 일어나려 할 때, 말로 설명하기 어려운 충동에 휩싸였다.

"저…."

이야기를 다 정리하고 떠나려는 사람들을 멈춰 세우는, 그런 눈에 띄는 행동은 지금까지의 나라면 절대 할 리가 없다. 그렇지만 정신을 차리고 보니 의자에서 소리가 날 정도로 기세 좋게, 가장 먼저 일어나 있었다.

"마쓰 씨, 무슨 일 있습니까?"

"…아뇨, 그, 뭐랄까…."

물론 해야 할 말을 준비한 건 아니다.

다만 이쿠타 씨가 현재 업무와 상사를 스트레스 범위에 넣지 않았을까 봐 걱정이었다. 내 걱정만으로 벅찼던 평범한 빈뇨인이 다른 사람을 걱정해버렸다.

"아, 류 씨. 저랑 가나미 씨가 여기 정리하고 갈 테니까, 고헤이 씨와 먼저 클리닉과로 돌아가 계세요."

역시 사나다 씨가 재빨리 알아차렸다.

그러나 완전히 대화를 딴 데로 돌리고 가볍게 고개를 저으며 '그 이야기는 하지 말죠' 하고 무언의 눈빛을 보낸다. 커뮤니케이션 몬스터인 사나다 씨가 그렇게 판단했다. 그 진의는 몰라도 아마 지금은 그 판단이 옳을 것이다.

"알겠어, 고마워. 그러면 이쿠타 씨, 먼저 갑시다."

그렇게 두 사람이 방을 나가자 사나다 씨는 조용히, 작은 숨을 내쉬었다.

"가나미 씨, 사람이 너무 좋아요."

"…무슨 말씀이세요?"

"조금 전에 고헤이 씨에게 갑질이라도 당하진 않았는지 물어보려고 했죠?"

역시, 모든 걸 간파한 눈빛이었다.

"죄, 죄송합니다…. 제가 쓸데없는 소리를 하려고…."

"아뇨, 전혀 쓸데없는 건 아닌데요."

"저는 원인을 알고 마음이 많이 편해졌던 거라…"

"음, 영업기획부 부장님의 태도와 처리해야 하는 업무들. 고헤이 씨가 자각하지 못한 것뿐, 입사 2년 차에는 당연히 많이 힘들지 않을까요?"

살짝 씁쓸한 미소를 짓는 사나다 씨. 라이토쿠에 입사한 지 얼마 안 됐는데 어디서 그런 정보를 들은 걸까?

그런 얘기를 하면서도 손을 멈추지 않고 방을 정리한다.

"근데 왜 이쿠타 씨에게 그 이야기를…."

"…앞으로 여러 업무를 잘하게 되면 스트레스를 안 받을 수도 있잖아요."

"아…."

거기까지 설명을 듣자 사나다 씨가 말린 이유를 이해할 수 있었다.

나는 빈뇨 방아쇠를 당기는 '긴장'에서 평생 벗어나지 못하고, 도망가거나 피하거나 예측해서 덜어내며, 앞으로도 끊임없이 마주해야만 한다. 그리고 그 관계는 지금과 크게 다르지 않을 것이다.

그러나 이쿠타 씨의 방아쇠가 '업무'나 '상사'라면 전혀 다른 이야기다. 오히려 앞으로 관계성이 크게 달라질지도 모른다. 업무에 익숙해진 부하 직원을 보는 상사의 시선도 달라질 테고, 일을 마주하는 이쿠타 씨의 마음가짐도 달라질 것이다.

"하지만 지금 증상이 있는 건 틀림없으니…. 이쿠타 씨에게 해줄 수 있는 건 없을까요?"

"정말로. 가나미 씨는 클리닉과에 잘 맞네요."

"…그런가요?"

소독 행주로 테이블 닦기까지 마친 사나다 씨가 하얀 치아를 보이며 빙그레 웃었다.

"아마도 류 씨는 필요하다면 지사제뿐만 아니라 항불안제도 처방할 거예요. 가나미 씨는 지금처럼, 부담 없이 상담할 수 있는 창구가 되는 게 좋지 않겠어요?"

부담 없이 상담할 수 있는 장소. 그것은 분명 모든 사람에게 필요한 장소다.

"그러면 사나다 씨는요?"

"저요? 저는 그냥, 적당히 여기저기 돌아다닐 거예요."

사나다 씨는 그렇게 말하며 활짝 웃었다.

이런 적당하고 중립적인 느낌도 사람에게는 필요하다.

제 3 화

자각하지 못하는
입냄새

'유언실행(有言實行)'이란 이를 두고 하는 말일까?

클리닉과에 들어서자마자 바로 왼쪽 벽에 드러그 스토어에서 볼 법한 상품 진열대 하나가 설치돼 있다. 어제 부서 문 단속을 하며 보안을 걸고 퇴근했을 땐 아무것도 없었으니, 늦은 밤이나 아침 일찍 반입된 것이다.

"가나미 씨, 좋은 아침!"

몇 시에 출근했는지 모르겠지만 사나다 씨는 평소보다 활기가 넘쳤다.

폭은 가볍게 양손을 옆으로 벌린 정도에 맨 아래 칸이 가장 높은 5단 진열대. 분명 쇼마의 베스트 셀렉션 코너를 만들려 했겠지만, 아쉽게도 아직 진열된 물품은 아무것도 없다.

"안녕하세요. 이 진열대는 뭔가요?"

일단 여기는 클리닉과이니 당연히 급여의약품 처방도 가능하다. 그것을 잘 아는 사나다 씨가 이 선반에 무엇을 진열할지, 굉장히 궁금하다.

"참, 접수할 때 방해되지는 않겠죠?"

"전혀요."

"다행이다. 그쪽에 진찰실 입구도 있으니, 진열대는 이쪽 벽에 붙일 수밖에 없었어요."

"괜찮아요. 반대편 카운터는 사용할 예정도 없고요."

클리닉과에 들어서자마자 정면에 보이는 접수대는 미래의 확장성을 고려해서인지, 가로가 긴 테이블 두 개가 사람이 드나들 만큼 떨어진 채 나란히 배치되어 있다.

하지만 반대편 테이블은 한 번도 사용한 적이 없고, 그럴 필요를 느낀 적도 없다.

"정말요? 그러면 이쪽에 상품 결제용 계산대를 한 대 더 놓을까요?"

클리닉과는 접수대 뒤에 책상 네 개가 마주 볼 뿐, 반대편 테이블도 사용하지 않으니 부서치고는 너무 한산하다.

그러나 벽에 상품 진열대가 설치되고 계산대가 두 대 있으면, 왠지 편의점이 연상된다. 추운 겨울이 오면 어느새 접수대에서 '어묵'을 파는 그런 망상을 부정할 수 없는 부분이, 너무나 사나다 씨답다고 하면 실례일까?

그런 어처구니없는 일을 상상하는데 마지막으로 모리 선생님이 출근했다.

"좋은 아침입니다, 마쓰 씨. 쇼마는 어차피 어젯밤부터…."

그렇게 말한 선생님은 멈춰 서서 아직 아무것도 없는 상품 진열대를 바라보다가 천천히 접수대로 시선을 옮겼다.

"…쇼마, 또 겨울이 되면 '어묵'을 팔고 싶다는 말을 꺼내는 건 아니겠지?"

비교적 진지하게, 약국에서 어묵을 팔려고 한 적이 있었나 보다.

내 단련된 상상력도 이제 특수 능력의 경지에 오른 게 아닐까?

"생각을 안 한 건 아니지만…. 직원 식당도 있어서, 음식으로는 대장은 못 이기니까."

이유가 약간 다른 것 같기도 하지만 마음을 접어 참 다행이다.

"그런 뜻이 아니야. 울렁거림이나 구토를 포함해 몸이 아픈 환자들에게 '어묵' 냄새는 좋지 않다는 소리야."

선생님이 말리는 이유도 살짝 빗나간 것 같다. 이곳이 청소용 도구 같은 미화용품을 취급하는 회사의 사무실이고, 심지어 의료 부서임을 잊은 건 아니겠지?

"그러면 팔각회향을 넣어야 하나?"

또 이야기가 어긋난 것 같다.

"일본에서는 팔각이 들어간 어묵은 일반적이지 않아."

더 벗어났다.

"대만 편의점에서 먹은 거, 맛있었는데."

"너, 애초에 요리 전혀 못 하잖아."

"뭐, 그렇긴 하지만."

언젠가는 '아니야, 그건 아니죠!', '팔각이라니!'라면서 아무렇지 않게 두 사람 사이에 끼어들어 딴지를 거는 역할을 앞으로의 목표로 삼고 싶다.

"참, 마쓰 씨. 우리 청소 당번은 언제인가요?"

이제야 재킷을 벗은 선생님이 흰 가운을 입고 목에 청진기를 두른 뒤 진료 준비를 갖추었기에 어묵 이야기는 이렇게 마무리되는 듯했다.

"…당번요?"

"음? 아니, 다른 분들이 매일하는 아침 현관 청소 말이에요."

"아아. 그건 부서가 번갈아 가며 하는 건데, 아직 괜찮아요. 지금은 개발 본부 순서여서 클리닉과는 당분간 없을 거예요."

"그렇습니까…. 당분간 못 하는군요."

왜 아쉬운 표정을 짓는지 모르겠다. 일찍 출근해도 상관없다는 직원도 일부 있지만, 대다수가 원치 않는 관습이다.

이 관습은 라이토쿠사가 청소·미화용 상품과 서비스를 제공한다는 사실을 주위에 알리려는, 이미지 제고 목적으로 시작했다고 한다. 회사 정문에서부터 맞은편 건물 세 채와 양옆 두 채의 부지까지 쓰레기 줍기와 쓸기 청소는 기본이고. 자사 제품인 통칭 '길고 편리한 핸드 스틱'을 이용해 현관 창문과 벽을 물걸레질하는 모습이란, 분명 좋은 인상을 심어줄 것이다.

그러나 최근 몇 년은 분재가 취미인 인사부 부장님의 지도로 한 달에 한 번 정문 앞 식목과 관목의 가지치기까지 하게 되었다.

솔직히 새로운 사장님이 부임하셨으니 이를 계기로 사라졌으면 하는 관습 1위다.

"혹시 선생님은 그거 하고 싶으셨나요?"

"청소 당번은 고등학생 이후 처음이라서요."

"류 씨, 그거 진심이에요? 청소인데?"

"조금은, 아주 조금은 기대하고 있었다고나 할까…. 준비하고 있었다고나 할까."

도대체 무슨 준비를 했는지 굉장히 궁금하다. 그때 지금까지 들은 적 없는, 경고음 같은 짧고 날카로운 소리가 실내에

울려 퍼졌다.

위이잉, 위이잉.

"어?"

심지어 어디서 도는지 모르겠는 적색등까지 돌기 시작했다. 빨간불이 벽, 창문, 문을 맹렬하게 헤집고 다닌다.

"쇼마, 이거 이제 연결할까?"

"해도 될 거야."

두 사람은 눈빛을 주고받은 뒤, 어디선가 꺼낸 이어폰을 한쪽 귀에 꼈다. 콘서트장 스태프나 액션 영화에서 경호원들이 착용하는, 그 작은 마이크가 달린 이어폰이었다.

"서, 선생님…. 무슨 일이 일어난…."

"네, 총무부 클리닉과의 모리 과장입니다. 환자인가요? 외상입니까?"

그렇게 말하면서 손가락으로 선생님이 가리킨 것은 천장이다. 어느새 설치했는지 거꾸로 된 빨간 회전 램프가 바쁘게 돌아가고 있었다.

그걸 보고 놀라긴 했지만, 무슨 의미인지는 전혀 알 수 없었다.

"아니…. 저, 어라? 사나다, 씨?"

뒤를 돌아보니 사나다 씨는 당장 산을 타러 갈 법한, 아니 재해 현장으로 파견 나갈 때 쓸 것만 같은 큰 오렌지색 배낭을 메고 있었다. 웨이스트백까지 허리에 두르고 있으니 정말 그럴듯해 보였다.

"가나미 씨, 사내 구급 요청이에요."

"그게 뭐예요?"

"각 부서의 사무실과 복도에 납작한 판 모양의 오렌지색 비상 버튼 있잖아요. 그걸 누르면 클리닉과로 바로 연결되도록 했거든요."

"그런 버튼이 있었나요…?"

"어, 몰랐어요?"

"…죄송해요, 몰랐어요."

아무래도 천장은 매일 보지 않으니 몰랐어도 어쩔 수 없다고 자기합리화했다. 하지만 회사에 다닌 지 벌써 7년이다. 적어도 복도에 버튼이 늘어났다면 눈치챘어야 했다.

"아, 그러고 보니 구급용 비상벨이 작동되는지 확인한 게 어젯밤이었나…."

그건 확실히, 절대 눈치챌 수 없다. 이런 발 빠른 설치는 물론 기술관리부의 일이겠지만, 빨라도 너무 빨라 따라잡을 수가 없다.

"알려주셨으면 저도 설치할 때 남아 있었을 텐데…."

"아니에요. 류 씨가, 여자한테 밤늦게까지 초과 근무는 안 시킨대요."

"…신경 써주셔서 감사합니다."

살짝 낙심하며 당황하는 사이, 구급 요청 알람은 끝났다.

"쇼마! 26세 여성, 2층 법무부에서 무너지듯 쓰러지며 의식 소실. 의식은 바로 돌아와서 지금은 앉아 있지만 말은 약간 어눌한 것 같아. 눈에 띄는 외상이나 통증은 없고 호흡도 안정적이야. 과거 병력이나 복용하는 약은 확실하지 않고."

"오케이."

"그 자리에서 말초 정맥을 확보할지, 여기로 데려올지…. 들것도 있지?"

"접이식 들것, 있어요."

이런저런 지시를 내린 모리 선생님은 흰 가운 위에 주머니가 많이 달린 모래색의 조끼를 걸쳐 입었다. 분명 각 주머니에는 처치 등에 필요한 도구가 들어 있을 것이다. 가슴 부근의 작은 주머니에서 가위 손잡이 부분이 살짝 보였다.

그건 그렇고, 흰 가운을 입지 않았다면 바로 전쟁터에 뛰쳐나가도 이상하지 않을 정도로 전투적인 디자인의 저 조끼. 그게 클리닉과 비품인지, 선생님 개인 소지품인지 궁금한 것을 보면 나는 아직 총무과 시절의 습관이 전부 빠지지 않은 듯하다.

"그러면, 마쓰 씨."

"네!"

"현장 다녀올 테니 사무실 부탁합니다. 곤란한 일이 있으면 저한테 연락해요. 뭐, 걱정되는 일 있습니까?"

"저, 저기. 저건 어떻게 할까요?"

할 질문이 그것밖에 없었는지. 나도 어이가 없다.

하지만 계속 돌아가는 천장의 회전 램프를 끄는 방법이 너무나도 궁금했다. 홀로 남겨진 사무실에서 돌아가는 붉은 불빛에 계속 노출되는 것도 싫고, 방문한 환자가 어떤 표정을 지을지 아주 쉽게 상상할 수 있는 것도 싫었다.

"아, 그렇죠. 제가 안 가르쳐줬군요."

이 역시 어느새 접수대 뒤쪽에 방범 버튼 같은 것이 설치되어 있었다. 선생님이 쓰윽 손을 뻗자 아무 일도 없었다는 듯 램프는 멈추었다.

"자, 그럼."

"다녀올게요!"

"다녀오세요!"

두 사람이 나가자마자 배턴 터치하듯, 웬일로 아침부터 한 남성이 모습을 드러냈다.

역시 회전 램프를 꺼달라고 한 게 옳았다.

"안녕하세요, 총무부 클리닉과입니다! 오늘은 무슨 일로 오셨나요?"

"…무슨 일 있나요? 업무 전부터 꽤 정신이 없네요."

거기에 선 사람은 아침부터 산뜻하고 피부에서 윤기가 나는 훈남, 이쿠타 씨였다.

"아, 죄송합니다. 아무 일도 아… 닌 건 아니지만 조금 전 사내 구급 요청이 들어와서요."

"그 비상벨 벌써 가동되나요? 마치 구급대원 같아서 힘드시겠지만 직원으로서는 정말 든든하고 고마운 일이지요!"

입사 2년 차인 이쿠타 씨조차 구급용 비상벨의 존재를 알고 있었던 것 같다.

그러고 보니 화장실 각 칸에도 버튼이 설치될 것 같은, 못 보던 금속판이 늘어난 것 같기도 한데. 거기에 비데를 세밀하게 조정하고 설정할 수 있는 벽걸이 리모컨이 달릴 것이라고 제멋대로 믿었던 내가 부끄러웠다.

"그런데… 이쿠타 씨는 어쩐 일로 오셨어요?"

어째서인지 힐끗 주위를 둘러본 이쿠타 씨.

"지금, 마쓰히사 씨뿐이죠?"

"네, …그렇죠."

이런 대화만으로 방광에 자극이 가는 건 정말이지 어떻게든 하고 싶다.

물론 지금은 혼자 사무실을 지키고 있으니 어떠한 대응도 불가능하다는 긴장감이 있다. 그러나 동시에, 혹시 내게만 볼일이 있어서 찾아온 건가 하는 자의식이 넘치는 긴장감도 있으니 감당하기 어렵다.

이것 역시 선생님이 설명해준 '교감신경 자극'에 따른 몸과 마음의 반응이다. 내 몸의 성격이니 내가 받아주지 않으면 어쩔 것인가. 그렇게 생각하게 된 것이 최근 몇 년간 이뤄낸 최고의 정신적 성장일지도 모른다. 적어도 지금은 몰래 손수건을 꺼내 쥐기만 하면 어떻게든 될 것 같다.

"마침 잘됐네요. 상담하고 싶은 게 있어요."

"저한테요?"

긴장 때문에 발음까지 이상해졌다.

"가능하다면 마쓰히사 씨한테요."

"모리 선생님께 하는 게 아니라요?"

"그게… 제 일이 아니라 부장님 일이라서요."

영업기획부 부장님이라면 일본 버블 세대의 마지막 생존자로 회사 내에서도 유명하다. 시마바라 센지 부장, 52세. 제2영업부에 있을 무렵에는 막내부터 차근차근 밟아 올라간, 능력 있는 영업 사원이었다고 한다. 제1영업부보다 압도적으로 예산이 많은 것도, 보통은 통과하지 못할 영수증을 어째서인지 경리부가 수리하는 것도, 모두 '시마바라 씨 덕분'이라고까지 했다.

그런 전적과 업적을 쌓은 결과, 몇 년 전에 영업기획부 부장으로 자리를 옮겼지만 '기획'이라는 글자가 붙는 부서인 만큼 어쩌면 사정이 달라졌을지도 모른다. 아니면 아직도 '술자리 친목'을 문화유산처럼 중요하게 생각하는 것이 원인일지도 모른다.

게다가 메워지지 않는 세대 차이는 어쩔 수 없다고 해도, 요즘 같은 시대에 '내 뒷모습을 보고 배워라'라는 태도는 평판이 좋지 않았다. '매뉴얼에 의존하지 말고 임기응변을 발휘해라'라는 말은 듣기에는 좋아도 결국엔 경험에 따라 행동하라는 말이다. 부하를 육성하는 방법이나 부서의 관리 방침, 급기야 디지털 문해력 결여부터 도덕적 해이까지, 아무래도 낡고 고리타분한 구시대적 사고에서 벗어나지 못하고 있다고 한다.

어쨌든 유감스럽지만 지금은 '멸종희망종'이라며 멀리하는 존재가 된 사람, 그 사람이 영업기획부 부장이자 이쿠타 씨의 상사인 시마바라 부장님이다.

"정말 제게 상담해도 괜찮으신가요?"

"죄송해요. 상담이라고 하니 조금 거창하게 들렸나 보네요. 마쓰히사 씨는 클리닉과이기도 하고… 생각보다 가까운 사람이기도 하니 살짝 물어보고 싶은 게 있어서요."

"제가 도움이 된다면…."

입사하고 7년 동안 최대한 조용히 살아왔는데 갑자기 '가까운 사람'으로 승격될 줄은 몰랐다. 클리닉과 접수대라는 이 자리는 예상 이상으로 위험한 업무일지도 모른다는 생각에, 이제야 덜컥 겁이 났다.

하지만 이것이야말로 부담 없이 상담할 수 있는 장소, 즉 모든 사람에게 필요한 장소의 바람직한 모습일지도 모른다. 지금이야말로 클리닉과의 접수대가, 그 창구가 되어야 할 순간이다.

"실은, 조금 말하기 어려운 내용인데요….."

그 말을 듣고 제일 먼저, 이쿠타 씨가 스스로 스트레스의 원인을 깨달았을지도 모른다는 생각이 들었다. 몸과 마음에 나타나는 증상을 일으키는 방아쇠에 대해, 라운지의 작은 회의실에서는 전혀 짐작 가는 게 없다고 진지한 얼굴로 말했다. 그러나 그 후로 곰곰이 생각해보니 역시 시마바라 부장님 이외에는 있을 수 없었다. 그렇게 깨달았을 가능성이 매우 높다.

"입냄새를 의학적으로 고칠 수 있나요?"

예상이 완전히 빗나갔다.

이쿠타 씨는 민망하다는 듯 머리를 쓸어 올리고 있지만 내 쪽은 같이 그럴 때가 아니다. 예상 범위를 벗어난 질문에 사고가 전혀 따라가지 못했다.

"…네?"

"아니 왜, 인터넷 광고 같은 데서 '입냄새는~'이라고 시작하는 카피들, 많이 보잖아요."

"아, 네….."

"그런 건 어떤가 하고요."

"아, 그렇군요…. 그런 광고가 있죠."

이해력과 추측 능력이 부족해 정말 면목이 없지만, 이쿠타 씨가 무슨 말을 하고 싶은 건지 진심으로 이해하지 못해 난감했다.

게다가 이쿠타 씨도 말하기 어려운 듯하다. 무엇이든 유창하게 말할 수 있는 사람이라고 생각했는데 다시 한번 머리를 쓸어 올리며 말을 고르고 있었다.

"선배가, 부장님은 옛날부터 제2영업부 사람들 사이에서도 유명했다고 했어요."

"아, 여러 가지로 유명한 분이었다고 하시던데요."

"으음…. 저, 그런 의미가 아니라…."

"…네?"

"그러니까… 그런 사람이지만, 꽤 괜찮은 분이에요. 저 같은 사람한테도 영업 사원 교육을 제대로 해주시고요."

더 이해하기 어려워지니 시간 흐름은 바꾸지 않고 말해줬으면 했다.

현재 시점에서 정리하자면 시마바라 부장님은 과거 제2영업부에서도 유명했지만, 지금은 그런 의미의 이야기가 아니다. 실은 꽤 좋은 분으로 이쿠타 씨를 잘 보살펴주고 있다. 그런 사실과 입냄새 광고가 도대체 어떤 관계가….

"…앗! 혹시 상담이라는 게?"

"시마바라 부장님이 **그것** 때문에 꽤 손해를 보고 있다고 생각하거든요."

"그것이라고 하면….."

"입냄새요."

심장이 꽉 조여져, 안에 있는 피가 다 빠져나갈 정도로 충격받았다.

물론 '시마바라 부장님의 지독한 입냄새' 때문이 아니다.

이 세상에 다른 사람의 입냄새를 모멸하거나 비웃는 게 아닌, **걱정하는** 사람이 존재한다는 사실이 믿기지 않았다. 더 설명하자면 왜 그렇게까지 타인, 심지어 자기 상사이자 어쩌면 몸과 마음에 나타나는 증상의 원인일지도 모르는 사람을 걱정하는지 이해할 수 없었다.

"그 말씀은… 함께 일하는 이쿠타 씨가 힘들다는 뜻인가요?"

"아뇨, 아뇨. 신경 쓰이긴 하지만 개인차 범위라고 생각해요."

"그러면 왜…?"

입냄새나 체취 등은 가족이나 친한 사이에서도 조심하는 민감한 주제다. 그에 스스로 관여하려는 사람이 있으리라고는, 정말이지 예상 범위를 크게 벗어나는 일이었다.

"왜냐하면 전 시마바라 부장님의 직속 부하니까요. 그런데 알고도 모른 척하려니… 왠지 모르게 매일 마음이 편치 않더라고요."

이쿠타 씨의 말은 의도치 않게 마음 한구석을 부드럽게 찔러왔다.

알고도 모르는 척하는, 침묵의 평온.

불현듯 언젠가 지하철역 승강장에서 본, 출근하는 한 여성의 뒷모습이 떠올랐다. 그때 왜 치마 지퍼가 내려갔다고 알려주지 않았을까? 왜 다른 누군가가 알려주리라고 생각했을까? 지금도 비슷한 여성의 뒷모습을 보면, 당시의 한심함과 부끄러움이 되살아나 화장실에 가고 싶어진다.

그런데 이쿠타 씨는, 그렇게 하고 싶지 않다고 말한다.

"아… 알겠습니다. 선생님께 여쭤볼게요."

"왠지, 죄송합니다. 제 일도 아니고, 질병에 관한 일도 아니고…. 그런 일로 진찰받으러 들어가서 진료 시간을 빼앗으면 모리 과장님께나 다른 환자들에게도 좋지 않을 것 같아서요."

그렇게 붐비지도 않고 선생님은 거기까지 신경 쓸 것 같지도 않다. 오히려 상담을 요청하면 기뻐할 것이다. 진찰까지 받지는 않더라도 접수대에서 일상적인 대화를 하며 물어보면 된다.

다만 이쿠타 씨 본인이 신경 쓰는 사람이었다. 그래서 과민대장증후군과 같은 예민한 심신증 증상이 나왔을 수도 있다.

"조금 치사한 방법 같지만 일단 마쓰히사 씨에게 물어보자는 생각이 들어서요."

"제가 도울 수 있다면 얼마든지요."

나는 그다음 말을 입 밖으로 내뱉으면 더 이상 물러설 곳이 없다는 것을 알고 있었다.

7년 동안이나 계속 유지해온 '무사안일주의'는 서서히, 돌이킬 수 없이 붕괴할 것이다. 그리고 그에 부응하듯 입사 후 처음 느낀 소속 부서를 향한 소속감은 점차 부풀어 오를 것이 분명했다.

그래도 가슴 펴고 이렇게 말해보고 싶었다.

"저는 클리닉과 접수 담당자니까요."

상투적이고 뻔한 그 한마디로 이렇게나 마음이 개운해지다니, 너무나 의외였다. 누군가에게 이야기해도 분명 어떤 포인트에 공감해야 할지 몰라 난처할 것이다.

하지만 그 한마디는 스스로 나서서 타인과 관계하는 첫걸음. 지나치게 거창하다고 비웃을지도 모르지만 세상 모든 것에 거리를 두고 살아온 나 같은 인간에게는 굉장히 커다란 한 걸음이다.

"감사합니다."

"아니에요. 아직 아무것도 하지 않았는걸요."

"앗, 출근 시간이 지났네요. 그러면 실례하겠습니다."

이쿠타 씨는 다시 웃는 얼굴로 클리닉과를 나갔다.

그 뒷모습을 배웅하며 어깨에서 빠져나가는 힘을 느꼈다. 이만한 긴장에도 화장실로 뛰어가지 않아 다행이라고 스스로 칭찬해주고 싶다. 물론 보통 사람은 이 정도로 긴장도 하지 않겠지만.

"어? 지금 고혜이 씨 아녔어요?"

"응? 마쓰 씨, 이쿠타 씨한테 무슨 일 있나요?"

배턴을 터치하듯 이번에는 모리 선생님과 사나다 씨가 비상호출에서 돌아왔다.

"그건 차차 말씀드릴게요…. 그보다 법무부 여성분은 괜찮았나요?"

"괜찮아요, 문제없습니다. 뇌 순환 기능 상실, 흔히 말하는 뇌에서 피가 빠져나가는 '뇌빈혈'에 가벼운 탈수와 저혈당이 겹쳐 쓰러진 것 같아요. 다만 만약이 있으니까, 나중에 뇌

파와 머리 MRI를 찍어 확인하라고 전달했어요."

"바쁜 건 이해하지만 아침의 수분과 당분은 의외로 중요해요."

"주스 한 병만 마셔도 상당히 다른데…. 그런 점에서 마쓰 씨는 괜찮습니까?"

"무엇이요?"

모리 선생님의 시선이 엄청난 속도로 온몸을 스캔했다.

"언뜻 봐서 마쓰 씨의 BMI(체질량 지수)는 20 전후인데."

"앗!?"

믿을 수 없게도 지난해 건강 검진에서 BMI는 21이었다.

직원들의 건강 검진 데이터까지 볼 수 있는 건지 순간 의심했지만, 아마도 그건 외부 위탁일 터이다. 그러면 모리 선생님은 눈으로 대충 봐서 상대방의 키와 몸무게를 거의 알아맞힌다는 소리였다.

"절대 다이어트 같은 건 하지 마세요."

진지한 표정으로 다이어트를 하지 말라는 말을 들은 건 생전 처음일지도 모른다.

그러나 그런 선생님을 보고 사나다 씨는 상당히 당황했다.

"잠깐만, 류 씨. 지금 한 말, 바로 퇴장당하는 레드카드 발언이에요."

"어째서?"

"어째서냐니, 거의 직장 내 괴롭힘이니까."

"괴롭힘? 내가 뭘 했는데? 어떤 괴롭힘?"

정말로 깨닫지 못하는 것 같다. 선생님에게 여성의, 정확히는 여성 환자의 체중을 아는 것은 진료의 일부이며 일상적인, 아무것도 아닌 일일지도 모른다.

"어휴, 항상 이렇다니까…. 미안해요, 가나미 씨. 이 사람, 악의는 없는데."

"아, 아니에요. 살짝 놀랐을 뿐이에요."

그래도, 역시 모리 선생님은 다른 사람의 도움이 없으면 진가를 발휘할 수 없는 유형 같다. 모든 면에서 이런 흐름이라면 의도하지 않은 말실수를 연발해 고객 불만 폭풍우가 몰아쳤을 것이다.

그렇다면 지금까지 누군가 선생님의 진료를 도와온 매니저나 파트너 같은 사람, 예를 들어 간호사라든지, 그야말로 의료 사무원이라든지, 그런 '보살펴주는 사람'이 있지 않았을까 하는 의문이 든다.

엄연히 직종이 다른 사나다 씨가 옆에서 계속 옆에서 도움을 줬다고는 생각하기 어렵다.

그 시점에서 급부상한 생각이 지난번에 얼핏 들린 '다마키 씨'와 '미치요 씨'라는 존재. 만약 그렇다면 사나다 씨와의 관계는….

"그보다 마쓰 씨."

"앗, 네!"

상상은 즐겁지만 때와 장소를 가려 적당히 하자.

"이쿠타 씨는 왜?"

"잠깐, 류 씨. 이 얘기 이렇게 끝내는 거야?"

"마쓰 씨가 다이어트를 하면 오히려 건강에 좋지 않다는 결론이 나온 거 아니야?"

의연한 태도라기보다 모리 선생님의 얼굴에는 '쇼마, 무슨 소리를 하는 거야?'라고 적혀 있었다.

사나다 씨는 못 말리겠다는 듯 고개를 흔들며 큰 배낭을 정리하러 가버렸다.

그러나 모리 선생님은 모래색 전투 조끼 벗는 것을 잊어버린 듯했다.

"미안합니다. 쇼마는 지나치게 마음을 쓰는 부분이 있어서."

"그, 그렇죠. 사나다 씨는 배려심이 많은 분 같아요."

"그래서 이쿠타 씨는 왜 온 건가요?"

역시 조끼를 입고 있다는 사실조차 잊어버린 듯 그대로 의자를 끌고 와 앉아버렸다.

"그게 말이죠…."

저도 모르게 이게 바로 모리 선생님이라는 생각이 들어 신기했다. 이것 역시 소속 의식 때문일지도 모른다.

사람은 그렇게, 흔히들 말하는 '있을 곳'를 찾는지도 모른다.

◈

클리닉과의 문을 열자마자 바로 보이는 접수대.

앉아 있는 건 당연히 접수 담당자인 나 하나뿐일 텐데 어쩐지 오늘은 옆에 흰 가운 차림의 모리 선생님이 나란히 앉아 있다.

"마쓰 씨."

"네."

게다가 오늘따라 안경까지 쓰고 엄청난 기세로 노트북 키보드를 두드리는 이유는 무엇일까?

"마쓰 씨에게 좋은 향기가 나네요."

"무… 앗, 감사합니다."

변함없이 대화의 공을 던지는 각도가 너무 가팔라서 곤란하다.

그리고 그러고 싶지 않아도 내 입냄새와 체취가 상당히 신경 쓰인다.

그걸 덮고자 향수를 막 뿌리자니 여러 문제가 생길 수도 있다. 나도 백화점 화장품 층의 냄새는 질색이다. 애초에 이전에 향수를 산 게 몇 년 전인지조차 기억이 안 날 지경이다. 퇴근길에 황급히 들어간 가게의 친절한 점원에게 유기농 계열의 순한 제품을 골라달라고 부탁했고, 오늘 아침은 시키는 대로 그것을 공기 중에 한번 휙 뿌리고 그 안에 들어가 향기를 얻었다.

그런 사소한 변화를 알아차려주다니 예상하지 못했던 일이라 의외로 기뻤다.

"그나저나 이 아이디어는 정말 잘 생각했네요."

"아뇨, 이건 가게 점원이 추천한 제품이고… 제가 생각한 건 아니에요."

"…가게?"

"네? 아, 구강 관리요?"

"알았어요. 다른 이야기를 합시다."

"아뇨, 아닙니다."

멋대로 남의 일을 걱정하고, 뭔가 좋은 해결 방법이 없을까 고민하고, 나라면 이렇게 해보겠다고 **머릿속으로** 결론을 내는 작업은 내 익숙한 취미다.

하지만 실제로 누군가에게 얘기하거나 행동으로 옮긴 적은 한 번도 없다. 그런 짓을 하면 다른 사람 눈에 띄는 '모난 돌'이 되어, 언제 '정 맞을지' 모른다. 하물며 상대가 그 제안에 응했다가 실패하면, 결과적으로 쓸데없는 조언을 한 것밖에 안 된다.

특히 이번에는 '어떻게 본인에게 입냄새를 깨닫게 할 것인가?'라는 매우 까다로운 문제. 게다가 상대는 영업기획부 부장이니 일반적으로 생각하면 불가능한 게임이다. 하물며 연이어 죽어나가면서 패턴을 찾아 공략하는 게임과도 다르다. 실패한 곳부터 몇 번이나 재시도하여 해결 방법을 찾을 수는 없다.

그런데도 클리닉과의 접수 담당자로서 상담받았다는 묘한 뿌듯함으로 끊임없이 고민한 결과, 입냄새를 포함한 '구강 관리'로 접근하는 방법을 고안해냈다.

"입냄새를 콕 집어 지적받으면, 그 사람은 엄청난 거부감을 느낄 겁니다. 그것을 '구강 관리'라고 표현하면 듣기에도 부드럽고, 조언에 귀를 기울여줄 가능성도 높아질 거예요. 접근하는 첫 단계로 굉장히 우수하다고 생각합니다."

"가, 감사합니다."

"천만에요."

선생님의 살짝 빗나가는 대답도 조금씩 익숙해지고 있다. 어쩌면 영어 회화에서 배웠던 '(Thank you, 감사합니다)'의 전형적인 답변이 '유어 웰컴(You're welcome, 천만에요)'이었지 하고 생각할 여유마저 있을 정도다.

그러나 그 으쓱한 마음이 한 방에 무너져 내렸다.

"그러면 문제는… 두, 두 번째 단계… 겠죠."

키보드를 두드리는 선생님의 손이 매우 신경 쓰인다.

입냄새라는 말을 들었을 때의 거부감은 누그러뜨리더라도, 바로 다음 단계에 그 얘기를 '시마부라 부장님에게 전한다'라는 굉장히 높은 장벽이 기다린다.

"그 부분은 삼상에서 운용하는 이 '푸시 알림 앱'이 해결해 주지 않을까 합니다."

선생님의 손 움직임이 신경 쓰여 이야기가 귀에 들어오지 않았다. 어떻게 말하면서 손가락을 저렇게 움직일 수 있는지, 도저히 알 수 없었다. 어쩌면 사람이 아닌 존재일지도 모른다는 생각마저 들었다.

하지만 어쨌든 지금은 이야기에 집중하지 않으면 실례다.

"시, 시마바라 부장님도… 그걸 보셨으면 좋겠는데요."

선생님은 사내 개인용 단말기에 설치된 필수앱인, 회사에서 만든 푸시 알림 앱을 통해 〈구강 관리에 관한 Q&A〉를 전송하기로 했다. 다시 말해, 모든 직원의 모니터와 업무용 스마트폰에 클리닉과 공지가 배너 알림으로 뜨는 것이다.

"배너는 사내 메일보다 눈에 더 잘 띄고 잘 묻히지 않으니 괜찮을 겁니다."

"…그렇겠죠?"

그 알림을 열면 선생님이 쓴 몇 가지의 '입속 트러블'을 일문일답 형식으로 읽을 수 있었는데, 그 앞부분에 〈Q: 입냄새 때문에 고민입니다. 의학적으로 입냄새를 없앨 수 있는 올바른 방법이 있나요?〉라는 항목이 섞여 있다. 시마바라 부장님이 보고 '한번 해볼까?'라고 생각해준다면 미션은 달성한 것이나 다름없다.

"그래서 최대한 관심을 확 끌 만한 제목까지 생각한 거니까요."

"…그랬죠."

하지만 그런 일도 점점 중요하지 않게 되었다. 정말 죄송하지만 이젠 정말 한계다.

아무리 생각해도 저건 비정상적인 움직임이라고밖에 말할 수 없다.

"저…. 저기, 선생님?"

"응?"

"죄송한데… 그 전에 뭐 좀 여쭤봐도 될까요?"

"우리는 팀입니다. 뭐든 부담 없이 물어보세요."

그러면서도 키보드를 두드리는 선생님의 손가락은 멈추지 않는다.

"모니터에서 눈을 떼고 이쪽을 본 상태에서 어떻게 키보드를 칠 수 있어요?"

"…응?"

"봐요, 지금도요."

아까부터 선생님은 계속 시선을 이쪽으로 향한 채 말하고 있다. 하지만 목 아래로는 마치 다른 제어 장치가 있는 것처럼 키보드를 마구 두드리고 있다. 게다가 어떻게 알아차렸는지 딜리트 키를 연속으로 눌러 오타를 수정하는 것도 확인했다. 내가 아는 일본어 터치 타이핑은 모니터에서 눈을 뗀 채 키를 누를 수 있는 것이 아니다.

"사람과 이야기할 때 눈을 보고 말하지 않으면 실례니까요."

"아뇨, 그거 말고요. 그런 의미가 아니라…."

그 기세로 말대꾸까지 해버리다니, 귀까지 새빨개지는 것을 느꼈다. 너무 버릇없이 행동했다. 같은 부서가 된 지 아직 한 달도 지나지 않았다. 게다가 상대는 과장에 의사, 나는 아마추어나 다름없는 생초보 의료 사무원. 언젠가는 이렇게 말대꾸도 할 정도로 친한 사이가 되고 싶다고 생각하긴 했지만, 지금은 너무 시기상조다.

애초에 나는 이런 식으로 상대의 말에 꼬투리를 다는 인간은 아니었는데.

"후훗."

"죄, 죄송해요…. 선생님께 실례되는 말을 했네요."

"전 마쓰 씨를 잘 모르지만, 굉장히 마쓰 씨다워서 좋습니다. 보이지 않는 장벽이 조금 낮아진 것 같아서 기쁘고요. 그러니 딱히 사과할 필요까지는 없을 것 같네요."

"아뇨, 아니에요. 평소에는 제가 이런 사람이 아닌데 오늘은 약간….'"

"이럴 땐, **아니**라는 건 있을 수 없습니다."

"네…?"

모리 선생님은 웬일인지 흔치 않은 미소를 지으며, 역시 계속해서 키보드를 두드렸다.

"왜냐하면 이건 **제**가 좋다고 생각한 저만의 의견이니 마쓰 씨나 다른 사람의 평가와는 전혀 관계없어요. 설령 누군가가 친절하게 마쓰 씨의 인품을 소문내고 다닌다고 해도 참고하는 정도지, 그 이상은 불가능합니다. 마찬가지로 본인이 아니라고 부인해봤자 저는 그렇게 느꼈으니, 유감스럽게도 그 역시 참고하는 정도로밖에 받아들일 수 없어요."

왠지 모르게 설득당한 것 같고 의미도 차츰 애매해졌지만, 적어도 선생님에게 나는 나쁜 인상이 아니었다고 판단하고 싶다.

"아, 감사… 합니다?"

"천만에요."

시선은 이쪽을 향한 채 그렇게 말하면서도, 역시 두 손은 아직도 키보드 위다.

노골적으로 힐끗 손을 쳐다본 탓인지 선생님도 그제야 눈치를 챘다.

"아, 이 안경을 신경 쓰고 있었군요."

하마터면 다시 한번 '아뇨, 그거 말고요'라고 말할 뻔했지만, 선생님은 드디어 키보드를 치던 손을 멈추고 낯선 안경을 벗었다.

"뭐, 안경도… 오늘 왜 쓰셨는지 궁금하긴 한데요."

"이건 스마트 안경입니다. 쉽게 말해 '웨어러블 가젯'이라고 하는, 몸에 착용하는 소형 가전이죠."

"스마트 안경이요…?"

귀에 익은 단어다. 분명 사내 회진 첫날, 사나다 씨가 제3상품개발부 사무실로 들어서자마자 사람들에게 둘러싸여 부러움을 사고 있을 때 들었던 단어다.

"참고로 지금 이 안경에는 제 노트북 모니터가 비치고 있습니다. 그래서 키보드를 보지 않고 타이핑하고 있긴 하지만, 엄밀히 따지면 모니터에서 눈을 떼고 있지는 않았죠."

"아, 그렇군요. 그래서 이쪽만 보면서도 키보드를 칠 수 있으셨던 거군요?"

"자, 한번 보세요."

"아아앗!"

다른 사람이 정면에서 안경을 씌워주는 일은 돋보기를 살 나이가 되어 안경원에 가기 전까지 절대 없다고 생각했다. 하물며 안경테나 코 받침의 위치를 조정할 필요가 없을 정도로 한 번에 딱 씌워주다니, 이건 어떤 기술일까?

후끈거리며 뜨겁게 달아오른 귀밑은 당분간 원래대로 돌아오지 않을 것 같다.

"오늘은 쇼마가 쓰던 스마트 안경을 빌렸는데, 이건 모니터 동영상이나 카메라 동영상과 연동해 화면을 비추는 데에 특화된 것 같아요."

어떤 기술인지는 모르겠지만, 선생님 얼굴 위치를 피해 열려 있는 노트북 화면은 꽤 크고 선명해 내용까지 읽을 수 있었다.

〈클리닉과에서 알려드립니다 ― 입냄새에 관하여〉

이 제목을 붙인 센스에 관해서는 일단 차치하고.

아무래도 선생님은 이 푸시 알림을 보고 코멘트나 질문을 보낸 모든 직원에게 회신하고 있었던 것 같다.

"아까부터 계속 이걸 하고 계셨던 건가요?"

"역시 다들 구강 관리에 관심이 많으셨던 것 같습니다. 그 중에서도 입냄새 예방 문의가 가장 많아요. 제목을 열심히 고민한 보람이 있다는 거죠."

그 제목을 붙인 센스에 관해서는 일단 차치하고.

다른 곳을 보면서 치는 타이핑의 수수께끼는 풀렸지만, 나와 말하면서 질문에 답장까지 작성한다는 건 뇌에서 두 가지 사고 처리가 동시에 이루어지고 있었다는 의미다. 거기에 키보드를 두드리는 동작 처리가 또 다른 계통으로 나란히 진행되고 있었다.

그동안 통용되어온 '인간은 뇌를 100퍼센트 사용하지 못한다'라는 신화가 대부분 부정돼 변명으로도 쓸 수 없게 된 현대 사회. 눈으로 본 모든 것을 순식간에 기억하는 능력 등 도저히 따라잡을 수 없을 것 같은 선생님과의 인간적 능력치의 격차는 어디에서부터 시작되었는지 신기할 따름이다.

하지만 제일 사소한 의문은 여전히 해결되지 않았다.

"질문이 하나 더 있는데요."

"얼마든지요. 뭐든 물어보세요."

"저… 그 작업을 왜 접수 카운터에서 하시나요?"

"오늘은 마쓰 씨에게 구강 관리를 설명해주고 싶어서요."

"저한테요?"

"마쓰 씨는 접수 담당자니까."

그건 남은 점심시간에 해도 괜찮지 않느냐고 하려다가 말을 삼켰다.

선생님은 언제 환자에게 질문을 받아도 대처할 수 있도록, 빨리 알려주는 게 좋다고 생각했을지도 모른다. 그래서 아침부터 접수대에 나란히 앉아, 전송한 푸시 알림 문의에 답장하는 동시에 내게 설명하려고 스마트 안경을 끼고 기계처럼 키보드를 두드리고 있었던 걸까?

물론 이것은 자의식이 넘쳐나는 상상이니 사실과는 다를 것이다.

그치만 그런 제멋대로인 상상만으로도 매우 기뻤다.

"왠지 죄송해요…. 수고를 끼친 것 같네요."

"그건 그렇고 알림에 답장은 이렇게 많이 오는데 진료받는 사람은 왜 한 명도 없는지 모르겠네요."

훈훈한 얘기는 이렇게 끝인 듯했다.

엄밀하게 말하면 '클리닉과를 찾는 사람'이 아예 없지는 않다.

타이밍을 맞춘 듯 문 사이로 고개를 내민 이는 또 여성이었다.

"저, 실례합니다. 여기 클리닉과… 맞나요?"

업무를 시작한 지 한 시간 만에 벌써 네 명째다. 반사적으로 자리에서 일어난 것도 이번이 네 번째다.

"네, 총무부 클리닉과입니다!"

"푸시 알림에 있던 '실험 검증 완료! 대박 세일! 100엔 칫솔' 있나요?"

"안녕하세요. 약국과의 사나다입니다. 그 칫솔을 찾으시나
요?"

슬쩍 접수처로 나온 사나다 씨가 옆 카운터로 여성을 데려
갔다.

아무래도 사나다 씨 역시 회신 작업을 돕고 있었나 본데,
무슨 답장을 어떻게 쓰면 이렇게나 연달아 직원, 특히 여성
직원이 찾아오는지 매우 신기하다.

"그런데, 그게 진짜예요?"

"진짜예요. 치과에 가면 치아에 붉은색 색소를 발라 양치
질 상태를 확인하죠? 각종 잡화를 테스트하는 이 잡지에서
도 그걸로 1위를 기록한 제품이에요."

펼친 잡지를 사이에 두고 접수대 너머로 이마를 맞댄 모습
은, 마치 카페의 연인들에게서나 볼 수 있을 법한 거리감. 역
시 학창 시절에 아르바이트로 호스트를 했을 만하다.

"와, 정말이네요. 100엔인데?"

"정말로 효과가 있대요. 참고로 직원 할인이 50퍼센트니
까 50엔이에요!"

"대박, 어떤 거?"

여성의 말투는 이미 반말이 섞였다. 내려간 사나다 씨의
울타리를 훌쩍 넘어 안으로 들어가버렸으니 이미 무언가를

간파당했을지도 모른다.

슬쩍 카운터에서 나온 사나다 씨가 조금씩 채워지기 시작한 쇼마의 베스트 셀렉션 진열대 앞에서 여성을 에스코트하며 설명을 시작했다.

"구강 관리는 우선 충치와 치주 질환이 없는지, 치과에서 검사받는 것부터 시작인데요."

"치주 질환이라니 많이 들어봤는데 그게 뭐죠? 병인가?"

"잇몸병입니다. 여러 이유로 잇몸에 염증이 생기는 '잇몸염'에서 시작해, 염증이 심해지면 치아와 잇몸 사이에 있는 홈인 치주 포켓이 퍼지기 시작하는 '치주염'이 되고, 그때부터 '입냄새'도 심해진다고 하더라고요."

"어머, 진짜 싫어. 그런데 어떻게 그렇게 잘 알아요? 치과 의사?"

"아니, 아니, 약사랍니다. 이곳저곳을 전전하며 일하다 보니 주워들은 게 많을 뿐이에요."

"우리 회사에 오기 전에는 어디서 일했어요?"

이미 대화 방향은 심하게 벗어나 호스트 클럽 라운지처럼 되어버렸다. 물론 호스트 클럽에 가본 적은 없으니 상상일 뿐이지만.

"하지만 입냄새는 매일매일 관리하면 예방할 수 있다고 하니까요. 피부 관리의 연장선이라고 생각하면 비교적 거부감이 적죠?"

"어떻게 해요? 크림이라도 바르나?"

"에이, 설마. 치간 칫솔이나 치실과 같은 걸로 치석을 제거하고 혀에 흰색 막이 있으면 혀클리너로 가볍게 닦고요."

"아, 혀에 하얀 거, 본 적 있지. 그걸 닦는 도구가 있구나."

사나다 씨는 바로 선반에서 상품 하나를 꺼내 여성에게 건넸다.

"얘가 혀클리너 중에서 가장 부드러워요. 매일매일 너무 세게 문지르다 혀에 상처가 나면 오히려 역효과라고 하니, 일주일에 두세 번이면 충분해요."

"오호."

역삼각형의 칫솔 머리를 신기한 듯 바라보는 여성에게 무언가를 느꼈는지, 사나다 씨는 상대에게 조금의 틈도 주지 않고 검은색과 보라색으로 디자인된 다른 상품을 건넸다.

"치실은 이 제품을 추천해요. 잇몸보다 깊이 들어가도 아프지 않고, 384개의 섬유가 수분이나 마찰로 부드럽게 퍼지도록 가공한 게 특징이죠."

"아하."

"게다가 이거, 이탈리아 밀라노에서 만들었거든요."

"어머, 이탈리아에서 만든 구강 관리용품?"

"성능이야 물론 좋고, 왠지 가지고만 있어도 기분이 좋잖아요?"

"하지만 좀 비싸죠?"

"지금이라면, 직원 할인을 해서 무려 개당 340엔. 1미터당 겨우 7엔꼴이죠."

싱긋 웃는 사나다 씨가 상품의 가치를 더욱 높여주는 것 같다.

인터넷 쇼핑몰은 옷을 검색해서 구매하기 쉬워 편리하지만, 가게에서 살 때의 그 묘하게 '띄워주는 느낌'은 절대 맛볼 수 없다. 물론 그게 접객 기술인 것도 알고, 말을 걸지 않았으면 할 때가 압도적으로 많다. 하지만 1년에 몇 번 정도 대형마트나 할인판매점이 아닌 가게에 가고 싶어지는 이유는 이런 '띄워주는 느낌'에 대한 갈망이리라.

"그리고 남은 건 목 안쪽과 편도선 세척인데, 거긴 벅벅 닦아낼 수도 없으니 흔히 볼 수 있는 이 갈색 '포비돈 아이오딘' 성분의 구강 청결제를 써요."

"아, 그렇구나. 그거, 맛이랑 냄새가 별론데. 민트가 들어간 구강 청결제는 안 돼요?"

"성분에 세틸피리디늄염화물수화물이 함유되어 있으면 어떤 제품이든 괜찮아요. 그냥 입에 머금고 있다가 뱉어내지 말고 편도선과 목젖까지 닿도록 우물우물해서 헹구셔야 해요."

"아니, 아니, 그건 진짜 못 해요. 저걸로 헹구면 목 안쪽이 너무 따끔거려 엄청 짜증 날 정도인데?"

"갈색 구강 청결제로 유명한 회사가 만든 제품이 있는데 한번 테스트해보실래요?"

"그런 것도 있구나. 여기 무슨 가게예요? 아니면 치과 접수처?"

"하하. 앞으로 더욱더 직원들의 니즈에 부응하고 싶어서요."

아무래도 사나다 씨는 선반 한 칸에 구강 관리용품을 두기로 정한 것 같다. 남은 공간은 어떤 상품으로 채워질지 기대된다.

"어, 잠깐만? 결국… 치과에 가서, 양치질하고, 치간 칫솔과 혀클리너로 닦고, 헹구는 거?"

"맞습니다."

"그렇구나…. 역시 입냄새 예방은 간단하지 않네."

"그렇지만 '이것만 마시면~'이라든지 '오직 ○번 만에~'라는 광고도 보셨죠? 그런 제품으로 결과가 좋았던 적 있으세요?"

"…흐음, 그러고 보니 없네."

"구강 관리란 결국은 입안의 구조물을 전부 청소하는 거니까요."

"1년에 한 번 하는 대청소로는… 역시 소용이 없는 건가….”

“바로 그거죠. 그래서 피부 관리와 똑같아요. 왜, 계속하면 힘이 된다는 거 말이에요.”

여성은 굉장히 흡족한 표정으로 총 네 가지 제품을 구매했다. 분명 내일부터 화장실 세면대에서 저 이탈리아제 치실을 보란 듯 사용할 것이다.

“조심히 들어가셔요.”

묘한 어조로 손님의 배웅까지 완벽하게 해낸 사나다 씨의 모습을 스마트 안경 너머로 바라보는 선생님은 목 아래에서 여전히 키보드를 두드리고 있었다.

“왜 그래, 류 씨? 내 설명에 어디가 잘못됐어요?”

“아니. 의학적으로는 전혀 문제없어.”

“다행이다. 알려준 사람 앞에서 틀리면 너무 창피하잖아.”

아무래도 사나다 씨의 구강 지식은 모리 선생님에게 배운 것 같다.

서당 개 3년이면 풍월을 읊는다더니, 어쩌면 나도 그만큼 설명을 잘할 수 있는 능력을 얻을 기회일 수도 있다.

“다만, 한 가지 문제가 있다고 한다면….”

“어? 문제가 있었어요? 어디가 틀렸지?”

“…약국과에는 벌써 네 명이나 찾아왔는데 클리닉과에는 아무도 진료 보러 안 왔다는 거지.”

문제가 있다기보다도 납득이 가지 않는다는 표정이었다. 선생님은 원래 표정이 그리 풍부하지는 않지만 이제 그 정도 변화는 알 수 있다.

"뭐야 그게, 뭐 어때요. 아까부터 엄청나게 답변하고 있으면서."

"뉘앙스의 문제도 있으니 가능하면 얼굴을 보고 직접 얘기하고 싶군."

"확실히 류 씨가 쓰는 문장은 논문인가 싶을 정도로 딱딱하지."

"네가 맨날 그렇게 말해서, 푸시 알림의 제목은 굉장히 그럴싸하게 뽑았는데?"

"…그게 오히려 역효과인 거 아니고?"

"뭐? 반응 괜찮던데?"

또 살짝 선생님의 표정이 바뀌었는데, 엄밀히 따지면 눈썹이 살짝 꿈틀했을 뿐이다.

"누구한테?"

"마쓰 씨한테."

사나다 씨가 불쌍한 생물을 보는 듯한 눈으로 이쪽을 바라보았다. 분명 사나다 씨는 이해하겠지만, 선택지가 '칭찬'밖에 없었다.

"뭐, 이 프로젝트는 시마바라 부장님에게만 성공하면 되는 거잖아요?"

"정작 그 시마바라 부장에게서는 아직도 반응이 없어."

"애초에 시마바라 부장님이 푸시 알림을 열어 보았을까요?"

"열어 보았는지 아닌지 알 수 있나?"

그러자 사나다 씨가 모리 선생님과 나 사이에 끼어들어 컴퓨터를 조작한다. 그래서 공간이 이렇게나 여유로운데도 유난히 클리닉과 일부분만 인구 밀도가 높은 편이다. 얼마 전 같으면 '너무 다닥다닥 붙어 있다'고 지적받고 투명 칸막이라도 세웠을 것이다.

그리고 아니나 다를까 사나다 씨에게서 나는 좋은 향기에 어질어질하다.

"아하. 시마바라 부장님, 안 열어 봤네."

"그렇군. 하지만 아직 출근한 지 한 시간도 안 지났잖아."

이렇게 오밀조밀 모여서 세 명이 모니터 한 대를 둘러싸고 있는데, 다시 입구 문이 열렸다.

안타깝게도 얼굴을 비춘 건 또 다른 여성 직원이었다.

"저기… 이탈리아제 치실, 아직 있나요?"

"안녕하세요. 약국과의 사나다입니다. 그 치실을 찾으시나요?"

그렇게 하루가 지나 한 가지 사실을 알게 되었다.

흥미가 없는 사람의 시선을 사로잡기란 불가능에 가깝다는 것이다.

결국 시마바라 부장님은 푸시 알림을 열지 않은 채 그냥 삭제해버렸다.

◈

조금씩 늘어나고는 있지만 클리닉과에서 진찰받는 환자는 많아 봤자 하루에 몇 명 정도다.

곰곰이 생각해보면 그건 어쩌면 당연한 일이다. 여기에 진료 대기자가 죽 늘어선다면, '환자가 가득한 직장이라니, 그게 무슨 직장이야'라고 절로 투덜거릴 것이다.

"다카노 씨, 오래 기다리셨습니다."

의료 사무 강의에서 '어떻게든 재진을 받게 해 진료비를 받고, 접수대에서도 검사를 권유하고, 맞힐 수 있는 예방 접종은 모두 권유하고, 나라에서 하는 건강 검진을 권유하고, 처방할 수 있는 산정 항목은 할 수 있는 만큼 처방한다. 개업하는 병원에서는 그렇게 강요받을 것이다'라며 비꼬듯 알려주던 장면이 떠올랐다.

그리고 진료 보수 청구 업무에서는 '청구서 심사에서 삭감

되지 않고 반려를 줄이는* 의료 사무 담당자야말로 정말 필요한 인재라며, 주먹을 불끈 쥐고 연설하듯 말하던 강의 장면도 매우 인상적이었다.

안타깝게도 전부 이 클리닉과에는 필요 없다.

"여기, 거스름돈 10엔과 명세서입니다. 월말에 경비를 제출할 때, 함께 경리부에 제출해주시면 됩니다. 그러면 개인 부담금의 절반이 다음 달에… 들어오는데요."

설명에 이해하기 어려운 부분이 있었던 걸까? 총무과에서 같이 일한, 근무 12년 차의 큰언니 같은 존재였던 다카노 씨가 처방전을 받고는 이쪽을 가만히 바라보고 있었다.

"마쓰히사 씨. 분위기가 많이 바뀌었네."

"네? 그런가요?"

"예전에는 작은 물고기처럼 무슨 일이 생기면 바로 수초 구석에 숨지 않았어? 그런데 지금은 등을 꼿꼿하게 펴고 접수 업무를 하고 있잖아."

아무리 그래도 그늘진 곳에 숨은 적은 없지만, 필사적으로 기척을 죽였던 것은 들켰나 보다.

"가, 감사해요. 여기, 처방전입니다. 약국 창구는 같은 층에 있는, 예전 서버실인데…. 알고 계시죠?"

---

* 의료 기관이 제공한 의료 서비스의 의료수가청구서를 지불 기관에 제출했을 때, 지불 기관이 부적당한 항목으로 판단하면 삭감해 지불하거나 청구서를 반려한다.

"아하, 거기를 약국으로 만들었구나."

"약국과 자체는 여기 소속이지만, 약제를 보관하기에는 보안상 그곳이 딱 좋다고 하더라고요."

다카노 씨는 거스름돈을 지갑에 넣고 처방전을 접으며 한숨을 내쉬었다.

"근데 말이야. 이 꽃가루 알레르기 약, 지금까지 동네 병원에서는 저어얼대로 2주 이상은 처방해주지 않았는데… 모리 선생님은 아무렇지 않게 한 달 치를 처방해주는 이유는 뭐야?"

"아아. 처방 일수 말인가요…."

내복량 조절이나 부작용 경과를 관찰할 필요가 없다면 항생제나 처방 일수에 제한이 있는 약제 외에는 한 달 이상도 처방할 수 있다. 그것을 기어코 2주 처방을 고집하는 이유는 재진 횟수, 즉 재진료를 늘리려는 경우가 많다는 후문이다.

다시 말해 모리 선생님은 재진료로 수익을 낼 생각이 전혀 없다는 뜻이다.

"우린 회사에 다니잖아. 그렇게 병원에 자주 갈 수 없다고."

"그렇죠."

"그리고 말이야."

접수대에 한쪽 팔꿈치를 걸친 다카노 씨가 평소의 수다 모드로 들어갔다.

물론 듣는 일도 접수 담당자의 중요한 업무 중 하나. 어쩌면 이 대화에서 뭔가 다카노 씨에 관한 중요한 것을 알게 될지도 모르니까.

"전에 다녔던 병원의 의사 말이야. 기존에 처방받던 꽃가루 알레르기 약이 효과가 없어서, 과장님이 먹는 약을 말하면서 그걸로 바꿔달라고 했더니, '그건 우리 병원에서 처방해줄 수 없는 약'이라면서 거절한 거 있지?"

"…처방해줄 수 없다? 꽃가루 알레르기 약, 맞죠?"

"이상하지 않아? 그래서 끈질기게 요구했더니, 마지못해 '특별히 해준다'라면서 처방해줬는데, 그거 아무렇지 않게 드러그 스토어에서도 팔더라고. 전혀 특별하지 않았다니까."

"아아…. 그렇군요."

"그래서 모처럼 모리 선생님께 물어봤지. 그랬더니 '특수한 약제가 아닌 이상 의사가 필요하다고 판단하면 대부분의 약제는 처방할 수 있습니다. 반대로 필요하지 않다고 판단한 약제는 환자가 아무리 부탁해도 처방하지 않습니다'라고 하더라고. 그러면 그 의사는 도대체 뭐였던 거야? 나는 그 약이 효과가 없다고 다른 약을 달라고 했는데, 필요 없다고 판단한 이유가?"

이것은 강의 쉬는 시간에 실무 경험이 있는 분이 뒷얘기로 알려준 내용이다.

예전에는 어떤 규모의 병원이든 접대 등을 받고 제약 회사와 유착하는 일이 흔했다고 한다. 다시 말해 여러 종류의 꽃가루 알레르기 약 가운데 친밀한 제약 회사의 약제만 처방하는 것이다. 요점은 '처방할 수 없는 약'이 아니라, '처방하고 싶지 않은 약'이라는 표현이 옳다고 했다.

그러나 어느 때를 기점으로 제약 회사들 사이에 '접대 금지 협정'이 체결되면서, 그 이후로 접대가 눈에 띄게 줄어들었다고 한다. 그럼에도 과거의 나쁜 관습이 사라지지 않은 개인 병원 등에서는 아직도 제약 회사의 영업 사원에게 접대를 요구하는 원장이나 이사장이 존재한다는 이야기였다.

게다가 '써본 적 없는 약제라 처방하기가 불안하다'라는 의사의 개인적인 이유를 솔직하게 말하지 않고, '우리 병원에서는 처방할 수 없다', '우리 병원에는 없다'라는 표현으로 바꿔 말하기도 한다고 했다.

"그거, 분명 꿍꿍이가 있는 거 같지?"

카운터의 이쪽, 다시 말해 환자 측에서 의료관계자 측으로 이동한 사람이니 일반적으로 알 수 없는 특별한 사정이나 정보도 알려줄 것이라고 기대하는 눈빛이다.

다카노 씨를 배신할 생각은 없지만, 이런 이야기를 전부 해도 되는 건지는 잘 모르겠다. 애초에 다른 사람에게 들은 소문을 내가 겪은 사실처럼 말하는 데에 거부감이 있다. 흔히 있는 '나도 들은 얘긴지만, ○○라고 하던데'와 같은 이야기는 아무래도 서투르다.

그렇다고 '몰라요'라고 답하는 건 거짓말이 되지 않을까? 특히 총무과 시절, 다카노 씨에게 많은 도움을 받았다. 하지만 그런 이유로 이야기할지 말지를 정하는 것도 그룹이나 파벌을 만드는 것 같아 석연치 않다.

그런 생각에 빠져 있는데 약국 창구에 있어야 할 사나다 씨가 어째서인지 힘차게 입구 문을 열고 모습을 드러냈다.

"아, 다카노 씨. 가나미 씨와 이야기 중이셨군요. 다행이네요. 길을 잃어버리신 줄 알고 찾아왔습니다."

몰래카메라라도 있는 걸까? 아니면 이 또한 굉장히 스마트한 안경의 기능일까? 엄청 기가 막힌 타이밍이다. 사나다 씨의 도움이 없었으면 정말 큰일 날 뻔했다.

"어머, 미안해요! 너무 반가워서, 저도 모르게 이야기가 길어졌네요."

"그러셨나요? 약은 다 준비되었으니 약국 창구까지 안내해드릴게요."

"네? 엄청 빠르네요?"

"전자 진료 기록부와 약국과 단말기가 연동되어 있어요. 그게 저희 클리닉과의 자랑이죠."

사나다 씨는 악의 없는 웃음을 지으면서 이쪽으로 힐끗 시선을 보냈다. 그리고 그 시선은 천장에 설치된 CCTV로 옮겨갔다. 아마도 '저걸로 보고 있었어요'라는 의미가 아닐까?

CCTV와도 연동되어 있다니, 대단한 스마트 안경이다. 남은 건 사나다 씨에게 엿보는 취미가 없기를 바랄 뿐이다.

"아참, 약사님. 약에 관해 물어보고 싶은 게 있는데요."

"네, 어떤 건가요?"

"지금까지 동네 병원에서는 약을 저어어얼대로 2주 이상 처방해주지 않았는데요…."

사나다 씨는 또 똑같은 이야기를 반복하는 다카노 씨를 무사히 클리닉과에서 데리고 나갔다. 분명 약국 창구로 가는 동안 저 이야기에 가볍고 적당히 대답해주리라 믿는다.

"후우…."

한숨이 흘러나온 순간, 하체에서 힘이 빠져 의자에 주저앉고 말았다. 화장실에 가고 싶은 느낌이 살짝 들었지만 손수건을 쥐기만 하면 괜찮을 것 같다.

"…만약 사나다 씨가 오지 않았다면 어떻게 대처해야 했을까?"

이야기는 듣기보다 전달하기가 7만 배 더 어렵다. 잘 아는 사실이었지만 비밀 유지 의무에 더해 이번처럼 업계의 민감한 내용까지 포함되면, 애초에 이야기가 서툰 인간에게는 엄청난 고행이다. 사람을 대하고 대화하는 방법을 훈련하는 강의를 찾아 꼭 수강하고 싶다. 하지만 자기 계발 관련 세미나에서 저도 모르게 냄비 세트를 살 뻔했던 과거가 있는 몸이므로 신중해야 한다.

"역시나 마쓰 씨입니다."

"우에아악!"

이상한 목소리가 나왔다.

어떻게 우리 과 두 사람은 인기척도 없이 남의 등 뒤로 바짝 다가올 수 있는 걸까? 아니면 기척을 전혀 느끼지 못하는 내게 문제가 있는 걸까?

"그 신중함, 역시 적합해요."

"…신중함인가요?"

"다카노 씨와의 대화에서 아무 대답도 하지 않은 건 올바른 판단이었습니다."

"아뇨, 그건 사나다 씨가 우연히 들어와주셔서요."

"하지만 대충은 답을 알고 있지 않았나요?"

"뭐…. 근데 다른 사람에게 들은 얘기니까요."

"그런 부분이 좋은 거예요."

"…네에."

"그보다. 이건 어떻습니까?"

무슨 말인지 제대로 이해하지 못한 채 이야기는 끝났다.

대신 선생님이 내민 A4 용지에는 무언가가 **빽빽**하게 적혀 있었다.

〈입냄새 예방 푸시 알림 제2탄 ─ 제목 후보〉

"앗! 이거 전부, 이번에 보낼 푸시 알림의 '제목'인가요?"

지난번 '구강 관리'로 실패하고 나서 뭔가 다른 방법은 없는지 개인적으로 계속 생각했다.

여느 때 같으면 기대에 부응하지 못해 죄송하다며 마음속으로 사과하고 지하철을 타고 돌아갈 때쯤 잊어버렸는데, 이번만큼은 포기할 수 없었다. 정확히는 이쿠타 씨에게 이 사실을 알렸을 때 안타까워하던 그 표정이 머릿속에서 떠나지 않는다고 말하는 게 더 맞다.

마쓰히사 가나미라는 개인이 힘이 되지 못하는 건 자주 있기에 신경도 쓰지 않지만, 클리닉과로서 힘을 보탤 수 없다는 사실이 아무래도 마음에 걸렸다.

"예전에, 작가였던 환자분에게 들은 적이 있는데요. 본인 작품인데도 담당 편집자에게 제목으로 자꾸 지적당해서, 보통 50개쯤 생각해둔다고 하더라고요."

"저, 선생님…. 그 전에요…."

"응? 어디 오타라도 있나요?"

"일부러 다른 방법을 고민해주신 건가요?"

"시마바라 부장이 제 앞에서 숨을 내쉬게 하는 게 중요하지 않나요?"

"그건 그런데… 그게 좀처럼….”

"마쓰 씨가 고민하는 것 같고….”

말하던 도중에 왜 미묘하게 시선을 피하는 걸까?

"…아니, 실은 그 이상으로 입냄새는 의사소통의 문제뿐 아니라 의학적으로도 중요한 사인 중 하나라는 사실을 잊어서는 안 됩니다.”

"그 말은 '입냄새는 질병의 원인'이기도 하다는 말씀인가요?”

"그게 바로 제가 하고 싶었던 말입니다.”

역시나 옆으로 의자를 끌고 와서는 당연하다는 듯 접수대에 나란히 앉아버리는 모리 선생님. 장소나 다른 사람의 시선을 그다지 신경 쓰지 않는 게 분명하다.

"실제로 위 안에 '헬리코박터 파일로리'라는 균이 있으면 입냄새가 날 수 있습니다.”

"헬리코박터 파일로리?”

"헬리코박터 파일로리는 '유리에이스(Urease)'라는 효소가 있어 위산 안에서도 염기성 장벽인 암모니아를 만들어 연명합니다. 그 암모니아 냄새, 혹은 심할 땐 위염으로 소화되지 못한 음식물 찌꺼기 등이 입냄새가 나는 원인인 경우가 있죠."

"그렇군요. 그래서…."

A4 용지에 나열된 수많은 제목에 무조건이라고 해도 좋을 만큼 '헬리코박터 파일로리'라는 단어가 포함된 건 그 때문이었다.

"게다가 헬리코박터 파일로리균을 제거하면 만성 위염이나 위궤양, 때로는 위암을 예방하는 데도 도움이 됩니다. 시마바라 부장님의 경우, 조사해서 손해 볼 일은 없는 거죠."

"부장님 나이에는 '암 예방'이라는 단어가 상당히 호소력 있겠네요."

"게다가 검사는 팩에 숨을 불어넣는 요소 호흡 검사(UBT)로 진행해서 신체적 통증이나 고통은 전혀 없습니다. 안타깝게도 보험 청구는 불가능하지만 그 부분은 클리닉과에서 비용을 부담하면 문제없을 거예요."

"자비 진료… 인데 우리 클리닉과 부담으로 하나요?"

"이 검사에 보험을 적용하려면 내시경 검사를 해야 하는 등 번거로운 조건이 너무 많아요. 하지만 이번 포인트는 요소 호흡 검사가 '입김을 부는' 검사라는 점을 이용하는 것뿐이니 검사비 부담은 어쩔 수 없다고 생각합니다."

거기까지 설명을 들으니 그제야 이해가 됐다.

애초에 선생님이 이 검사를 선택한 이유는 시마바라 부장님이 '자신 앞에서 숨을 내쉬게' 하는 것, 오직 그 목적뿐. 헬리코박터 파일로리균 검사는 오히려 덤이니까 검사비를 감당하는 것도 당연하다.

"하지만…. 아니, 과연 괜찮을까요?"

"왜 안 된다고 생각하죠?"

"입김을 불게 하는 것까지는 좋습니다만… 그다음에는 뭐라고 하나요?"

결국 당사자에게 입냄새가 난다고 말할 생각일까? 헬리코박터 파일로리균 검사를 한 뒤 바로 입냄새가 난다는 말을 들으면 시마바라 부장님이 검사를 더 받을 것 같지 않다.

"괜찮아요, 문제없습니다. 그때 이걸 꺼내면 되니까요."

선생님은 기회를 놓치지 않고 흰 가운의 주머니에서 길쭉한 플라스틱 기기를 꺼냈다.

그 기계보다도 자신만만하면서도 기쁜 듯한, 선생님에게서 보기 드문 표정이 더 인상적이어서 난감했다.

"그게 뭔가요?"

"이건 입냄새 측정기예요. LED 램프 세 개가 점멸하면서 여섯 단계로 판정이 나옵니다. 시마바라 부장에게는 하는 김에 구강 상태도 확인해두자고 가볍게 말하면서 여기에도 숨을 불게 할 계획입니다."

"뭐어, 그거라면…. 자연스럽다고 하면 자연스러운 흐름… 이겠죠?"

윗부분을 찰칵 당기자, 스틱 중앙에 숨을 내뱉는 세로 구멍과 센서 램프가 나왔다. 한 손에 들어가는 살짝 큰 스프레이 정도 크기니 가방에 넣어도 크게 부피를 차지하지 않는다. 솔직히 집에 돌아가 인터넷으로 주문할 생각이다.

그런데 사나다 씨의 스마트 안경도 그렇고, 이 입냄새 측정기도 그렇고. 두 사람 모두 이런 소형 전자 기기를 좋아하는 걸까?

"그리고 푸시 알림 제목 말입니다만."

"히익!"

갑자기 선생님의 얼굴이 손에 든 A4 용지로 쑥 다가왔다. 당장이라도 그 입냄새 측정기로 내 구취를 확인해봐야 할지 진지하게 고민되는 거리다.

"음? 어떤 제목이 마음에 드나요?"

"서, 선생님은… 어떤 제목을 가장 추천하시나요?"

"이런 건 어떨까요?"

"아, 좋네요! 그 제목!"

이 제목을 붙이는 센스에 관해서는 일단 차치하고.

좋은 향기가 코끝을 자극하는 이 너무 가깝고 위험한 거리에서 빨리 벗어나고 싶었다.

"그렇군. 역시 마쓰 씨도 이거군요."

다시 살짝 기쁜 표정을 짓고 나서야 선생님은 몸을 뒤로 뺐다.

"뭐 하고 있어요? 재밌어 보이는데."

"네에엣?!"

"가나미 씨, 너무 놀라는 거 아녜요?"

정신을 차리고 보니 사나다 씨가 접수대 안으로 얼굴을 들이밀고 있었다.

이 두 사람, 실은 암살자였다는 숨겨진 설정이라도 있나?

"마쓰 씨와 푸시 알림의 제목을 정하고 있었어."

"오, 어떤 제목으로 했어요? 설마 또 이상한 제목으로 한 거 아니죠?"

여기에서 접수 카운터 안으로 몸을 내밀어 들여다볼 줄은 예상도 못 했다. 그런 자세로 대화에 참여하는 것은 고등학생 감각을 지니고 있다고밖에 생각할 수 없다.

"홋. 안타깝지만 내가 추천하는 제목과 마쓰 씨가 고른 목은 이미 일치하지."

"거짓말, 정말? 어떤 거죠? 가나미 씨도 추천하는 제목이라니."

"이거야."

〈헬리코박터 파일로리균의 죄와 벌 ― 만성 위염부터 위암 예방까지〉

그 제목을 읽고, 사나다 씨의 표정이 싹 사라졌다.

"가나미 씨, 있잖아요."

"앗, 네."

"제목은 정하기는 의학적인 게 아니니까 마음 쓰지 않아도 괜찮아요."

"무슨 의미야, 쇼마."

"아니에요, 사나다 씨. 저는 딱히 마음을 쓰는 게 아니라…."

접수 카운터에서 상반신을 뗀 사나다 씨가 못 말린다는 표정을 지었다.

이럴 때는 무자비할 정도로 선생님과 미련 없이 선을 긋는다. 공사를 구별하는 것이라도 조금 더 순화해주면 고마울 것 같다.

"뭐, 괜찮겠죠? 흔치 않게 류 씨도 즐거워 보이고."

"뭐? 난 항상 명랑한 사람인데?"

"그보다 시마바라 부장님 반응은 어때요?"

선생님의 반박을 전혀 개의치 않는 사나다 씨와 그것을 전혀 마음에 두지 않는 모리 선생님. 이런 사람들 속에 섞여 생활해보는 게 인생의 최종 목표다.

"방금 전송했으니 빠르면 벌써 봤을 거야."

"잠깐만요, 선생님! 벌써 보내셨어요?"

"마쓰 씨와 의견이 일치했을 때, 진즉에 보냈는데요?"

이번 '헬리코박터 파일로리균과 위암 예방'이라는 키워드는 상당히 좋다고 생각한다.

하지만 나를 예시로 적용해보면 서점에서 책을 집어 드는 계기는 대체로 제목과 표지, 그다음 띠지의 홍보 문구다. 그 후 줄거리를 읽고 살지 말지를 결정한다. 그렇게 생각하면 시마바라 부장님이 푸시 알림을 열 것인지 아닌지는 저 제목으로 결정될 가능성이 매우 높다.

그 제목이 〈헬리코박터 파일로리균의 죄와 벌 ― 만성 위염부터 위암 예방까지〉라면…. 조금 더 용기를 가지고 내 의견을 말하는 인간이 되고 싶다고 후회하고 말았다.

"그거 봐요. 가나미 씨, 지금 마음 쓴 걸 후회했죠?"

"네? 아뇨, 전혀요. 정말이에요."

사나다 씨의 '사람의 마음을 읽는' 능력은 언제라도 훌륭하게 발휘된다.

"응? 마쓰 씨도 생각한 제목이 있어요?"

"아뇨. 전혀, 절대로, 저는… 떠오르지도 않아요."

그때 의미심장한 미소를 지은 사나다 씨가 까다로운 제안을 던졌다.

"그러면 말이에요. 저 제목으로 시마바라 씨가 푸시 알림을 열지 어떨지, 직원 식당 내기 어때요?"

"2대1이 되는데, 괜찮겠어?"

"왜 가나미 씨가 류 씨의 편을 든다고, 마음대로 정하나요?"

'안 그래요?'라는 시선을 보내도 난감하다.

"저기, 사나다 씨. 저는 누구 편을 든다거나 하는 게 아니라요."

"그러면 마쓰 씨가 네 편을 드는 이유는?"

'이유가 있을 리 없지'라는 눈빛을 보내도 곤란하다.

"아니, 음… 저, 그건."

문득 이상한 감각에 휩싸여 있는 스스로를 발견하고 깜짝 놀랐다.

뭐라고 표현할 수 없는 이 기분은 도대체 무엇인지 다양한 단어를 떠올려봤지만 어떤 말도 확 와닿지 않았다.

그중 유일하게 들어맞는 표현이 있다면.

"쇼마. 이것 봐. 시마바라 부장에게 바로 진료 문의가 왔다고."

"거짓말!"

"안 보이면 네 스마트 안경에 모니터를 연결해줄까?"

"정말이네! 아, 가나미 씨는 솔직히 어느 쪽이라고 생각했어요?"

"네? 저요? 그건….."

이게 바로 '안식처가 있다'라는 것일지도 모르겠다.

◆

점심시간이 시작되는 바로 그 시간.

시마바라 부장님은 그리 넓지 않은 클리닉과 대기 공간에 고개를 숙이고 앉아 있었다.

"…휴, 큰일 났군."

푸시 알림에 답장을 준 그날 오후. 굵은 눈썹에 어색한 미소로 진료받을 때와는 달리, 불안했는지 짧게 자른 머리를 쓸어 올리며 가볍게 한숨을 쉰다.

진료를 받고부터 일주일.

회사 건강 검진을 받는 가벼운 마음으로 헬리코박터 파일로리균 호흡 검사를 받았는데, 오늘 헬리코박터 파일로리균이 양성으로 나오고 말았다. 아무리 박력 넘치는 영업 전사라고 해도 불안감을 감출 수는 없을 것이다.

"시마바라 부장님."

모리 선생님은 '헬리코박터 파일로리균이 발견된 것은 오히려 다행'이라고 말했지만, 사실 제일 중요한 '입냄새 측정기'는 아직 시마바라 부장님에게 시험해보지 않았다. '충치나 치은염도 없고, 영업하는 사람에게 양치질은 생명이니까요'라며 구강 관리에 자신이 있다는 듯 첫 진료일에 깔끔하게 거절당했다고 한다.

그렇게까지 말하면 강요할 수가 없으니 차츰 답답한 심정이 농후해지던 그때. 바로 오늘 시마바라 부장님이 예상하지 못했던 '헬리코박터 파일로리균 양성 확정'이라는 결과가 나온 것이다.

"…저, 시마바라 부장님?"

하지만 반대로 생각하면, 헬리코박터 파일로리균을 없애면 시마바라 부장님의 입냄새가 해소될 수도 있다. 그리고 애초에 입냄새 해소보다 제균이 더 우선이다. 일단 의학적으로 헬리코박터 파일로리균을 치료하고, 그래도 입냄새가 나아지지 않는다면 다시 작전을 세우면 된다.

"아, 미안합니다."

"아뇨, 아뇨. 천천히 하셔도 괜찮습니다."

시마바라 부장님도 여러 가지로 생각이 많을 것이다. 부장님은 황급히 일어나 지갑을 꺼내며 접수대로 달려왔다.

"마쓰히사 씨, 오늘은 그거죠? 헬리코박터 파일로리균 약을 받을 수 있나요?"

"네. 선생님께서 처방전을 내주셨어요."

"정말 사내에서 약을 받을 수 있다니… 상상 이상으로 편리하네요."

확실히 이쿠타 씨가 말한 대로. 카운터를 사이에 둔 이 거리에서도 시마바라 부장님의 입냄새가 닿는다. 사실 초진 때부터 느꼈지만, 솔직히 모두가 소문낼 만한 '개나 고양이보다 참기 힘든 냄새'라거나 '시궁창 같은 악취'라는 생각까지는 들지 않았다.

그 이유는 모리 선생님이 메모장 절반 정도를 소비하며 가르쳐주었다.

'냄새난다'라는 감각은 코에 있는 후각 수용체가 수집한 정보를 뇌가 어떻게 처리하느냐에 따라 개인차가 상당히 크다고 한다. 구체적으로는 '호불호' 필터를 거쳐 판단되므로 당연히 그 냄새에 대한 평가도 사람마다 달라진다는 뜻이다. 모든 사람이 향수 냄새를 좋아한다고 말할 수 없는 것과 같은 이유다.

그보다 냄새는 본능이나 감정, 기억을 지배하는 뇌의 '대뇌변연계'를 거쳐 전달되므로, 말하자면 '냄새는 감성에 직접적인 영향을 미친다'라는 말이 더 놀라웠다. 한 번 불쾌한 냄새라고 느끼면 '아무 이유 없이' 싫어지기도 하고, 무심코 옛날 기억을 떠올리기도 한다.

"오늘 처방에 관해서는 약사인 사나다 씨가 자세하게 설명해드린다고 합니다. 예전 서버실인 약국 창구로 가시면 됩니다."

이 입냄새만으로 시마바라 부장님이 유명해졌다니 아무래
도 이해할 수 없다.

다른 요인, 예를 들어 시마바라 부장님에게 느끼는 감정이
나 과거의 대화, 혹은 입냄새 그 자체에 대한 개인적인 기억
이나 인상이 영향을 미친 게 아닐까?

시마바라 부장님댁이나 옷장 냄새는 어떨까? 그것도 일종
의 독특한 냄새라, 인터넷 중고 거래 사이트에서 '집 냄새는
양해 부탁드립니다' 하고 주의 사항을 적어도 클레임이 걸린
다고 들은 적이 있다.

그런 내용을 심각하게 고민하는데, 안쪽에서 사나다 씨의
활기찬 목소리가 들려왔다.

"아, 시마바라 부장님. 마침 '헬리코박터 파일로리 살균 세
트'가 도착했는데, 여기에서 설명해드려도 괜찮을까요?"

"세트… 라고요?"

"마시는 방법이 정해져 있어서요. 틀리지 않도록 세트로
구성되어 있죠. 그래도 처음에는 많이 당황하시긴 하지만
요."

그리고 접수 카운터로 서둘러 다가오며 이쪽으로 의미심
장한 눈빛을 던졌다.

진료가 끝나도 계속 약국 창구로 안내하지 않아 이상하다

고 생각했는데, 아무래도 여기에서 시마바라 부장님에게 무언가를 **시도**할 생각인가 보다. 저 눈빛은 대체로 그럴 때의 눈빛이라는 사실을 이제는 알 수 있다.

"우선은 기본적으로 이 봉지 하나가 하루 분량, 아침과 저녁이 한 세트입니다."

그 크기와 질감은 마치 엽서를 가로로 돌려놓은 듯했고, 가운데에 점선이 있어 위아래로 색을 구분해놓았다. 그리고 상단에는 '아침', 하단에는 '저녁'이라고 큰 글씨로 눈에 띄게 적혀 있다.

"오호. 왠지 옛날 과자 가게에서나 팔 법한 모양이네요."

"약을 드시고 가운데 점선을 잘라내도 좋지만, 날짜를 적어 남겨두는 것을 권장합니다. 약을 먹었는지 안 먹었는지, 나중에 확인할 수 있으니까요."

그 상단인 주황색 '아침' 부분에 먹어야 할 세 가지 약이 이미 투명 팩에 담겨 있었다. 물론 하단의 파란색 '저녁' 부분에도 똑같이 세 종류가 담겨 있다. 거기에 날짜를 적는 칸도 있는데 이것이 일주일 분량, 7장 세트로 되어 있다. 이렇게까지 친절한 형식이면 헷갈려서 약을 잘못 먹는 일은 없을 것이다. 남은 것은 이제 본인에게 달렸다.

"그런데…. 한 번에 이만큼의 약을 하루에 두 번씩이나 먹나요?"

"헬리코박터 파일로리를 살균하는 방법은 근거가 확실해요. 그래서 무엇을 얼마나 먹어야 하는지 분명하게 정해져 있거든요."

"그렇다면 어느 병원의 어떤 의사라도 차이는 없겠군요."

"네, 그렇죠. 자, 이것이 위산 분비 억제제인 '보노프라잔 푸마르산염', 이게 마크로라이드계 항생제인 '클래리스로마이신', 마지막으로 합성 페니실린계 항생제인 '아목시실린수화물'입니다. 항생제 때문에 설사할 수도 있어서 정장제도 함께 처방했으니 절대 자의로 중간에 멈추거나, 먹는 걸 잊어버리거나, 한꺼번에 드시지 마세요."

이 정도면 무슨 일이 있어도 '우리 병원에서는 처방할 수 없는 약'이라는 소리를 들을 일이 없으니 안심이다.

"이야. 영업 사원으로서는 독점한 제약 회사가 부럽네요."

"아니에요. 성분과 분량이 같으면 오케이라서 여러 회사에서 비슷비슷한 세트가 나오고 있어요."

"그러면 모리 선생님이 이 회사의 세트 제품을 선택한 특별한 이유라도 있나요?"

예전 제2영업부의 피가 끓었는지 시마바라 씨는 그런 이야기에 눈빛을 반짝였다.

그러나 막상 사나다 씨는 떨떠름한 표정을 지었다.

설마 선생님도 어느 제약 회사의 접대를 받아 유착하고 있는 걸까?

"시마바라 부장님, 격투기 좋아하세요?"

"…예?"

"그중에서도 진지하게 서로 주먹을 날리거나 관절을 조이는 그런 격투기요."

도대체 이 흐름에서 어느 부분이 기업과의 접대와 유착 이야기로 이어지는 걸까?

"옛날에는 '입식 격투기 최강 K시리즈'나 '종합 격투기 프라우드' 같은 경기를 사이타마 슈퍼 아레나 경기장까지 가서 볼 정도로 좋아했죠…. 근데 왜 그러십니까?"

"그러면 '밥 샙'이라는 선수가 있었던 거, 아시나요?"

"아, 있죠, 있었죠. 분명 '야수(The Beast)'라고 불렸던 선수인데, 맞죠?"

"모리 과장님은 어렸을 적에 그 사람의 팬이었거든요."

"그것과 이 약의 제조사와… 대체 어떤 관계인지…?"

"여기 읽어보세요. 약 이름요."

"이름…. 아!"

사나다 씨의 말을 듣고 정말 어느 회사의 약이든 약효는 똑같음을 절실히 실감했다. 부장님이 처방받은 헬리코박터 파일로리 살균약 세트의 상품명이 '밥 샙'이라는 이름과 아주 비슷했다.

"뭐, 저 사람… 옛날부터 그런 부분이 있더라고요."

"오호, 재미있는 분이네요…. 모리 선생님은."

"병원에 방문한 제약 회사의 영업 사원이 자신이 모르는 약효나 새로운 논문 이야기를 나눌 수 없는 사람이면 절대 만나지 않았고요."

"그건 정말 강경파군요."

"그런가 하면 영업 사원이 한 번이라도 자기가 모르는 지식을 알려주면 갑자기 존경심이 올라가 사비로 술자리를 권하거나, 함께 게임을 하기도 하더라고요."

"사비로! 오히려 선생님이 **영업 사원에게 한턱낸다**는 말씀인가요?"

"그렇죠. 저 사람, 접대받는 거 정말 싫어해요. 사극에서 뇌물 받는 탐관오리 같은 악덕하고 비열한 사람은 절대 되고 싶지 않다고, 옛날부터 자주 말했었어요."

"그런 얘기는 처음 듣네요…."

접대를 받고 유착하기는커녕 질척대는 영업 사원을 가리지 않고 떼어내고 있다고밖에 생각되지 않는다. 조금 더 세세한 부분까지 따져도 된다면, 같이 게임을 한다는 게 어떤 의미인지 구체적으로 물어보고 싶다.

"다른 영업 사원들이 모리 선생님이 자기를 만나주지 않는다면서 약국에서 우는 소리를 많이 했어요."

"자주 방문하는 얼굴 비추기 영업이 효과가 없다는 건 솔직히 조금 슬프네요."

분명 그 영혼 없는 표정으로 접수 담당자에게 문전박대하라고 지시했을 것 같다. 모리 선생님과 만났던 제약 회사의 영업 사원은 분명 극히 일부였으리라.

"그래도 이 약을 장난으로 고른 건 아니에요! 약효는 모두 같으니 안심하세요. 아니, 이건 진짜, 정말입니다."

그렇게 허둥대며 둘러댈 거라면 사실대로 말하지 않았어도 됐을 텐데.

이런 부분에서 사나다 씨의 인품이 드러난다.

"괜찮습니다, 사나다 과장님. 모리 선생님은 매우 정직하신 분인 것 같네요. 근거는 오랫동안 영업을 해온 **직감**뿐이지만요."

어쨌든 모리 선생님은 후생노동성의 연구팀 회의에서 훌륭한 선생님들을 아카데믹한 폭력으로 쓰러뜨린 사람이다. 어딘지 모르게 접대나 유착은 아닐 거라고 믿었다.

다만 조금 더 멋있는 이유를 기대했다.

"그러면 시마바라 부장님. 하루에 두 번, 일주일 동안 잊지 말고 드세요. 아마 두 달 뒤에 균이 사라졌는지 확인하는 검사를 할 거예요."

약국 창구까지 가지 않고 옆 카운터에서 계산을 끝낸 시마바라 부장님.

그러나 카운터를 뒤로 하고 돌아갈 기색은 전혀 보이지 않았다.

"…참, 사나다 과장님, 뭐 좀 여쭤봐도 되겠습니까?"

"그럼요, 얼마든지요. 익숙하지 않은 처방 약 세트니까요."

"아뇨, 복용 방법은 모두 이해했습니다. 제가 여쭤보고 싶은 건…."

어째서인지 시마바라 부장님의 시선이 사나다 씨의 자랑스러운 셀렉션 진열대를 향했다.

그 순간 사나다 씨는 '승리'를 확신한 듯한 미소를 입가에 지었다.

"입냄새 예방 방법을 좀 알 수 있을까 합니다."

저도 모르게 큰 소리가 나올 뻔했지만 그 전에 멈춰서 큰일은 나지 않았다.

설마 시마바라 부장님이 먼저 입냄새 얘기를 꺼내리라고는 먼지 티끌 하나만큼도 예상하지 못했다.

"구강 관리용품 말씀이죠? 있어요. 요즘 의외로 평판이 좋습니다만…. 혹시 '쇼마의 베스트 셀렉션' 소문을 들으셨나요?"

잠시 뜸을 들인 시마바라 부장님은 아무도 없는 공간으로 시선을 돌렸다.

"사실은요, 헬리코박터 파일로리균 검사를 예약한 날, 저녁을 먹으며 아내에게 가볍게 말했거든요. 위궤양이나 위암 예방에도 도움이 된다고 하니까 검사받겠다고요. 저는 그저 건강을 챙기지 않고 생활했던 제2영업부 시절과는 달리, 이제는 미래를 생각해 건강에 신경 쓰겠다고 아내에게 어필하려고 했는데….."

"사모님이 별로 안 좋아하셨나요?"

실제로 그렇게 생각하기보다는 떠보려고 하는 소리 같다는 수수께끼 같은 직감이 뇌리를 스쳤다. 이미 시마바라 부장님을 울타리 안에 넣고 무언가를 꿰뚫어 보았을 것이다.

"…눈도 마주치지 않고 '그러면 당신 입냄새도 나을 수 있겠네'라고 말하더군요."

"아…. 그렇군요."

엄청난 기세로 방광에 자극이 오고 심박수도 단숨에 올라갔다. 순간 손수건을 꺼내 쥐었지만 이건 화장실에 잘 맞춰 갈 수 있을지 알 수 없는 긴장감이었다.

"시마바라 부장님, 이건 잘된 게 아닐까요?"

"예…? 잘됐다고요?"

무슨 말을 하려는 건지, 사나다 씨의 사고 회로를 이해할 수 없다. 애초에 이런 화제를 태연하게 정면에서 응수하는 그 자체가 믿기지 않았다.

"왜냐하면 입냄새나 체취는 가족이든 친한 사이든, 의외로 직접 말로 알려주는 경우가 적지 않습니까?"

"예, 그렇죠. …실제로 아내는 지금까지 잠자코 있었고."

"잠자코 있었다기보다는 좀처럼 말씀하실 수 없었던 게 아닐까요?"

"하지만 부부라면…."

"반대로 사모님께서 입냄새가 난다면 부장님은 아내분에게 '입냄새가 난다'거나 '냄새가 심하다'고 직접적으로 말씀하실 수 있으신가요?"

"그런, 뭐…. 어떻게 표현하느냐에 따라 다르겠지만, 어떤 계기가 없으면 말하기가 어렵겠네요."

"그렇죠? 사모님 역시도 불편해서 눈도 못 마주치실 거예요."

표현 방법을 바꾼다고 해봤자, 기껏해야 '양치질 제대로 하고 있어?'가 한계일지도 모른다. 그래도 여전히 말하기 어렵고, 어쩌면 그 말을 들은 상대는 '충치'를 걱정했다고 멋대로 착각해 입냄새까지 생각이 닿지 않을 수도 있다.

"그런 얘기를 사모님은 확실하게 해주셨으니까요. 그야말로 시마바라 부장님이 말씀하신 것처럼 좋은 '계기'를 만드신 게 아닌가 합니다."

"하지만 오랫동안 가까이에서 불쾌하게 만들었다고 생각

하니…. 아무래도."

"시마바라 부장님이라면 물론 찾아보셨겠죠? 입냄새의 원인은 90퍼센트 이상이 입안의 질병이나 더러움이라는 걸요."

그 말을 듣고 내 생각이 짧았다고 통감했다.

즉, 헬리코박터 파일로리균이 입냄새의 원인인 경우는 10퍼센트 이하. 그렇다면 부장님이 헬리코박터 파일로리균을 없애도 반드시 입냄새가 사라진다고는 할 수 없다. 헬리코박터 파일로리균은 어디까지나 '원인이 되는 가능성 중 하나'일 뿐, 그걸로 모든 것이 해결되지는 않는다.

"네. 대학 병원 홈페이지에서 '숨결이 상쾌해지는 외래(구취 전문 외래)'라는 말을 보았습니다."

"그러실 줄 알았습니다. 능력 좋은 영업 담당자는 역시 다르네요."

"사라지지 않는 버릇이랄까요. 대화를 따라가지 못하면 영업에 치명적이라서요."

"하하. 모리 과장님과 얘기가 잘 통하실 것 같은데요."

"그건 참 반가운 소리네요."

시마바라 부장님의 표정이 조금씩 풀리기 시작했다.

그 모습을 보고 미소를 짓은 사나다 씨가 갑자기 내 쪽으로 의기양양한 시선을 던졌다. 설마 하지만, 사나다 씨는 시마바라 부장님이 이렇게까지 조사할 것을 예상했나?

"시마바라 부장님, 구강 관리도 물론 설명드리겠지만, 삼사십 대 중년 남성들이 자주 듣는 '아저씨 냄새'라고 혹시 아시나요?"

"아, 흔히들 나이가 들면서 난다고 하는 '노인 냄새' 말인가요?"

"아니요, 그것과는 다릅니다. 노인 냄새는 몸 안의 피지선이라면 **어디에서나 나오는** '2-노네날(2-Nonenal)'이라는 물질을 말합니다."

"음…. 귀 뒤에서 나오는 거 아닌가요?"

"그렇게 많이 알려졌지만 다른 사람이 불쾌할 정도로 나오는 곳은 몸의 넓은 부분, 다시 말해 앞가슴이나 어깨에서 등까지의 몸통 부분입니다."

모처럼 시마바라 부장님을 구강 관리 이야기로 끌어들였는데 갑자기 체취 이야기를 꺼내다니, 사나다 씨는 무슨 생각일까?

"그, 그런가요?"

"만약 노인 냄새가 신경 쓰이시면 여름철에 많이 파는 이런 '땀 닦기용 물티슈'를 사계절 내내 사용하는 것만으로도 줄일 수 있습니다."

그렇게 말한 사나다 씨는 어느새 구강 관리 상품 옆에 진열되어 있던, '땀 닦기용 물티슈'를 시마바라 부장님에게 건

냈다.

"이건 여름철 외근할 때 자주 사용했어요."

"그러면 익숙하시겠네요."

"그런데 조금 전 말씀하신 '아저씨 냄새'라는 건⋯."

"그건 바로 '다이아세틸'이라는 물질인데, 두피부터 목뒤에서 강하게 나와 '아빠 베개 냄새'라고 불리는 물질이에요."

"아아. 그게 귀 뒤쪽의⋯."

"아뇨, 귀 뒤쪽은 잊어버리셔도 돼요. 이건 매일 머리를 감고 목 주위의 땀을 닦기만 하면 비교적 효과가 있습니다."

"오호."

"아하!"

사나다 씨와 시마바라 부장님의 시선이 동시에 날아와 얼굴 전체가 불처럼 뜨거워졌다.

너무나도 화장실로 뛰어들고 싶다.

설마 무의식중에 남의 대화에 소리 내어 반응하리라고는 생각도 못 했다.

"그러니 시마바라 부장님⋯."

모른 척 넘어가준 사나다 씨의 상냥함에 진심으로 감사한다. 살짝 탐미적인 밤의 향기를 풍기는, 강렬한 통찰력과 냉정한 판단력을 가진 수수께끼의 신사여, 고마워요.

"구강 관리에 관심이 생기셨다면 이번 기회에 체취 대책으로 데오드란트를 사용해보시는 건 어떠세요?"

그렇게 말한 사나다 씨는 땀 억제 스프레이처럼 생겼고 큰 글씨로 '두피 냄새'라고 적힌 상품을 건넸다.

아무래도 사나다 씨는 구강 관리용품 옆에 데오드란트 상품을 진열할 생각인 듯하다.

"사나다 과장님, 혹시 제 몸에서 냄새가 나나요?"

"그렇지 않습니다. 부장님, 이건 사모님을 위한 것입니다."

"제 아내요…? 그게 무슨 말입니까?"

"어려운 말을 해주신 사모님께 전하는 부장님의 답례입니다."

"…답례?"

"개인적으로 남자가 향수를 뿌릴 필요까지는 없다고 생각하거든요. 좋은 향기가 날 필요는 없고 그냥 깨끗하기만 하면 돼요."

사나다 씨가 옳다고 생각했다.

'냄새 괴롭힘'이라며 지나치게 비난해서는 안 된다. 추구할 방향은 플러스가 되는 것이 아니라 마이너스가 되지 않는 것. 다시 말해 청결한 상태를 유지하는 것이다.

"뭐, 그렇네요…. 향수에는 살짝 저항감이 있어서요."

"매일매일 몸과 머리를 감습니다. 아침에는 세수하고 이를 닦지요. 그게 정상적으로 가능한 사람이라면 데오드란트는 그 연장선에 있는 것입니다. 적어도 여성들이 하는 화장보다는 간단하지 않을까요?"

"그럴까요?"

"어차피 자기 냄새에는 '후각 순응'해서 스스로는 깨닫지 못하니까요. 그러니 이제 매일 루틴처럼 아침과 점심, 필요하다면 저녁까지 '겨드랑이에 땀 억제 스프레이 뿌리기', '땀 닦기용 물티슈로 몸 닦기' 등을 습관으로 만들면 됩니다."

"그렇군요. 목욕이나 양치질처럼, 데오드란트를 하는 거네요."

"바로 그겁니다."

"그리고 이게 사나다 과장님이 추천하는 제품인가요?"

"일본에서 아저씨 냄새를 연구한 원조는 '맨담'이니까요. 개인적으로 향으로 장난치지 않는 기조가 마음에 들어요."

"뒷머리부터 목 언저리…. 그렇군요, 딱 지하철에서 여성의 코끝이 닿는 곳이네요."

"역시, 예전 제2영업부의 에이스. 착안점이 남다르시네요."

이 상황에서 통근 지하철의 여성을 의식하는 건, 역시 이쿠타 씨의 말처럼 시마바라 부장님은 기본적으로 나쁜 사람이 아닌데 손해를 보고 있었을지도 모른다.

"그렇구나. 그래서 젊은 사람들이 '지하철 아저씨 냄새'라고 자주 말했군요."

"시마바라 부장님, 그런 말을 들으셨던 적이 있나요?"

"하하. 그렇게까지는 아니지만…. 사나다 과장님과 얘기하다 보니 왠지 그런 말을 들었다면 오히려 더 빨리 알아차렸을 것 같네요."

모르는 사람에게 그런 말을 듣고 '알려줘서 고맙다'라고 생각할 수 있다니, 그건 이미 부처의 경지에 이른 게 아닐까?

"헬리코박터 파일로리균을 제거하고, 구강 관리도 하고. 내친김에 아저씨 냄새나 노인 냄새를 방지하려는 모습을 사모님이 보시면, 사모님도 '솔직하고 단호하게 말하기 잘했다'라고 생각하실 거예요."

"그렇군요. 그게 아내에게 하는 답례라는 말씀이죠?"

풀어져가던 그 표정이 이제는 미소로 바뀌었다.

시마바라 부장님은 입냄새만으로 유명해진 게 아니라고, 이제는 확신할 수 있다.

사람들이 불쾌하게 생각하는 아저씨 냄새나 노인 냄새가 시마바라 부장님의 입냄새를 더욱 강하게 느끼도록 했을지도 모른다. 나아가 그것이 버블 세대의 마지막 생존자인 오십대만의, 메울 수 없는 세대 차이까지 조장했을지도 모른다.

뭐, 어쨌든. 그 깨달음의 계기를 준 것은 틀림없이 이쿠타 씨다.

본인의 과민대장증후군의 방아쇠일지도 모르는 상사의, 금기시되는 타인의 일에 관여했기에 시마바라 부장님은 도움을 받았다.

다른 사람에게 관여하는 일을 최대한 피했던 내게는 이번 일이 굉장히 충격으로 다가왔다.

"좋아, 결정했습니다."

"아, 전부 구매하시겠습니까?"

"물론, 개인적으로는 그렇습니다만."

"감사합다!"

어느새 사나다 씨의 말투도 시마바라 부장님을 상대로 상당히 허들이 낮아져 있었다. 그런데도 지금 분위기에 그런 말투가 딱 좋다는 생각이 드니, 신기할 따름이다.

"저희 영업기획부에서 구강 관리 및 체취 관리 비용을 경비로 신청할 수 있도록 기안을 올려보겠습니다."

"정말요? 그거 괜찮네요. 분명 직원들이 좋아할 거예요."

"다른 회사에 방문해 스마트하게 기획을 제안해야 하는 부서니까요."

"그렇죠. 그러면 지금부터 구강 관리에 대해서⋯."

"아, 죄송합니다⋯. 시간이 벌써 이렇게 되었네요. 일을 마치고 다시 찾아뵙겠습니다."

"아, 얼마든지요. 항상 한가하니까요."

이로써 시마바라 부장님에게 입냄새를 알아차리게 하는 미션은 완수했다.

그렇다고 이쿠타 씨의 복통이나 설사 빈도가 줄어들지는 모르겠다.

그와 별개로 영업기획부에 확실히 큰 변화를 불러온 것은 분명하다.

이것이 '사람과 관계하는 일'이라는 생각이, 스물아홉이라는 이 나이에 새삼 들었다.

"조심히 들어가셔요!"

구강 관리부터 데오드란트까지, 한꺼번에 모두 구입한 시마바라 부장님.

그 뒷모습을 여전히 이상한 말로 배웅하던 사나다 씨의 얼굴빛이 갑자기 달라졌다.

"엇! 류 씨?"

"어머…. 선생님?"

뒤를 돌아보자, 어느새 진찰실 입구에서 선생님이 팔짱을 낀 채 이쪽을 바라보고 있었다.

완전히 인기척을 죽이고 뒤를 노리는 암살자나, 적어도 그 피를 이어받은 후예라는 숨겨진 설정이 있다고밖에 생각할 수 없다.

"어, 언제부터 거기에 있었어요?"

"응? 밥 샙 얘기할 때쯤부터?"

"헉! 그렇게나 오래전부터 보고 있었던 거예요?"

"진료 끝나고 시간이 남아서."

선생님이 화를 내는 분위기도 아니었는데 사나다 씨는 괜히 당황하고 있다. 조금 전까지 시마바라 부장님의 허들을 낮추며 마음껏 울타리 안으로 들어가던 당당한 모습은 이제 조금도 남지 않았다.

"그게 뭐야! 비겁해!"

"비겁하다고? 열심히 설명하길래 가만히 있었을 뿐인데?"

"그걸 비겁하다고 하는 거예요!"

"그보다 마쓰 씨, 이쿠타 씨 말이에요."

"잠깐, 류 씨! 말 돌리지 말고!"

"뭐가?"

우물쭈물하는 사나다 씨를 보고, 주제넘게 귀엽다고 생각해버렸다.

"그, 그러니까. 내 설명… 틀리지 않았어요?"

"문제없었어. 내가 가르쳐준 내용을 한 마디, 한 단어도 틀리지 않고 훌륭하게 기억하고 있구나, 하고 감탄까지 했지."

더욱 주제넘었던 것은 선생님이 개구쟁이 동생을 따뜻한 눈빛으로 바라보는 형처럼 보였다는 점이다.

"있죠, 가나미 씨. 가나미 씨는 제 설명을 듣고 어땠나요?"

아무래도 거기에 나를 끼워주려는 듯하다.

"아, 저요?"

세 사람 속에서 난 어떤 역할이 되어야 하는가.

그런 생각을 하는 날이 올 줄은 꿈에도 몰랐다.

제4화

요통으로 시작하는
직원 건강 지킴이 시스템

요즘 점심시간만 되면….

여기가 공용 공간인가 싶을 정도로 사람들이 클리닉과에 드나들기 시작했다.

"어서 오세요. 뭐 찾으시는 것 있으세요?"

들어오면 정면에 바로 보이는 두 개의 접수대 중 하나는 클리닉과 카운터고, 다른 하나는 사나다 씨가 새로 만든 약국과 카운터다. 사람이 붐비는 곳은 물론 사나다 씨가 있는 약국과다.

"혹시 에너지 드링크 같은 거 있나요?"

그리고 찾아오는 사람 약 90퍼센트는 여성 직원이었다.

"영양 드링크 계열 음료를 찾으시나요?"

"예산 회의 자료를 아직 완성하지 못해서…. 야근할 예정이라 마시려고요."

사원증에 적힌 '경리부'라는 글자만 봐도 여러 고충이 전해진다.

원래 총무부는 총무과, 인사과, 경리과, 법무과로 구성되어 있었다.

그러나 '경리의 관점을 배제한 예산 회의는 있을 수 없다'라는 사장의 한마디에, 경리과는 경리**부**로 격상. 루틴 업무를 아웃소싱으로 맡기는 대신 중요한 예산 관리 부서 중 하나로서 예산 회의에 참석해야 한다.

"아, 우리… 라고 할까요, 클리닉과? 음, 그게 더 맞겠네요. 모리 과장님의 방침입니다만, '무리하는 것을 응원하지 않는다'가 정책입니다."

"…네?"

"무리해야 하는 불가피한 상황도 분명히 있죠. 하지만 그럴 때 '에너지 당겨쓰기'는 나쁘지 않을까? 그런 의미라고 해요."

"당겨쓰기라…. 뭐, 틀린 말은 아니네요."

분명 불법 약물에 손을 댄 사람이 하는 변명에 '행복 당겨쓰기'라는 표현이 있지 않았나? 모리 선생님이 그 표현을 여러 패턴으로 재해석해서 썼음이 틀림없다.

"게다가 성분으로 분류해보면 에너지 드링크는 의약품이

아니라 청량음료거든요."

"어머! 그래요?"

"아르기닌, 니아신, 판토텐산은 의약 성분도 아니고요. 해외 에너지 드링크와는 달리 대부분 '합성 타우린'이 **들어가 있지 않아요.**"

"그럼… 에너지 드링크를 마시고 힘이 나는 느낌은 기분 탓인가요?"

"기분 탓은 아니겠지만. 체감적으로는 카페인이 작용한 게 아닐까요?"

"…그렇군요."

"단순히 카페인 함유 비율로만 따지면 녹차나 커피가 더 높습니다."

"네에…. 녹차 같은 걸 꽤 자주 마시긴 해요."

"뭐, 어쨌든 카페인 과음은 추천할 수는 없죠."

"그럼, 이 영양 음료 주세요."

자세히 보니 쇼마의 베스트 셀렉션 진열대가 다시 꽉 차 있었다. 구강 관리, 데오드란트, 다음으로 영양 음료 계열을 밀고 나갈 생각인지도 모른다.

하지만 그러면 '무리하는 것을 응원하지 않는다' 정책 위반이 아닐까?

"저희가 취급하는 드링크제는 모두 '글리신'이라는 아미노산이 들어 있는 음료뿐인데 괜찮으세요?"

"…그건 뭐예요?"

"얼마 전까지만 해도 글리신은 '해롭지 않은 아미노산' 정도로만 여겨졌는데, 실험 결과 '수면 도입 효과'가 있다고 밝혀졌어요."

사나다 씨가 손에 든 상품은 드러그 스토어에서도 비교적 자주 볼 수 있는, 옛날에는 극한 상황도 한 방에 해결해준다는 광고로 유명했다는 영양 드링크제다. 하지만 뚜껑의 색이 다르다.

"잠을 잘 잔다는 건가요?"

"맞습니다. 다음 날 아침에 상쾌하게 일어난다는 거죠."

"그건, 뭐… 좋다고는 생각하는데요."

"저희 클리닉과에서는 역시 '에너지 당겨쓰기'가 아닌, '오늘은 푹 자서 피로를 풀고, 내일 다시 힘내서 집중합시다!'라는 자세를 응원하고 싶습니다."

"네에…."

사나다 씨가 굉장히 상쾌한 미소를 짓자 경리부 직원이 당혹스러워하고 있다.

당연한 반응이다. 에너지 드링크로 어떻게든 버티려고 했더니, 푹 자고 내일 집중하라는 말을 들을 줄은 상상도 못 했을 것이다.

"이 음료에는 글리신 50밀리그램이 함유되어 있는데, 카페인은 없어요. 당질이 없어 칼로리도 적고 피로 회복의 열쇠인 타우린도 1000밀리그램이나 들어 있으니, 내일을 대비해 자기 전에 마시는 것을 추천드립니다."

"저… 자기 전이 아니라… 오늘 안으로 끝내야 해요."

"그럴 때 추천하는 제품은…."

사나다 씨의 기세가 오르기 시작할 무렵, 입구가 열리며 흰 가운 차림의 모리 선생님이 돌아왔다. 환자가 가장 많이 방문하는 점심시간인데 어딘가에서 호출을 받은 걸까?

"수분, 당분, 염분! 그렇죠, 모리 과장님!"

"응?"

"지금 이분께 어른의 '미니멀 핸들링' 이야기를 하려고 했어요."

사나다 씨가 갑자기 모리 선생님에게 이야기를 던졌다.

갑자기 화살이 날아온 선생님도 상황을 이해하지 못한 채 사나다 씨와 경리부 직원을 번갈아 바라보며 당황하고 있다.

"그렇습니다. 바로 컨디션 회복을 느낄 수 있는 건 그 세 가지 요소라고 생각합니다."

예상이 완전히 빗나갔다. 암만 갑작스러워도 웬만한 상황은 이해할 수 있나 보다. 약간의 힌트와 주변 상황을 보고 그것을 감지하다니 이 얼마나 남다른 재능인가.

"그건 뭔가요, 그… 미니멀…?"

"미니멀 핸들링. 원래는 신생아과(NICU)나 소아청소년과에서 신생아 등의 스트레스나 고통을 최소한으로 하여 관리하는 것을 가리키는 용어입니다. 저는 그것을 어른에게 적용해 가급적 적은 도움으로 스트레스나 고통을 최소한으로 하는 컨디션 관리 방법을 오랫동안 고민해왔습니다. 그러다가 '우선 수분, 당분, 염분을 보충한다'라는 지극히 간단한 초기 대응에 도달한 거죠."

선생님은 쇼마의 베스트 셀렉션 진열대에서 봉지에 담긴 무언가를 집어 들었다.

"머리가 돌아가지 않거나 일이 잘 풀리지 않을 때, 의외로 많은 당분이 혈액 내에서 소비되고 있어, 살짝이지만 저혈당으로 기울어져 있을 가능성이 있습니다."

"혈당? 당뇨병, 그런 거 말씀하시는 거예요?"

"아뇨, 반대입니다. 몸 안에서 당분을 집중적으로 사용하면 약 두 시간 만에 혈당이 떨어져서 자신이 깨닫지 못하는 사이에 사고와 활동 반응이 저하된다는 분이 의외로 많아요. 어떤 분은 '손가락이 따끔따끔한' 증상으로 느끼기도 한다고 합니다."

"그거죠? 탄산음료나 포도당을 먹으면 된다고 하셨던 거."

"맞습니다. 하지만 이 방법이 더 빠를 거예요."

모리 선생님은 그렇게 말하며 '얼음사탕'이라고 적힌 봉투를 내밀었다.

"아, 이거…. 매실주 같은 거 만들 때 쓰는 거죠?"

"순도와 열량이 높아 두세 개만 먹어도 충분합니다. 혈류에도 빨리 흡수되죠."

역시 모리 선생님. 혈당과 에너지를 한꺼번에 섭취하면 된다는 아주 단순하고 기발한 발상이다.

하지만 경리부 직원이 살짝 망설이는 이유는 열량이 높다는 얘기 때문일 것이다. 빠르게 혈당을 올려도 체중이 같이 빠르게 증가한다고 하면 당연히 주저하게 된다.

"만약 칼로리가 신경 쓰이시는 거라면…."

그리고 어쩐 일인지 그런 기색을 알아차린 선생님이 선반에서 다른 상품을 꺼냈다.

"이 포도당 젤리는 어떠신가요? 포도당은 30그램이지만, 칼로리는 128킬로칼로리로 주먹밥 한 개보다 적습니다."

"아, 그거라면 괜찮겠네요."

저 모리 선생님이 경리부 직원의 **분위기**를 살피다니 솔직히 의외였다.

그러나 곰곰이 생각해보면 이런 대화는 일상 진료에서 드물지 않은, 예상할 수 있는 범위일지도 모른다. 그래서 돌아

---

* 순도가 높은 고급 정제당을 녹인 후 조려서 만든 결정 큰 설탕.

오자마자 사나다 씨가 화살을 돌렸어도 '어른의 미니멀 핸들링'이라는 키워드만으로 바로 반응했을 가능성도 있다.

신경 써서 듣고 있으면, 암기한 정형문을 읽는 듯한 느낌이 드는 듯도 하다.

"그리고 의외로 실내에서도 탈수 증상이 생길 수 있으니, 집중이 안 될 때는 이것을 마시는 것도 방법입니다."

그렇게 말하며 선반에서 멀리서 봐도 포카리스웨트임을 알 수 있는 페트병을 꺼냈다.

이 매끄럽고 자연스럽게 말하는 느낌은, 틀림없다. 선생님에게는 음성 가이드처럼 몇 번이나 반복해서 이야기하는, 일상 진료에서는 너무나 친숙한 설명인 것이다.

"저는… 저는 경리인 데다가, 책상 앞에서 일하는 사무직인데요."

"온도, 습도, 주위에서 반사되는 열의 조건에 따라 실내에서도 모르는 사이에 가벼운 열사병에 걸릴 수 있습니다."

"네?"

"그렇게 되지 않도록 제3상품개발부의 도움을 받아 사무실 공기 상태를 집중 관리할 수 있는 시스템을 구축하는 중입니다. 또 커피나 차 등에 함유된 카페인에는 이뇨 작용도 있으므로, 알고 보면 섭취한 수분량보다 배출하는 수분량이 더 많을 가능성도 충분히 있습니다."

"얼음사탕을 먹고 포카리스웨트를….."

"물론 당뇨병이 있는 분에게는 권할 수 없는데, 검진에서 당뇨병을 진단받은 적이 있으신가요?"

"없습니다."

"그리고 마지막으로 염분. 신장에 질환이 있거나 염분 제한을 받은 적 있나요?"

"아뇨, 없습니다."

"그럼 괜찮습니다. 염분 보충은 수분과 당분보다는 우선순위가 높진 않지만, 그래서 간과하기 쉽지요."

"한여름 더운 현장 업무가 아니더라도 필요한가요?"

"계절은 관계없습니다. 무엇보다 우선, 가장 손쉽게 섭취 보급할 수 있는 세 가지 요소가 결핍되었을 가능성부터 확인해야죠. 다른 질환이나 증상을 고려하는 것은 그다음부터고요."

선생님은 경리부 직원에게 '소금 알약'을 건넸다.

쇼마의 베스트 셀렉션에서 취급할 다음 상품이 '어른의 미니멀 핸들링'이라는 것은 이제 확실해졌다.

"수분, 당분, 염분. 이 세 가지 요소를 보충해도 집중력이 부족하거나 피로가 개선되지 않을 땐, **언제든지 주저하지 말고 부담 없이 바로** 상담해주세요. 당신의 라이프 스타일에 맞는 다른 접근법을 함께 고민해봅시다. 저희는 그것을 위한

'사내 클리닉과'니까요."

"가, 감사합니다…."

경리부 여성은 조금 부끄러워하면서도 어딘가 만족스러운 표정으로, 얼음사탕을 뺀 나머지 제품을 사서 클리닉과를 나섰다. 안타까운 부분은 모리 선생님의 열정이 너무 전면에, 과하게 드러났다는 점 정도다.

"류 씨, 고마워요."

"어른의 미니멀 핸들링은 너도 설명할 수 있지 않아?"

"그래도 역시 그런 부분은 원장 선생님이 해야지."

물론 모리 선생님과 정면에서 눈이 마주쳤기에, 여러모로 착각했을 가능성도 있지만. 그래도 분명 마지막의 '함께 고민해봅시다'라는 한마디가 그 직원에게 효과가 있었던 건 아닐까?

"원장도, 선생님도 아니야. **과장**이야."

"뭐 어때서, 가나미 씨는 선생님이라고 부르잖아."

"의사와 의료 사무 담당자니 그건 당연하지."

"처음에는 과장이라고 부르라고 했거든요오."

"쇼마, 인간의 기억이란 쉽게 조작되는 법이지."

둘이 뭐를 옥신각신하는지는 차치하고.

대체로 의사가 치료 방침을 정해 처방을 내리면 환자는 따를 뿐이다. 한방약이 맞지 않는다고 했는데도, 의사가 한방을 잘 안다며 억지로 처방받은 적도 있다. 물어볼 틈도 주지 않고, 무슨 컨베이어 시스템처럼 정신 차리고 보니 계산하고 있던 적도 있다. 병이 낫지 않으면 다른 병원에 진료의뢰서를 써주고 끝. 치료 방법이나 복용하는 약이 효과가 있는지 함께 고민해보자니, 그런 얘기는 한 번도 들은 적이 없다.

모든 병원과 개업 의원이 그런 건 아니겠지만, 지금까지 그런 병원에 걸린 경우가 너무나도 많았다.

"마쓰 씨. 뭔가 달라진 게 있습니까?"

언제부터였을까. 선생님이 뒤에 있는 본인 책상 앞에 앉아 있는 시간보다 접수대에 나란히 앉아 있는 시간이 더 길어진게. 카운터에 점점 늘어나는 선생님 물건이 그 증거였다.

"아뇨. 여전히 사나다 씨만 바빠 보였어요."

"흐음, 그렇군⋯."

모리 선생님을 향한 사나다 씨의 시선은 당당하고 의기양양했다.

"우리 회사의 상품이 아니더라도, 약국과에서 취급하는 이상 직원 할인으로 팔면 되니까. 이익이 많이 남는다는 이유로 '처방전 없이 구입할 수 있는 의약품(OTC)'을 억지로 팔지 않아도 되잖아요?"

"뭐⋯. 클리닉과와 약국과는 직원들의 복리후생을 위해 있는 거니까."

"그러면 이건 전혀 문제가 되지 않죠! 정말로 필요한 것들만 선반에 놓은 거예요. '약국과 최고!'라고 모두가 고마워할 날이 얼마 남지 않았다고요."

"비겁하군."

"뭐? 제가 한 말은 전부 류 씨에게 배운 내용들인데, 그걸로 된 거 아닌가요?"

"하지만, 그렇다고 클리닉과의 진료자가 늘어나는 건 아니잖아."

"그건 어쩔 수 없죠. 어른의 미니멀 핸들링은 '병원에 가지 않고도 몸 상태를 개선할 수 없을까?'라는 발상에서 시작된 거니까."

"…그야 그렇지만."

"아, 어서 오세요! 오늘은 무엇을 찾으시나요?"

잘 알지도 못하는 사이에 의문의 승부는 선생님의 패배로 끝이 났다.

선생님이 가끔 사나다 씨와 묘하게 말씨름하는 이유가 무엇일까?

"그건 그렇고, 선생님. 어디 다녀오셨어요?"

"저요? 사장실이요."

"사…!"

어떤 부서에 몸이 아픈 직원이 생겨서 출장 진료라도 다녀오셨나 하고 제멋대로 생각했는데, 의외로 심장에 좋지 않은 곳에 불려 갔었나 보다.

마흔이라는 나이에 3대 사장으로 취임한, 미쓰바 마사카즈 사장님은 외국에서 자란 데다가 경력도 엄청나다. 과감한 개혁으로 기울어져 가던 라이토쿠를 다시 일으켰을 뿐만 아니라, 그 후에도 '사내 유지 보수'라고 칭하며 상당히 가벼운 마음으로 과장이나 부장급을 사장실로 불러 의견을 나누고 싶어 한다고 들었다.

다만 불려 간 입장에서는 의견이 있어도 말을 꺼낼 용기가 없는 데다가 사장님을 설득할 논리도, 말솜씨도 없어 그저 식은땀만 흘리며 마무리하는 것이 고작인 듯했다. 그렇게 생각하면 영업기획부 시마바라 부장님의 '경비로 신청할 수 있도록 기안을 올리겠다'라는 말은 '사장님께 부탁해보겠다'라는 뜻이니, 굉장히 용기 있는 결단이라는 소리다.

"부서를 개설한 지 벌써 한 달인데 클리닉과를 이용하는 직원이 적다는 말을 들었습니다."

"화, 확실히…."

많아야 하루 몇 명 정도, 아직 두 자릿수가 된 적은 없다. 진료 인원이 '0명'인 날이 압도적으로 많은 게 현실이다.

"복리후생에 수익성은 필요 없으니 **수동적**인 병원처럼 기능하지 말고 회사의 '부서'로서 **능동적**으로 움직이라고 부탁

받았어요."

"그렇게 말씀하셔도…. 네? 부탁을 받았다고요?"

여기는 '지시를 받았다'라고 말해야 하는 거 아닌가?

"다음에 또 아카바네에 있는 '야미이치'에 술을 마시러 가고 싶다고도 하더군요."

"아…."

아카바네*에서 사장님과 단둘이 술자리라니.

"밋군도 접대 자리는 싫어해서 같이 마셔줄 사람이 없나 봐요."

"밋… 군."

짚고 넘어갈 부분이 너무 많아 하마터면 소리칠 뻔했다.

확실히 선생님은 사장님의 '그냥 아는 사이라기보다 몇 안 되는 친구'라고 했다. 하지만 이 분위기는 틀림없이 꽤 오래 알고 지낸 사이처럼 느껴졌다.

"하지만 저는 제대로 된 사회생활을 해본 적이 없어서요. 회사의 '부서'로서 무엇을 어떻게 능동적으로 접근해야 할지 모르니, 참 곤란하네요."

"앗, 선생님! 의사 선생님이잖아요. 그럼 어엿하게 착실한 사회인이 아닌가요?"

"전혀요."

---

* 도쿄와 사이타마 중간에 있는 지역으로, 복고풍의 작고 오래된 술집이 많이 모여 있다.

"어째서 그렇게 바로 대답해요?"

무심코 딴지를 걸고 귀까지 새빨개진, 학습력 없는 서른 즈음의 여자여.

왜 내가 먼저 마음대로 상대의 허들을 내려버린 걸까? 클리닉과에 배속되기 전에는 이런 용감한 행동을 한 번도 하지 않았는데.

"개인적이고 편향된 감상이라 미안하지만, 의사는 꽤 특수한 생물이죠."

입가에 살짝 미소를 지었을 뿐, 모리 선생님의 눈은 웃지 않았다.

"일본에서는 빠르면 스물넷에 '선생'이라고 불립니다. 물론 초기 연수생 때는 기술이나 지식, 경험까지 모두 간호사의 발밑에도 미치지 못하죠. 병동에 설 자리도 없고, 구석에 놓인 전자 진료 기록부 앞에서 어깨를 움츠리고 모니터만 쳐다보기도 합니다. 하지만 그래도 호칭은 '선생'이죠. 연수를 마치고 지방 병원에라도 가게 되면, 대우는 더 존대하는 '선생님'으로 격상됩니다."

"아무리 그래도, 그건 좀 과장이죠?"

"호칭은 조금 과장해서 말했지만 대우는 '선생님'이죠. 특히 지방에서는 흔히 볼 수 있는 광경입니다."

"…그런가요?"

"그대로 병원이라는 특수한 폐쇄 공간과 집을 오가며, 일단 전문의나 학위 취득을 목표하는 생활을 시작하는 사람이 많습니다. 이후에도 근무 장소만 달라질 뿐 비슷한 생활을 반복하다가 대학이나 동아리 선후배, 동급생 혹은 같은 의료직 종사자들끼리 결혼하는 사람도 많지요. 영업이나 접대를 받은 적은 있어도 해본 적은 없고, 사회를 아무것도 모른 채 정신을 차려보니 10년. 그렇게 서른넷을 맞이해버리는 건 위험하기 짝이 없죠."

"그래도 사회를 전혀 모르는 건 아니지 않을까요…?"

"물론, 제가 치우쳐진 확률로 그런 의사들만 봤을 가능성도 있습니다. 하지만 회사라는 조직에서 총무나 경리가 어떤 일을 하는 사람들인지, 한 달에 초과근무 80시간이 어떤 의미인지* 프리랜서라는 근무 방식의 의미도 모르고, 죽을 때까지 인생의 선택지는 '오로지 의사 하나뿐'인 사람이 많지요."

듣고 보니 프리랜서 의사라는 존재를 들어본 적이 없다. 진찰 예정표에 '비상근 의사'라고 적혀 있어도, 결국 어딘가의 병원에서 파견돼 '도와주고 있는' 의사인 경우가 대부분이었다.

---

* 일본 산재 인정 기준에 '발병 전 1개월간 100시간 이상의 초과근무' 또는 '2~6개월간 평균 월 80시간 초과근무' 등이 있다. 일본 의사의 경우 2024년 4월 1일 전까지는 초과근무상한제가 적용되지 않았다.

"하지만…. 의사 자격을 가지고 있으니 그래도 괜찮을 것 같긴 한데요…."

"그래서 시야가 매우 좁아요."

"으음… 그건 그렇지만…. 전문직이니까요."

"그러다가 대학 병원이나 동네 종합 병원에서 과로하다가 몸과 마음이 망가지면, 바로 '병원 개원'을 떠올리죠. 부모가 개업의라면 더더욱 그렇고. 병원을 물려받는 게 당연하다는 가족주의적인 분위기가 요즘 같은 시대에도 아무렇지 않게 남아 있다는 게 놀랍습니다."

"그건 재산이 아까워서 그런 거 아닐까요?"

"어떤 병원은 그렇겠지요. 외래 진찰 예정표가 모두 부모와 자식들도 채워지니 성으로는 구별할 수 없습니다. 그래서 '요시히코 선생님'이나 '지로 선생님'처럼 성이 아닌 이름으로 표기하는데…. 그것을 봤을 땐 솔직히 이유 없는 위화감에 사로잡혔어요."

"뭐, 그렇긴 하네요…."

월요일은 지로 선생님, 화요일은 요시히코 선생님. 그렇게 성이 아닌 이름으로 가득 찬 일주일치 외래 진찰 예정표를 상상하니, 선생님이 말하는 위화감이 어떤 느낌인지 대충 이해할 수 있었다. 뭐가 잘못되었다는 게 아니다. 위화감이라는 표현이 딱 맞다.

"최악인 것은 개인 경영의 주체가 되어야 하는데 경제에도, 경영에도 미숙하다는 거죠. 전문의 자격증을 여러 개 보유하고 각종 치료 방침은 잘 알면서, 유급 휴가가 근로자의 당연한 권리고 휴가를 사용하는 데 이유를 말할 필요가 없다는 것조차도 모르는 경우가 많습니다."

"…정말요?"

"그래서 저는 밋군이 생각하는 '회사원 의사'에 흥미를 느꼈습니다."

"'밋군', 사장님 말씀이시죠?"

"의사 자격을 가진 회사원. 수시 채용된 정규직 의사. 과장이자 의사. 재밌지 않나요?"

과연 그럴까?

그것은 단순히 선생님이 특이한 사람이라서가 아닐까?

"쇼마도 저와 비슷한 종족이라 얘기를 꺼내니 바로 마음에 들어 하더군요."

그때 사나다 씨의 흥미로워하는 모습을 직접 본 것도 아닌데, 그냥 그 자리 **분위기**에 휩쓸렸던 것은 아닌지 의심이 먼저 들어서 미안했다.

"그러면… 선생님과 사나다 씨는 정말로 직원 대우를 받고 계시는군요?"

"물론입니다. 과장이죠."

의사니까 병원에서 일하고, 의사니까 개원하고, 의사니까 그만큼 고소득에, 의사니까 국경 없는 의사회에 들어가고, 의사니까 미용 어드바이저로…. 그런 여러 가지 기존의 틀 이외에 의사 자격을 가진 삶은 없는지, 모리 선생님은 고민했던 것이다.

그리고 그 뜻을 함께한 사람이 약사인 사나다 씨다.

또 산업의와는 다른, 새로운 개념의 '직장인 의사'라는 자리를 제안한 사람이 선생님과 사나다 씨와 친분이 있는 라이토쿠의 미쓰바 사장님이었다.

"그러니 마쓰 씨가 좀 알려주시겠습니까?"

"유급 휴가를 쓰는 방법 말인가요?"

"후훗."

지금 모리 선생님이 웃음을 참으며 코로 숨을 몰아쉬기 시작한 것이 분명하다.

왜 이런 흐름에서 유급 휴가 얘기라고 착각했는지 부끄러움이 몰려왔다.

"죄, 죄송합니다…. 저도 모르게."

무심코 손수건을 꺼내 쥐었다.

정말 죄송하지만 지금부터 다시 물어보시면 안 될까요?

"아니에요. 마쓰 씨다워서 저는 너무 좋습니다."

"…정말로, 죄송해요."

기분을 새로이 한다고나 할까, 머릿속을 환기하듯 선생님은 가볍게 헛기침했다.

"제가 알고 싶은 건 '직장인 병'입니다."

"그건 뭔가요?"

"으음…?"

"아, 죄송합니다…. 처음 들어보는 질병이어서요."

이번에는 흔치 않게 선생님이 부끄러운 듯 시선을 피했다.

오늘은 모리 선생님의 다양한 표정을 볼 수 있어 즐거운 날이다.

"그러니까 직장인 병이라는 건…. 그겁니다. 그, 제가 만든 말."

"네?"

"다시 말해 '일반 기업에서 일하는 사람들이 걸리기 쉬운 병'이라는 게 상상이 안 돼서요."

"아아, 그래서 직장인 병…."

"저 스스로 조금 부끄러우니 더 이상의 언급은…."

선생님도, 사나다 씨도, 지금까지 한 번도 본 적 없는 특이한 사람들인데 그런 사람들과 이렇게 얼굴을 마주하고 웃는 날이 올 줄은 몰랐다.

"회사 내에서 자주 듣는 병 말이죠?"

"맞아요. 제가 하고 싶었던 말입니다."

"글쎄요…. 의외로 많이 듣는 건 안구건조증일까요."

"그렇군요. 실내가 건조하고 일하면서 모니터를 많이 보니, 정말 직장인 병이라고 할 수 있는 증상이네요."

"그렇죠?"

"하지만 그 증상은 쇼마에게 안약을 팔 기회만 주고 끝날 것 같은데…."

하긴 안과에 가봐야 안약을 받으면 해결되는 이야기다. 굳이 클리닉과에서 진찰받을 이유로는 약하다.

"그리고 또…. 글쎄요. 의외로 종이로 손가락 끝을 잘 베이기도 해요."

"그렇군요. 종이를 취급하는 사무 업무니 정말 직장인 병이라고 할 수 있는 증상이네요."

"그렇죠."

"하지만 그 증상은 쇼마에게 반창고를 팔 기회만 주고 끝날 것 같은데…."

하긴 종이에 손가락을 베여봤자 따끔따끔할 뿐이다. 선생님께 봉합이나 소독을 받을 정도로 요란하게 베여 피투성이가 되지 않는다.

"으음, 그리고 또…."

"진료를 받아야 하거나 생활 지도가 필요한 증상이 바람직할 것 같네요."

"…아, 그건 어떨까요?"

"그렇군요."

선생님이 먼저 치고 나가는 바람에 뒤돌아갈 수 없는 이 느낌은 뭐지.

하지만 이것이라면 틀림없이 클리닉과에서 진찰받아야 하는 증상이라고 생각한다.

"요통 같은 건 어떤가요?"

"과연, 그렇군요. 책상 앞에 오래 앉아 있으니 정말 직장인 병이라고 할 수 있는 증상입니다."

"그리고 과장이나 부장급 중에 사십견이나 무릎이 아프다고 말하는 분들이 꽤 계셔요."

"유착성 관절낭염처럼 팔다리가 욱신거리는 증상 말이죠? 수면 중의 자세 유지나 재활 지도, 정도에 따라서는 통증 완화 치료까지, 그야말로 진찰이 필요한 증상이네요. 역시 마쓰 씨입니다."

"다, 다행입니다."

'역시'라는 말은 조금 과장된 표현이라 부끄럽지만, 선생님과 더 이상 '그렇군요'라는 대사를 반복하며 웃지 못할 콩트처럼 되는 것을 피할 수 있어서 다행이었다.

"특히 급성 요통, 속칭 '허리 삐끗'은 도저히 '삐끗'이라고 가볍게 표현할 수 있는 통증이 아닙니다."

"그렇다고 하더라고요. 마녀의 '폭격'이라고 말할 정도니까요."

"…그렇네요. 마쓰 씨의 말처럼 마녀의 **일격**[*]이라기보다 **폭격**이라는 표현이 더 적절한, 지독한 통증일지도 모르겠군요."

어디서 어떻게 착각하면 빗자루를 탄 마녀가 하늘에서 폭격을 날릴 수 있을까?

그건 아무래도 너무 부끄러운 표현이라 화장실로 뛰어가고 싶어졌다.

"아…. 저기, 죄송해요."

"응? 뭐가요?"

"살짝… 잘못 기억하고 있었어요….''

"그 고통에 대해서는 마쓰 씨의 표현이 더 적절하다고 생각하니 마쓰 씨만 허락해주면 앞으로 증상을 설명할 때 사용하고 싶은데."

"…허락이나, 그런 걸 받을 수준이 아닌데요…."

"캐치프레이즈 등의 저작권은 소중히 하는 게 좋습니다."

그리고 잠깐 화장실에 다녀와도 되냐고 물어보려던 참에 클리닉과 문이 열렸다.

"저, 실례합니다."

---

[*] 급성 요통을 뜻하는 독일어 Hexenschuss를 직역하면 '마녀의 일격'이 된다.

"네, 총무부 클리닉과입니⋯ 아얏!"

여느 때처럼 반사적으로 일어섰을 뿐이다. 이렇다 할 부자연스러운 비틀림이나 무리한 하중을 몸에 가할 생각은 전혀 없었다.

그런데 허리에서 '빠직'하는 소리가 울리는 느낌이 들자마자 몸 안에서 무언가의 스프링이 끊어졌다.

"왜 그래요? 마쓰 씨!"

"으으윽."

그리고 허리부터 온몸을 관통하는, 찌르는 듯한 심한 통증이 느껴졌다.

꼴사나운 자세를 바로 하려고 할 때, 그 통증은 같은 부위를 또다시 폭격했다.

"아아악!"

"마쓰 씨!"

머리에서 피가 쏵 빠져나가는 동시에, 통증도 어디론가 사라지는 느낌이 들었다.

대신 몸을 지탱하던 힘도 같이 빠져나갔다.

"허, 허리⋯ 가."

그 말을 전하는 게 최선이었다. 그리고 점차 의식이 흐려졌다.

균형을 잃으며 접수대에 머리를 부딪힌 일은 인식했지만,

통증은 전혀 느껴지지 않는다. 이 지독한 고통에서 벗어나려면 체내의 모든 전원을 내리는 방법밖에는 없다. 분명 뇌가 그렇게 판단했으리라.

"마쓰 씨!"

눈앞으로 다가오는 바닥에 머리부터 떨어질 것을 각오할 무렵, 누군가가 옆에서 부축해주었다.

"서, 서… 선새….

"쇼마! 쇼마아!"

날카롭게 외치는 모리 선생님의 목소리마저 멀리서 아득하게 울릴 뿐이었다.

"류 씨, 무슨 일이에요?"

"응급 카트 가지고 와!"

"무, 무슨 일이야! 가나미 씨!"

"서둘러! 자동 심장 충격기(AED)랑 산소 포화도 측정기, 인공호흡용 마스크 그리고 휴대용 산소통 좀 줘!"

"알겠어요!"

뭐가 어떻게 돌아가고 있는 건지 도무지 모르겠다.

딱 한 가지 알게 된 것은 인간은 통증으로도 실신한다는 사실이었다.

◇

정말 마음으로부터 크게 소리치고 싶다.

이렇게 고통이 심한데 누가 '삐끗'이라는 가벼운 속칭을 붙였는가!

어젯밤엔 엎드려 누워서 어떻게든 잘 수 있었지만, 조금이라도 몸을 움직이려면 세심한 주의가 필요했다. 물론 몸을 뒤척이면 고통 때문에 무조건 잠에서 깬다.

출근은 당연히 못 하고 부끄러워하면서 오늘은 '허리를 삐끗'하여 아파서 쉬겠다고 연락한 뒤 다시 잠들었다. 이렇게 설명하면 나름 괜찮아 보이지만 실제로는 현실 도피에 가까운 절망 가득한 이불 속. 엎드린 채 침대에서 나가지도 못하고 벌써 점심을 맞이하고 말았다.

"으으…. 정말 싫다…."

어제는 인생 첫 실신을 회사에서 경험했다. 의식은 바로 돌아왔지만 사무실이 발칵 뒤집혔다.

선생님에게 안긴 채 기분이 좋았던 것도 잠시, 허리의 끔찍한 통증이 그런 공주님 기분을 느끼도록 허락하지 않았다.

"움직이기 싫다…."

모리 선생님은 제일 먼저 뇌출혈을 의심했고, 그다음에는 등 쪽의 두꺼운 동맥 내벽이 벗겨지지 않았나 의심했다고 한다. 디스크가 신경을 누르고 있을지도 모른다며 손발 저림인가 뭔가, 아무튼 선생님께 미친 듯 마사지받고 주물러지며 진찰받았다. 응급 상황에 대응할 수 있는 의약품이나 의료 도구가 갖춰진 응급 카트에서 이것저것 꺼내 부착하고, 바로 할 수 있는 검사는 해주지 않았을까? 심전도까지 부착했을 땐 상당히 부끄러웠지만, 부끄러움은 통증을 이기지 못한다는 것을 깨달았다.

그 기세로 '클리닉과에 입원해야 합니다'라는 말을 들었다면, 분명 입원했다.

"하지만 말이야⋯. 더 이상 참기 어려운데⋯."

그러다가 위험한 병은 아님을 알고, 일단은 급성 요통, 속칭 '허리 삐끗'으로 진단했다. 그렇게 조퇴하게 된 결과, 선생님과 사나다 씨와 동행해 대형 휠체어 택시로 집까지 구급 이송되었다.

"하아⋯. 가고 싶은데, 가고 싶지 않아."

누운 채로도 흘리지 않고 마실 수 있도록 유아용 빨대 컵에 넣어준 포카리스웨트. 누운 채로도 흘리지 않고 열량을 섭취할 수 있는 포도당 젤리, 그리고 누운 채로도 먹을 수 있는 얼음사탕으로 허기를 달랜다. '어른의 미니멀 핸들링'의 고마움을 이런 방식으로 실감할 줄은 상상도 못 했다.

하지만 화장실만큼은 방법이 없다.

기저귀는 절대로 싫다.

"어휴, 정말…. 화장실, 참 멀구나."

그렇게나 화장실을 자주 가고 싶어 했는데, 이 통증 앞에서는 열 시간도 거뜬히 참을 수 있을 것 같았다. 그렇지만 이제는 한계에 다다랐다. 게다가 선생님이 처방해준 진통제를 먹을 시간이기도 하다.

"무리…. 이제 더는 무리야."

침대에서 내려와도 앉을 수도, 일어설 수도 없다. 어제부터 몇 번이나 시도해보았지만, 끔찍한 고통과 함께 의지가 꺾여, 그야말로 말 그대로 '통감'했다.

"웃… 샤."

우선 팔과 다리를 동시에 침대에서 내리고, 가급적 허리가 뒤틀리지 않도록 하면서 천천히 바닥에 네발로 기어 내려가는 것이 목표다. '빠직' 하고 고통이 심해지면 바로 동작 정지. '무궁화꽃이 피었습니다'보다 80배는 진지하게 해야 하는 죽음의 게임이다.

그렇게 조금씩 통증이 없는 자세를 찾아가며, 목표는 바닥에 엎드리기. 하지만 인간의 모든 움직임에 관여하는 부위가 바로 허리다.

"으윽…. 어찌저찌 바닥에는 내려왔는데."

바닥 먼지 따위를 신경 쓸 여유는 없다.

지금부터 포복 전진으로 이동하되 상체는 일으킬 수 없다. 이 움직임을 객관적으로 보면 '엎드려 죽은 척하며 발각되지 않도록 조금씩 이동'한다는 표현이 가장 적절할 것이다.

"으윽! 아파!"

그리고 방바닥을 기어 화장실을 향해 전진, 닫지 않고 조금 열어둔 화장실 문에 손가락을 걸어 연다. 여기서부터가 또 한 번의 고역이다. 침대에서 내려오는 순서와는 반대로 차가운 변기를 안고 몸을 끌어올려, 끔찍한 고통의 갑작스러운 습격을 울면서 참아내야 겨우 앉을 수 있다.

"하아…. 비데라서, 정말 다행이야."

그리고 다시 침대로 되돌아가는 긴긴 여정이 시작된다. 이렇게나 좁은 원룸인데도 화장실 한 번 다녀오는 데 최소 20분은 걸린다.

"후우. 마쓰히사 가나미, 무사히 도착했습니다."

침대에 엎드려 누운 상태로 돌아와도 할 수 있는 일은 아무것도 없다.

불을 켤 용기도, 암막 커튼을 열 용기도 없었기에 방은 줄곧 어두컴컴한 채다. 머리맡에는 포카리스웨트, 포도당 젤리, 그리고 얼음사탕 큰 봉지. 이 정도면 허리를 삐끗했다고 죽지는 않을 **것이라고** 생각하면서도 혼자 사는 특유의 고독감이 물씬 덮쳐온다.

피자라도 시키자는 생각에 스마트폰을 켰는데, 현관까지의 긴긴 여정이 뇌리를 스쳤다. 초인종이 울리고 현관에 나가기까지 10분은 가뿐히 넘길 것이다.

그래도 괜찮다. 주문하자마자 현관 앞 차가운 방바닥을 목표로 움직인 후, 누워서 기다리기만 하면 되는 이야기… 로는 끝나지 않으리라는 사실을 깨닫고 말아 기분이 더욱 우울해졌다.

초인종이 울리면 필사적으로 문에 매달려 현관문을 열어야 한다. 배달원은 배달원대로 한참을 기다리다가 문이 열렸는데 눈앞에 머리가 산발인 여자가 숨을 헐떡이고 있으면 분명 도망가거나 신고하겠지.

"어쩐지 진짜로 눈물이 날 것 같네…."

역시 어제 순간적인 판단으로 선생님께 집 여벌 열쇠를 건네길 잘했다.

보안상 그러면 안 된다는 말을 들어도 반론할 순 없지만, 이 경우 선생님은 상사이기 이전에 주치의다. 총무과 과장님에게 여벌 열쇠를 건네는 것과는 상황이 다르다고 믿는다. 본가도 멀고 부모님과도 데면데면한 사이라도 그 사실을 이 나이가 되도록 마음에 담아두지 않았다. 하지만 이럴 때 의지할 친구도, 남자친구도 없다는 현실이 고독사까지 연상시킬 줄은 정말 몰랐다.

"…그러고 보니 어제 사나다 씨가 스마트폰에 뭔가를 설치해줬는데…."

스마트폰을 켜자, 라이토쿠의 로고가 새겨진 아이콘이 바로 눈에 들어왔다. 하지만 솔직히 무슨 앱인지조차 기억나지 않는다. 이름이 '건강 라이토쿠'인 것을 보아 어쩌면 클리닉과와 연계되어 있을지도 모른다.

"분명 이거겠지."

더 이상 잠도 안 오고, 그렇다고 동영상을 계속 보기에는 배터리 잔량이 살짝 아슬아슬하다. 일단 시간도 때울 겸 앱을 켜보기로 했다.

"응? 라이토쿠, 직원… 건강, 지킴이 앱…?"

라이토쿠 회사 로고가 희미하게 떴다가 사라지고, 수수께끼의 직원 건강 지킴이 앱 '건강 라이토쿠'에 유명한 단체 채팅과 비슷한 화면이 나왔다.

화면을 누르고 들어가니, 거기에는 '요통 지킴이', '발열 지킴이', '두통 지킴이', '위통 지킴이' 등 다양한 증상의 '건강 지킴이'가 있다. 스크롤을 내리자 질병이 아닌 '육아 지킴이'도 보였다.

"음, '건강 지킴이'라니, 이게 뭐지…. 등록하시겠습니까? … 네. 다음. 아, 번거롭네. 이거 2단계 인증이구나."

그때 절로 예상되는 것은 똑같은 증상을 가진 사람들이 모인 탕비실의 채팅 버전이다. 다만 이것을 앱으로 만들어 직원들에게 배포한 이유까지는 아직 모르겠다.

"으음? 당신이 도움을 줄 수 있는, 혹은 도움이 필요한 건강 지킴이? 도움, 위로, 경험담… 이라니. 우선 이 요통 지옥에 있는 나는…."

남색과 흰색의 '픽토그램'으로 표현된, 허리가 아프다는 것을 단박에 알 수 있는 '요통 지킴이'를 눌렀다.

이 앱이라면 어지간한 무료 앱을 가지고 노는 것보다 더 시간이 빨리 갈지도 모른다. 그런 장난기 어린 마음은 앱을 켜자마자 단숨에 놀라움으로 변해갔다.

"우와아. 사람이 꽤 많네. 의외로 진지한 이야기를 하고 있구나…."

프로필 아이콘은 마음대로 고를 수 있지만 사내 앱이라서 그런지 계정은 모두 실명이다. 계정을 누르면 간략한 프로필에 부서까지 표시되는 구조였다.

"아, 법무부의 기시타니 씨, 요통이 있었구나. 어머, 사이타마 기타아게오 공장의 공장장도 허리 보호대를 사용 중이라니… 일하는 데 문제는 없나?"

여기에 모인 직원들은 당연히 모두 요통을 경험했던 사람 혹은 지금도 요통으로 어려움을 겪는 사람들뿐이다. 게시판과 같은 채팅창은 당연히 허리 통증에 관한 이야기만 이어지고 있었다.

　-큰일 났네. 이 느낌, 올 것 같은데.

　-니어 미스* 아닌가요? 보호대나 진통제는 가지고 있으세요?

　-니어 미스ㅋ 그럴듯하네요ㅋ

　-아무리 대비해도 고통은 찾아올 때면 기가 막히게 찾아오는 게 정
　　말 견딜 수 없어요.

　-허리가 뻐근하게 아픈 게 아니라, 뭔가 당기는 느낌이랄까. 이대로
　　저세상에 갈 것 같은 느낌이죠.

　-허리 통증은 왜 아무것도 아닐 때 갑자기 찾아오는 걸까요?

　-공감이요. 저도 허리에 통증이 있을 땐 움직임이 굉장히 부자연스
　　러워요.

　-한 번만 더 누르면 지옥행, 그런 느낌이네요.

　-추워져도 올 때가 있잖아요.

　-도대체 왜 아무런 이유도 없는데 갑자기 허리에 오는 거냐고요. 오
　　늘은 정말 당황스럽네요.

　물론 업무 시간이니 연속해서 바로바로 올라오지는 않는
다. 작성 시간을 봐도 금방 달리는 댓글도 있고 30분 후에 달

---

* 사격이나 포격 등에서 표적에 가까운 착탄을 의미하는 군사 용어로, 일반적으로 대형 사고
　의 전조 증상을 말한다.

리는 것도 있고, 모두 제각각이다.

하지만 이런 의미가 없어 보이는 넋두리 채팅을 일부러 만든 이유를 바로 알 수 있었다.

–오오야나기 창고랑 시오하마의 창고에 가는 거, 바꿔드릴까요?

–그러면 제가 너무 죄송한데….

–거기 가면 무조건 포장 작업을 도와야 하잖아요. 그 자세는 완전 지옥이나 다름없어요.

–기시타니 씨도 허리 안 좋은데 무리하지 마세요.

–저는 오늘 보호대 차고 있어요. 그리고 잘 말해서 피할 수도 있고.

–아. 니시오카 주임과 동기셨죠!

–어차피 판매과에 가야 할 용무도 있고요.

–그럼 부탁해도 될까요?

–대신 내일 미나미스나의 차량정비과에 가주실 수 있어요?

같은 증상을 겪은 사람들끼리만 알 수 있는 그 괴로움. 허리 통증을 겪어보지 못한 사람이라면 엉거주춤한 자세로 상품 포장 작업을 도와야 하는 그 고통을 이해할 수 없다. 그것은 언제 또 끔찍한 고통이 불시에 습격할지 모른다는 두려움이기도 하다.

"그렇겠지. 다른 사람의 요통 사정 따위, 보통은 알지도 못하겠지만…. 여기에서 공유하면 서로 돕거나 교대하는 방식으로 여러 가지 조정할 수 있겠구나."

일반적으로 구태여 '저는 오늘 허리가 아파서요'라고 말을 꺼내면 분위기가 싸해질 것이다. 그렇게 말해도 요통을 겪어 보지 않은 상대에게는 그 고통이 얼마나 괴로운지 전해지지 않고, 그저 단순히 일을 빼먹고 싶은 것처럼 들릴 것이다.

그런 흔하지만 고통스럽고도 불안한 증상을 이야기할 수 있는 건강 지킴이가, 이 앱에는 허리 통증에 국한되지 않고 광범위하게 마련되어 있다.

-창고과에서 포장을 도와줘야 한다는 얘기는 처음 듣네요. 말이 안 돼요. 단호하게 말해둬야겠어요.
-그 부분은 과거부터 하던 관행이라 괜찮아요.
-맞아요.
-괜찮다는 말로는 해결되지 않아요. 관행으로 허리를 다치면 저희가 곤란해요.
-부장님, 잠깐 전화를 드릴 테니 받아주시겠어요? 여기는 '요통 지킴이'이니까요.

그 뒤로 어째서인지 부서 간에 옥신각신하는 분위기가 흘렀다. 그러나 이 또한 직장 내 소통이 원활해졌다고나 할까,

사내 문제를 알 수 있는 하나의 계기가 되었으니 잘된 게 아닐까? 아무튼 지금은 그렇다고 해두고 싶다.

"오, 허리 보호대를 하고 있으면 위산이 역류할 수도 있구나."

아무 생각 없이 스크롤을 내리며 다양한 요통 경험담을 읽는 것은 의외로 즐거웠다. 아니, 그보다 마음이 놓였다고 하는 게 더 맞다.

어쨌든 다들 요통으로 고생해본 적 있는 사람들뿐이라 '겨우 요통 가지고'라든가 'ㅇㅇ해두면 괜찮지?'라든가, 내려다보는 시선으로 깎아내리며 무책임한 말을 던지는 사람이 한 명도 없다. 하물며 모두 같은 회사 사람이니 묘한 동료 의식과 함께 동정과 공감이 샘솟는 신기한 감각이었다.

-그런데 클리닉과 접수 담당자는 괜찮을까요?
-총무과에서 이동한 직원?
-실신했대요.

역시, 요통 지킴이 채팅방. 어제저녁에 이미 화제의 인물이 되어 있었다.

-그거 완전히 대박이에요. 최고 레벨의 통증이라니까요.

-거기 과장은 의사라서 괜찮을 것 같지만, 그래도 일주일은 쉬라고 하고 싶네요.

-MRI 같은 건 찍었을까요?

-탈장이면 앞으로가 힘들 텐데.

-요통이라고 말하면, '네네, 요통이요~'라며 가볍게 여겨져 엄청나게 불쾌한데 말이죠.

-역시 의료 사무 업무는 불가능하겠지만, 무언가 도와줄 수 없는지 잠깐 가볼까요?

뭐라고 표현해야 할지 모르겠다. 처음 느끼는 감정이 솟구쳤다.

부서만 알고, 본 적도 이야기한 적도 없는 사람들. 그런 사람들이 이제껏 지나가다 마주친 적도 없는 나를 걱정해주고 있다. 이는 부서에 느끼는 소속감과는 또 다른, 조금 과장해서 말하자면 고독감을 달래주는 느낌이었다.

"하지만 이거, SNS처럼 자신도 모르게 잘못된 정보를 퍼다 나르는 일이 있을지도…."

그런 아마추어가 생각한 채팅의 위험성은 갑자기 뜻밖의 방법으로 해결되었다.

-속칭 '허리 삐끗'은 대부분 '비특이적 급성 요통'이라고 불리는데,

실은 여전히 뚜렷한 치료 방침도 없고 진료 가이드라인조차도 나올 때마다 내용이 다릅니다. 그래서 '미개척 증상'이라고 해도 과언이 아닙니다.

"어, 잠깐! 이거, 선생님이잖아!"

모리 선생님의 얼굴이 들어간 아이콘이 눈에 확 들어왔다. 채팅 앱인데도 불구하고 온 힘을 다해 장문의 글을 쓴 건, 분명 또 노트북으로 키보드를 연타하고 있기 때문일 것이다.

─그러면 선생님, 요통에는 치료 방법이 없다는 말씀인가요?
─안녕하세요. 모리 과장입니다.

채팅에서도 과장을 고집하다니 대단한 사람이다.

─안타깝게도 가이드라인에는 ①척추와 그 주변 운동기관 유래, ②신경종양 유래, ③비뇨기 혹은 부인과 계열 등의 내장 유래, ④동맥류 등의 혈관 유래가 아닌, 이른바 가장 일반적인 비특이적 급성 요통, 즉 허리 삐끗 혹은 만성 요통에 대해서는 '통증 완화, 환자 교육, 자기 관리'밖에 명시되어 있지 않은 게 현실입니다.
─그래도 가이드라인인데 굉장히 충격적인 이야기네요.
─허리가 아프면 허리를 따뜻하게 해주는 게 좋나요? 아니면 차갑게

해주는 게 좋나요?

-진료 가이드라인에는 따뜻하게 하라고 되어 있습니다만, 실제로
 초급성기에는….

상주하지는 않더라도 의사가 감수하는 단체 채팅이니만큼
안심할 수 있다.

어쩌면 선생님은 클리닉과 문턱을 낮추기 위한 전 단계로,
누구나 편하게 상담할 수 있다는 것을 이 앱을 배포하여 직
원들에게 느끼게 해주고 싶었는지도 모른다.

그것이 빛을 발했는지 봇물을 터뜨리듯 모두의 질문 공세
가 이어지고 있었다.

-…그러니까 마쓰 씨.

"네엣!?"

찬찬히 다른 사람의 일처럼 읽다가 갑자기 지목되었다.

설마 선생님에게는 로그인한 사람이 보이는 걸까?

-오늘 퇴근길에 쇼마, 그리고 마쓰 씨의 동기인 총무과의 스즈키 사
 호 씨와 함께 댁으로 왕진을 갈 생각인데 괜찮은가요?

"헉! 사호를 데려온다고?"

사호가 먼저 병문안을 자청했다고는 도저히 생각할 수 없다. 분명 사나다 씨가 나를 배려해 여성을 넣었겠지만 정작 나는 사호를 집에 데리고 온 적이 한 번도 없다. 그렇다고 이 방에서 모리 선생님과 사나다 씨에게 둘러싸이는 것 역시 상상만으로도 민망함과 부끄러움이 몰려온다.

-집에서의 자세 유지나 파스 교환, 옷 갈아입는 것 등은 스즈키 씨의 도움을 받을까 합니다.
-물론 불편하다면 오늘은 보류하겠지만, 아마 그렇게 심한 통증이면 일상생활도 마음대로 못 할 것 같은데, 어떤가요?
-채워야 하는 물건은 저희가 알아서 가지고 갈 테니 확인할 필요는 없습니다.

"잠시만요, 선생님. 너무 길고 빨라요."

이 속도와 문장의 양, 그 키보드로 연타하고 있을 것이다. 엎드린 채로 빨리 자판을 입력하는 게 서투르지만, 그래도 어떻게든 대답하는 수밖에 없다.

-수고하십니다. 업무 복귀

"아, 보내버렸어⋯. 억, 이런, 오타."

옆으로 누우면 그래도 괜찮지만, 완전히 엎드린 상태에서는 양팔 관절이 아파 키보드 입력을 오래하지 못한다. 하지만 그사이에도 선생님의 키보드 연타는 멈추지 않았다.

-스즈키 씨 사정도 있으니, 오후 5시 정각에 출발 예정입니다.
-물론 우리 남자 직원들이 집에 들어가는 것이 불편하다고 생각한
 다면, 그때는 스즈키 씨에게 설명하고 조치 등을 부탁하려고 합
 니다.

"그만. 선생님, 그만 올려요."

다른 사람들이 한 마디도 하지 않고 지켜보고 있다. 아니, 어이가 없어서 앱을 끄고 업무로 돌아갔을지도 모른다. 그들이야 어떻든 이쪽은 다음 말을 기다리는 동안 오타가 많아지고, 또 예측에서 벗어난 말에 엉뚱한 문장이 되어버린다. 그리고 조금이라도 자세를 바꾸려고 하면 허리에 욱신욱신 통증이 느껴져 이상한 소리와 함께 땀이 난다.

어차피 어제 집으로 응급 이송되었을 때 선생님과 사나다 씨는 이미 방 안을 보았다. 나쁘진 않지만 아주 좋지도 않은, 딱 그 정도의 실내복밖에 없지만 어쩔 수 없다. 그것으로 갈아입고 땀 억제 스프레이를 뿌리면, 어떻게든 여러 가지로

얼버무릴 수 있을 것 같다.

"…에이, 됐어. 인생에는 체념도 중요하지."

어차피 환자니까 부끄럽다는 마음은 버리는 게 좋겠지.

－민폐를 끼쳐 죄송하지만, 잘 부탁드립니다.

－그러면 도착 전에 연락하겠습니다.

그 한 문장을 끝으로 채팅은 끊겼다.

그리고 5시까지 조금 더 나은 실내복으로 갈아입어야 하는 어려운 미션이 시작되었다.

낮은 테이블에 앉아 '오후의 홍차'를 마시는 사나다 씨는 아무리 봐도 화려한 미모가 무기인 호스트였다.

검은 재킷에 새틴 계열의 반지르르 윤기가 나는 보라색 셔츠 차림으로 출근이라니 너무 잘 어울려서 문제다.

"가나미 씨. 역시 우리가 방해하는 건 아닌가요?"

"아뇨, 전혀요. 절 위해 이렇게까지…. 정말 이 은혜는 평생 잊지 않겠습니다."

사나다 씨가 신경 쓰는 것도 당연하다.

아니나 다를까, 사호는 급한 일이 생겨 못 오게 되었다고 한다. 물론 처음부터 올 생각은 없었겠지만. 틀림없이 두 사람이 권유할 때 그 자리에서 거절하지 못했을 뿐이다.

"그게 무슨 말이에요? 그렇게까지 저자세로 나오지 않아도 돼요."

"하지만 그래도⋯."

마음이 불편하지 않을 리 없다.

화구 하나짜리 가스레인지에 도마도 가장 작은 것밖에 못 두는 주방. 그런 주방에서 흰 셔츠의 소매를 걷어 올리고 직접 가져온 개인용 앞치마를 두른 모리 선생님이 이것저것 들고 온 개인용 조리 기구로, 이것저것 사 온 식재료를 너무나도 능숙하게 조리하고 있기 때문이다.

"아아. 류 씨는 신경 안 써도 돼요. 저거, 취미니까요."

그런데 서른 즈음의 집주인 여자는 허리를 다쳐 침대에 엎드려 누운 상태. 오자마자 허리에 파스를 다시 붙여주고, 머리맡의 포카리스웨트와 포도당 젤리도 채워주었다.

선생님의 말로는 허리에 가능한 한 수직으로만 힘을 가하는 앉은 자세나 서 있는 자세를 취하면 통증 빈도가 줄어든다고 한다. 극단적으로 말하면 자세를 바르게 하고, 몸을 절대 굽히지 않고 걸어서, 그대로 수직으로 의자에 앉으면 된다는 것이다. 그 '중간중간의 자세'를 취할 수 있도록 선생님과 사나다 씨가 침대 옆이나 화장실 앞, 그리고 현관 앞에 접이식 '발판'을 놓아준 덕분에 앞으로는 방에서 움직일 때 앉아서 잠깐씩 쉴 수 있다.

그리고 엎드렸다가 일어날 때가 중요하다며 허리 부분에 쿠션이 있고 딱딱한 등받이가 들어간, 후크 앤드 루프 패스너, 일명 찍찍이로 조정하는 '허리 보호대'까지 받았다.

그러니까 이 원룸에는 지금, 출장 간병 호스트가 두 명이나 와 있는 셈이다.

"사나다 씨. 모리 선생님은 취미가 요리인가요?"

"아뇨, 정확히는 '무언가를 만드는 것'이 취미랄까요."

"무언가…?"

홍차 캔을 기울여 쭉 들이킨 사나다 씨는 오랜 이야기 가운데 어떤 이야기부터 꺼내야 할지 고민하는 것처럼 보였다.

"네, 맞아요…. 제가 아는 한, 집에서 만들 수 있는 것은 무엇이든 만들고 싶어 해요. 알게 된 지 얼마 안 됐을 땐 로봇 계열의 프라모델만 만들었어요."

"프라모델!"

"에어브러시를 사용하려고 도장용 부스에 배기관, 그리고 방진 마스크까지 상시 구비. 거기다가 단 하나밖에 없는 자작용 부품을 직접 만들려고 실리콘부터 레진까지 손을 댔으니까요."

전문 용어가 너무 많아 뭐가 뭔지 잘 모르겠지만, 어쨌든 본격적인 취미였다는 건 분명하다. 멋대로 상상한 선생님 방은 취미의 범위를 넘어서 그저 '공방'이었다.

"그다음은 포즈를 자유롭게 바꿀 수 있는 30센티미터 정도의 밀리터리 피규어였나."

"피규어!"

"방 안이 굉장히 정교하게 만들어진 미군으로 가득했어요."

프라모델에서 피규어로 방향을 전환한 건 어쩐지 이해되었다. 그래서 선생님은 사내 구급 요청이 들어왔을 때 전쟁터에 나갈 법한 모래색 전투 조끼를 입었던 것이다.

"그리고 은 액세서리를 만든다고 은 점토를 굽기도 하고, 가죽 세공으로 작은 서랍장이나 뱅글 팔찌 같은 것도 만들고…. 어쨌든 실내에서 만들 수 있는 물건은 무엇이든 만들었는데, 이렇게 여러 가지 만들기를 지나치게 추구하다 보니 본인을 위해 만드는 게 싫증 난 거예요."

"…네?"

"대체로 물건을 만들어서 누군가에게 준다고 해도 한계랄까, 어느 정도의 선이 있잖아요. 애초에 관심 없는 물건을 자꾸 주면 그건 이미 괴롭힘이나 고문이니까요."

"뭐, 그렇긴 하네요."

"하지만 류 씨는 악의가 없는 대신 그런 감각도 없어서 정말 힘들었어요."

"…왠지 알 것 같아요."

"어, 공감되죠? 엄청나게 사실적인 로봇 프라모델을 부대 하나를 꾸릴 정도로 받아도 곤란하거든요. 또 어떤 미니어처 전쟁터에 파병할 거냐고 투덜대고 싶을 만큼 미군 피규어를 받아도 장식할 곳이 없으면 난감하잖아요."

그렇구나. 아무래도 이건 사나다 씨의 경험담인 듯했다.

"그래서 요리를…?"

"제가 생각해도 그건 아주 괜찮은 유도였다고 생각해요."

"유도…. 사나다 씨가 유도하신 건가요?"

짓궂은 미소와 우쭐한 표정이 뒤섞인, 악마 사나다 씨가 강림했다.

"전요, 요리 같은 건 전혀 못 하거든요. 게다가 자취도 절대 하고 싶지 않으니까, 요리를 잘하고 싶은 생각이 요만큼도 없어요."

"그게 어때서요? 요즘 시대에는 딱히 살아가는 데 어려움도 없는데."

"아뇨, 그래서 이제는 류 씨에게 만들게 하자, 음식이라면 매일 받아도, 많이 받아도 전혀 곤란하지 않다고 생각했죠. 그렇지 않나요?"

"그건, 좀, 흐음…. 뭐라고 말해야 할까요…."

악마 사나다 씨의 표정이 순식간에 순진무구한 소년이 떠오르는 미소로 바뀌었다. 이렇게나 표정이 풍부하면 보는 사람까지 즐거워진다는 게 참 신기하다.

"그래서 셰어 하우스에서 같이 살자고 옛날부터 계속 권유하고는 있는데⋯."

안경 너머로 한 지점을 응시한 채 동작을 멈춘 사나다 씨의 눈이 갑자기 크게 떠졌다.

"우앗! 미치요!"

"네? 으윽!"

이 대목에서 갑자기 의문의 여인 '미치요 씨'가 나오다니, 정말이지 허리도 깜짝 놀랐다.

"잠깐, 왜 패닉 상태인 거야! 위험해, 위험하다고! 다마키도, 왜 그래!"

"다마키 씨도?"

이야기하는 동안에도 스마트 안경으로 무언가를 보고 있었던 모양인데, 두 여자가 패닉에 빠진 상황이 심상치 않아 보였다.

다만 그 전에.

사나다 씨가 항상 그 둘을 스마트 안경으로 관찰하고 있다는 소름 돋는 사실을 인정해야 한다. 역시, 그것을 사랑이라고 부르기에는 너무 위험한 것 같다.

"쇼마, 무슨 일이야?"

앞치마에 손을 닦으며 뒤돌아보는 선생님이 꽤 비현실적이게 멋진 남자의 모습이라 살짝 두근거렸다.

하지만 지금은 그 두근거림을 만끽할 때가 아니다.

"미안, 류 씨. 왜 그런지 모르겠지만 지금 미치요와 다마키가 혼돈 상태에 빠졌어."

"빨리 가봐."

선생님까지 말이 짧아지고 얼굴빛이 달라지는 걸 보니 상황은 잘 모르겠지만 신속한 대응이 필요한 것만은 확실하다. 그렇지만 먼저 전화하는 게 더 빠르지 않을까? 그런 생각을 전혀 하지 않는 이 위화감은 뭐지?

"하지만 류 씨 혼자 남게 되는데."

"괜찮으니 서둘러. 때를 놓치겠어."

"가나미 씨, 미안해요. 병문안을 왔는데."

"네? 아뇨, 아뇨. 저는 괜찮아요."

말이 끝나기도 전에 사나다 씨는 뒤도 돌아보지 않고 방을 나갔다. 뭐가 어떻게 돌아가는 건지 하나도 모르겠지만 어쨌든 긴급 사태일 것이다.

선생님도 어깨로 깊은 한숨을 토해내며 걱정하는 모습이었다.

"심각한 상처가 아니어야 하는데⋯."

여기에서 문제 발생. 이 말을 어떻게 받아들여야 할까?

오래전, 책에서 이럴 때 써먹는 대화 기술을 읽은 적이 있다. 말을 잘하지는 못해도 매끄럽게 대화에 녹아드는 것처럼 행동할 수 있는 마법의 키워드. 바로 대화 중간중간에 '어떤가요?'라는 말을 넣어, 막연하게 상대에게 이야기를 넘기는 것이다. 그러니까 지금 상황에서는….

"서, 선생님. 미치요 씨와 다마키 씨는 **어떤가요?**"

대충 이렇게 하면 될 것이다. 그런데 모리 선생님은 이쪽을 본 채로 말없이 얼어붙었다. 그동안 무적을 자랑하던 '무던한 대화 기술'이 통하지 않는 걸까?

"미치요 씨… 와 다마키 씨?"

"네에…. 그… **어떤가** 하고요."

"글쎄. 전에 경기를 일으켰을 땐 베란다에 온 까마귀가 원인이었는데."

도저히 판단이 서지 않는 대답이 돌아왔지만, 우선은 이걸로 성공. 다음은 새로 입수한 키워드 '까마귀'를 대화에 넣으면 된다.

"두 분 다 까마귀를 싫어하시는군요."

"…두 분?"

"네에…. 그… **어떤가** 하고요."

침대에 엎드려 누운 여자와 그 옆에 앞치마를 두른 채 무릎을 꿇고 정좌한 남자. 또 잠시 움직임을 멈춘 선생님이 새로운 키워드를 던졌다.

"미치요와 다마키뿐만 아니라, 산키치도 까마귀를 싫어하는 것 같지만."

"산키치 씨?"

"성격도 순하고 아주 괜찮은 녀석이라 저도 좋아합니다."

당황스럽다. 솔직히 이 타이밍에 새로운 캐릭터의 등장은 반칙이다.

하지만 이야기를 끌고 갈 주제는 아직 남아 있다.

"그, 산키치 씨는… 미치요 씨와 다마키 씨와는 **어떤가요?**"

"부모와 자식이에요."

"부모와 자식이요?"

"다마키와 산키치가 부부고, 아이가 미치요."

이제 더는 못 해. 한계라고 생각은 하지만 마지막 발버둥을 쳐보기로 했다.

"그러면 그거군요…. 그 가족을, 사나다 씨가 걱정하셔서, 스마트 안경으로….'"

"맞아요. 처음 겪었던 왕관 패닉(나이트 플라이)*에 쇼마가 엄청나게 당황했던 적이 있습니다. 그걸 계기로 홈캠을 설치

---

* 갑자기 나는 소리나 빛에 놀라 날개를 퍼덕이며 새장 여기저기에 부딪히는 행동.

해 집을 비울 때는 스마트 안경으로 관찰하며 일하고 있죠. 그래도 업무에 지장을 준 적은 없으니 안심해도 됩니다."

"자, 잠깐만요. 왕관 패닉이요? 왕관?"

"왕관 앵무. 앵무목 앵무과의 새죠. 엄청 민감하고 지적 수준이 높아서 아마 최소한 두세 살 어린이 정도의 언어 이해와 인지 기능이 있지 않을까, 개인적으로는 추측하고 있습니다. 가끔 인간처럼 경기를 일으켜 케이지 안에서 상처를 입을 때가 있다고 해요."

"그렇군요…. 그래서 선생님이 버드나무 리스를 만드셨던 거군요."

확실히 왕관 앵무는 갉아 먹는 장난감을 굉장히 좋아한다고 들은 적이 있다. 손으로 만드는 것이라면 무엇이든 좋아하는 선생님이 묵묵히 새 장난감을 만드는 모습이 눈앞에 그려졌다.

분명 이것도 요리처럼 사나다 씨가 유도한 게 틀림없다.

"그런 사소한 이야기를 지금까지 기억하고 있군요."

"아…. 꽤 인상적이었거든요."

"애초에 다른 사람이 기르는 왕관 앵무에 '씨'를 붙여 부르는 사람은 지금까지 아주 소수밖에 없었습니다. 그렇다는 건, 마쓰 씨는 왕관 앵무를 많이 좋아한다, 아니 그를 넘어 존경하고 있나요?"

일단 왕관 앵무에 '씨'를 붙여 부르는 사람이 있다는 사실에 놀랐지만, 여기 앵무새를 묘령의 여인으로 착각해 멋대로 상상을 부풀렸던 인간도 있으니 그냥 넘어가자.

"본 적이 없어서, 한 번쯤 실물을 보고 싶네요."

"그럼 마쓰 씨, 저 혼자 남기도 했고 여자 방에 너무 오래 있으면 대외적으로 오해가 생길 수도 있으니 슬슬 재활 치료를 시작하려고 합니다."

"오해라뇨…. 엇, 재활이요? 저, 왕관… 아니 그 전에 요리는…."

역시 모리 선생님의 이야기는 어디로 튈지 몰라 따라갈 수가 없다.

"다 끝냈습니다."

"저기, 잠깐, 뭐를요?"

"밥솥에 타이머를 맞춰두었으니 나중에 새우 필라프가 완성되면 먹으면 돼요."

"밥솥으로 필라프를! 그런 것까지 만드실 수 있어요?"

"만든 건 아닙니다. 필요한 재료를 넣고 버튼을 누르기만 했죠. 밥솥 높이가 딱 허리를 굽히지 않아도 되는 좋은 위치에 있어서, 오늘은 그것을 주식으로 먹으면 돼요. 그러니 주방까지 혼자 갈 수 있으려면 지금부터 자세 재활은 반드시 해야 합니다."

"저⋯. 설마 가지고 오신 밥솥으로 만드셨어요⋯?"

"압력밥솥? 그건 반찬으로 돼지고기 조림을 만들려고 가지고 온 거고요. 그것도 부엌에 둔 냄비에서 직접 꺼낼 수 있는 높이에 놓았으니 허리를 구부려야 하는 부담은 거의 없을 겁니다."

"왠지⋯. 정말 엄청난 음식을 만들어주셔서 감사해요."

"그리고 된장국은 저으면서 끓이지 않으면 갑자기 끓어올라 위험합니다. 잊지 마세요."

"아, 알겠습니다. 조심하겠습니다."

"그리고 냉장고에 코울슬로도 넣어두었는데, 이건 허리를 구부리지 않도록 앞에 놓인 접이식 발판에 앉은 다음 냉장고 문을 열도록 하세요."

발판을 몇 개나 가지고 온 걸까?

"꺼내기 어려울 것 같으면 내일 폐기할 테니 절대 무리하지 말고 그대로 놔두세요."

"네? 내일도 오시려고요?"

"요통 관리에서 가장 중요한 건 '그 통증이 언제 또 습격할지 모른다는 두려움', '그 고통에 이길 수 없다는 무력감' 그리고 '통증을 실제보다 크게 부풀려 상상해버리는 과장된 마음'을 줄여, 일상생활이나 직장에의 복귀가 늦춰지지 않도록 하는 것입니다."

"아아, 네에⋯."

"그래서 통증 완화 방법으로 알약으로 된 펙소페나딘염산염 25밀리그램 복용과 파스는 무조건 활용하고 있습니다. 그와 마찬가지로 중요한 것이 급성 요통의 병세에 따른 재활 치료입니다. '한 번 하고 끝!'이 아닌 점을 이해해주세요."

"저⋯. 그런 방향에서 놀라는 게 아니라⋯."

"재활이란 모든 것을 제자리로 돌려놓는다는 의미만이 아닙니다. 작업을 무리 없이 행하기 위한 연구나 힘을 쓰는 방법, 근육을 사용하는 방법 등을 습득하는 일도 재활이죠. 요통 증상을 받아들이면서도 어떻게 일상생활을 원만하게 할 수 있는지, 최대한 고통 없이 허리의 파스를 혼자 바꿔 붙이고 발판 의자에 앉아 쉬면서 혼자 방 안을 돌아다닐 수 있도록 자세 잡는 방법 등을 반드시 터득했으면 좋겠습니다."

선생님은 열변을 멈추지 않았다.

이렇게 평범한 서른 즈음의 요통인을 매우 진지하게 생각해주고 있다. 그래서 내일도 방문한다는 선생님의 마음을 받기로 했다. 어느 각도에서 봐도 조금도 악의가 느껴지지 않고, 아마 내 예상이 맞으면 사나다 씨도 함께 올 것이다.

"내일은 쇼마의 도움도 받을 수 있으니 조금 더 편하게 재활 치료를 할 수 있을 겁니다."

확인할 필요도 없이 그럴 생각이었던 모양이다.

"우선 천천히 고개를 돌려볼까요? 편하게, 편하게."

"아, 네에…. 편하게, 말이죠?"

'편하게'의 의미를 전혀 모르겠지만 일단 몸을 불필요하게 비틀지 않고 '막대기가 되었다는 생각'으로 천천히 돌아눕는 것이 좋다고 판단했다.

"다음으로 허리 보호대를 불편하지 않은 부위에 대고, 배 부분을 약간 힘들 정도로 조이는 겁니다."

"…네에."

"반듯이 누운 채로 복근 운동하듯이 앉는 자세는 허리 주변 근육을 많이 사용하게 되니, 하지 않는 게 좋습니다. 자, 다시 한번 엎드려보세요."

"네에…? 아, 네."

또다시 막대가 된 기분으로 천천히 엎드렸다.

"그리고 개구리처럼 엉거주춤한 자세로, 다리를 살짝 벌리고 침대 끝까지 이동합니다."

알기 쉽고 아프지 않은 자세이지만 좀 더 다른 표현은 없었을까?

"그리고 허리를 구부리지 말고 수평을 유지한 채로 다리부터 하체를 천천히 내리세요."

허리 보호대가 '허리의 위치'를 의식시켜서인지, 아니면 허리를 고정해 근육을 받쳐주어서인지, 혼자 화장실에 갈 때처럼 통증은 느껴지지 않는다. 이 뛰어난 허리 보호대는 가격이 얼마일까?

"그리고 스모 선수가 모래판에서 등을 곧게 펴고 취하는 자세로… 그겁니다. 다리를 M자로 벌리고."

"쪼, 쪼그리고 앉는 자세… 인가요?"

"맞습니다. 제가 하고 싶었던 말이에요. 아무튼 등을 굽히지 말고 천천히."

다리를 M자로 벌리라는 의미를 선생님이 아는지 모르는지를 떠나서. 아무튼 기본은 등을 둥글게 하지 않는, 즉 허리를 수직으로 유지하고 구부리지 않는 자세를 말하는 것 같다. 일단 침대 쪽으로 내려가 모래판에 올라간 스모 선수처럼 자세를 바르게 하고 허리를 내렸다.

"굿, 좋습니다. 이제 무릎과 허리, 허벅지 근육만 사용해서 등을 쭉 펴고 수직으로 서봅시다. 알겠죠, 안심하세요. 제가 옆에 있으니 통증이 오면 바로 잡아줄게요."

"아, 알겠습니다."

"셋을 세겠습니다."

"네!"

"원, 투."

"헉, 벌써?"

"쓰리!"

"웃샤!"

무릎과 허벅지에 엄청난 하중이 실렸지만 통증 없이 침대에서 일어설 수 있었다.

알프스 소녀의 친구가 휠체어에서 일어섰을 때 느낀 감정에 조금이나마 다가갔을까?

"선생님, 해냈어요! 아프지 않아요!"

"좋아, 잘했어요. 완벽합니다. 역시 마쓰 씨, 하면 할 수 있네요. 두려워할 것 없어요."

이 이상 더 할 수 없을 정도로 가슴이 벅차 부끄러웠지만, 솔직히 기뻤다. 칭찬을 받으며 성장한다는 의미를, 이 나이에 이해하게 될 줄이야.

"다음은 어떻게 걸어야 허리가 아프지 않은지, 실제로 찾아보면서 걷는 연습을 하겠습니다."

"네!"

선생님이 옆에서 어깨를 꽉 잡고 지탱해준 덕분에 안심하고 보행 재활을 했다. 그래서 허리에 통증이 와도, 그때 어떤 자세였는지, 어디에 힘이 들어갔는지, 당황하지 않고 냉정하게 생각할 수 있었다.

"어때요. 나름대로 걷는 방법과 힘주는 방법을 대충 찾은 것 같나요?"

"대충은요. 오른발을 내밀 때 조심해야 할 것 같아요."

"바로 그 느낌입니다. 나머지는 간단합니다. 그 경험을 쌓아나가면 돼요. 지금 허리 상태에 맞는 '통증 없이 걷는 방법'이나 '통증 없는 자세'를 예상보다 빨리 익힐 수 있겠군요."

함께 밥을 먹으며 아프지 않은 자세를 찾고, 함께 현관까지 걸어가며 문을 열 때 아프지 않은 자세도 연습했다.

결국 정신을 차리고 보니 모리 선생님과 한 재활은 8시가 훌쩍 넘어서 끝났다. 내일도 이렇게 할 수 있다고 상상하니, 이런 인생이라도 나쁘지만은 않다고 너그럽게 넘길 수 있을 것만 같아 신기했다.

사람에게는 다른 누군가를 의지할 수밖에 없는 상황이 언젠가는 찾아온다.

그때가 되어서야 비로소 타인의 친절이 진정으로 몸에 스며들 수 있음을 절실히 느꼈다.

매우 과분했던 홈 재활 덕분일까?

허리는 원래 예정했던 일주일보다 사흘이나 일찍 출근할 수 있는 상태가 되었다.

그렇지만 요통을 겪은 덕분에 '세상이 완전히 달라졌다'라고 해도 과언이 아니다.

아직 급성기여서 펙소페나딘염산염도 한꺼번에 복용하는
게 아니라 아침저녁으로 하루 두 번 먹고, 같은 성분의 파스
도 매일 붙인다. 거기에다가 선생님이 추천하는 허리 보호대
까지 착용했다.

그런데도 여태 신경 써본 적조차 없던 것들이 엄청나게 무
서워졌다.

우선 아파트를 나오면 바로 앞에 있는 계단. 집에서 가장
가까운 역은 에스컬레이터를 타고 개찰구까지 갈 수 있지만,
내리는 역은 엘리베이터밖에 없다. 엘리베이터를 타면 반대
편 남쪽 출구로 나가서 돌아가야 하므로 목발처럼 난간에 의
지해 계단을 오르는 편이 더 낫다.

다시 말해, 지금까지 살면서 단 한 번도 '계단 손잡이'에 경
의를 표하지 않았던 일을 진심으로 사죄하고 싶은 마음이 한
가득하다.

도로에서는 로켓탄처럼 뛰어드는 전기 자전거를 재빠르게
피할 수 없고, 횡단보도의 파란불이 깜빡이기 시작하면 더
이상 건널 수 없었기에, 역에서부터 회사까지 걸리는 시간은
30분이 훌쩍 넘는다. 급기야 회사 입구에 있는 몇 안 되는 계
단조차 등을 쭉 편 자세를 흐트러뜨리지 않고 조심조심 올라
가야 한다.

배리어 프리[*]와 손잡이는 사회적으로 절대 불가결한 배려라고 매일매일 뼈저리게 통감한다.

"어서 오세요. 진찰권 대신 이쪽에 사원증을 터치해주세요."

"마쓰히사 씨, 이제 출근해도 괜찮으세요?"

이분은 '요통 지킴이'에 들어와 있던 법무부의 기시타니 씨. 포장 작업을 하게 된 후배를 배려해, 본인도 허리가 아픈데도 후배 대신 시오하마의 창고에 간 상냥한 사람이다.

"아, 감사합니다. 모리 선생님과 약국과 사나다 씨가 진료 보수 청구 기계의 모니터와 키보드 위치를 높여주셨거든요."

"오? 그러면 지금 서서 일하는 거예요?"

"아, 아뇨. 이렇게 거의 서 있는 상태로 엉덩이를 걸칠 수 있는 의자가 있어요."

출근하고 제일 놀란 것은 모니터와 키보드의 위치가 아닌, 별도로 마련된 또 다른 의자였다. 로봇 공학적인 무언가를 연상시키는 그 의자는 선 채로도 앉을 수 있었다. 아니, 그보다 하체 보조 장비에 가까운 의자였다.

원래는 수술실에서 똑같은 자세로 계속 서서 집중력을 유지해야 하는, 가혹한 조건에서 수술하는 의사를 위해 개발된 훌륭한 장비라고 한다. 하지만 그 생김새가 너무나도 가까운

---

[*] 사회적 약자들의 사회생활에 지장이 되는 물리적, 심리적 장벽을 제거하자는 운동과 정책.

미래의 외골격 장치(powered suit, 강화복)와 비슷해서 어떻게 반응해야 할지 곤란하던 차에, 사나다 씨가 '선 채로 앉을 수 있는 의자'를 하나 더 준비해준 것이다.

"그거 좋네요. …우리는 개방형 사무실이기도 하니, 연말에 한 번 신청해봐야겠어요."

"언제 점심시간에 오셔서, 시범 삼아 한 번 앉아보세요. 아, 안녕하세요."

예전에는 이 남성처럼 작업복을 입은 개발 본부 계열 사람을 볼 수 없었다.

불과 나흘 정도 자리를 비운 사이 클리닉과를 찾는 환자들이 부쩍 늘었는데, 그건 분명 그 '직원 건강 지킴이 앱'의 영향이 아닐까?

"처음 오셨나요?"

"아, 예. 기술관리부의 다바타입니다."

"오늘은 어떤 일로 오셨나요?"

"지금까지 계속 편두통이라고 생각했는데…. 뭐냐, 제 두통은 편두통이 아닌 것 같아서요…. '두통 지킴이'에서 그런 이야기를 봐서…. 상담하러 왔습니다."

"그럼 진료 기록부를 준비할 테니, 잠시 앉아서 문진표에 지금까지의 경과나 걱정스러운 점을 작성하시며 기다려주세요."

이윽고 시계가 점심시간을 가리키자, 두통, 두드러기, 복통, 미열 등 '건강 지킴이'에 있는 증상을 앓는 사람들이 클리닉과를 찾아왔다.

오늘만 벌써 10명이 넘는 환자가 진료받았다.

문진표만 보면 지금까지 처방받은 약을 막연하게 먹고 있던 사람이나 병원에 갔지만 검사 결과가 정상이라는 말에 그냥 돌아온 사람이 눈에 띄었다. 그리고 선생님 말씀대로 큰 병을 앓은 적이 없어 '주치의'가 없는 사람들의 진료도 꾸준히 증가하고 있다.

"…몸조리 잘하세요."

그런 사람들이 점심시간을 이용해 부담 없이 진찰받는 장소이자, 가끔 카운터 너머로 사나다 씨와 수다를 떨기도 하고, 그러면서 자연스럽게 건강을 상담할 수 있는 장소. 그것이 총무부 클리닉과가 지향해야 할 바람직한 모습이다.

"마쓰 씨. 잠깐 시간 괜찮습니까?"

"아, 선생님. 방금 분이 오전 마지막 환자분이었습니다."

"아, 그렇군요. 그보다 그… 선 채로 앉는 의자는 허리에 맞나요?"

"네. 모니터와 키보드 높이도 그렇고, 이 의자도 그렇고. 여러모로 민폐를 끼친 것 같아 죄송…."

"아니, 그게 아니라."

"…네?"

"그렇군…. 역시, 쇼마의 의자가 더 맞았나 보군."

저 안타까워하는 얼굴을 보고 있자니, 모리 선생님과 사나다 씨는 준비한 의자 중 누구의 의자를 선택할지 내기했던 것 같다.

"아, 선생님의 의자도 나름 나쁘지는 않았는데…."

그때 타이밍을 재고 있었는지 사나다 씨가 문으로 뛰어 들어왔다.

"그죠, 가나미 씨! **제가 고른** 의자에 앉아보니까 어땠어요?"

"감사합니다. 덕분에 편하게… 일하고 있어요."

진심으로 감사한 마음인데 선생님이 굉장히 '패배한 분위기'를 조성하고 있어서 솔직하게 말하기 어려웠다. 사나다 씨가 선생님을 힐끗 쳐다보는 걸 보면, 아마 서로 경쟁하고 있었던 것이 틀림없다. 두 사람 모두, 이런 부분은 정말 어른스럽지 못하다.

"가나미 씨의 일이 있고 나서, 보호대와 허리 깁스 문의가 갑자기 늘어났어요. 그래서 허리, 어깨, 무릎, 손목 보호대를 마련해두었습니다."

"아…. 정말이네요."

쇼마의 베스트 셀렉션 진열대가 거의 꽉 찼다. 이대로라면 진열대가 하나 더 늘어나는 것은 시간문제.

"특히 유착성 관절낭염 보호대는 약국에서도 의외로 잘 팔지 않으니까요."

"유착성…?"

"흔히 말하는 '사십견'이나 '오십견'이라는 녀석이에요."

"아, 그게 정식 병명인가요? 그걸로 고통을 겪는 사람이 꽤 많지 않나요?"

"보호대도 중요하지만, 잠을 잘 때 어깨 베개를 사용하거나 자세만 개선해도 꽤 편하게 잘 수 있어요. 게다가 병이 생기고 나서의 경과에 맞춰 재활 치료를 해나가면, 반년 정도면 대부분 회복합니다만…. 그렇죠, 류 씨?"

"…그러면 마쓰 씨. 오후도 잘 부탁합니다."

"저, 류 씨. 설마 삐졌어요?"

그렇게 낙담할 일도 아닌 것 같은데. 그나저나 저 고성능 허리 보호대부터 두 다리의 외골격 장치는 얼마일까? 가격을 보기가 두려워 스마트폰으로 알아볼 엄두가 나지 않는다. 판매용이 아닌 임대, 아니 하루 단위 대여이기를 바라보자.

"두 분께 정말 감사드려요…. 일단은 점심 식사 다녀오겠습니다."

이것저것 너무 친절하게 대해줘서, 사실 기나긴 꿈을 꾸고 있었다는 최악의 상황까지 상상하고 말았다. 일단 꿈에서

깨어나기 전, 분에 넘치게도 엘리베이터를 타고 직원 식당에 가기로 했다.

"앗, 마쓰히사 씨. 이제 출근해도 괜찮아요?"

"네? 아, 죄송해요! 아직 허리가 불안해서, 제가 뒤를 못 봐요!"

말을 걸어준 여성이 누구인지 모르는 것도 문제지만, 이 좁은 엘리베이터 안에서 무엇을 사과하고 있는지 모르는 것도 문제다.

아마도 겨우 한 층을 엘리베이터를 타고 내려간다는 부담감 때문은 아니었을까? 오랜만에 긴장감이 몰려와, 엘리베이터에서 내리면 일단 목적지를 변경해 화장실부터 가기로 했다.

"요통이 있는 사람에게는 엘리베이터가 정말 고맙죠."

"마, 맞아요…. 저도 허리를 삐끗하지 않았다면 몰랐을 거예요."

일부러 '열림' 버튼까지 눌러주었는데 엘리베이터를 내리면서 고개 숙여 인사할 수도 없다는 괴로움. 나중에 '저 사람 별로다'라는 소문이 나지는 않을지 조금 걱정된다.

그런 사소한 일에 속상해하면서, 적어도 사원증의 소속 부서 정도는 확인해야 했다고 후회했다. 하지만 아마 '요통 지킴이'에 들어와 있는 사람이 아닐까? 화장실 칸에서 채팅 참

여자를 확인해봐야겠다는 생각이 언뜻 스쳤지만, 직감이 그러지 말라고 속삭였다. 모든 동작에 세심한 주의를 기울이지 않으면 허리에 큰 타격을 입는 장소, 그곳이 바로 화장실이다. 우아하게 손에 스마트폰을 들 여유는 없다.

"아아…. 허리 보호대, 정말 고맙네."

바닥에 무언가를 떨어뜨려 주우려고 극심한 통증의 공포와 싸우는 일 없이, 익숙하게 사용해오던 세면대에서 손을 씻다가 문득 깨달았다.

이 세면대는 허리를 거의 구부리지 않고도 손을 씻을 수 있다.

"이 세면대, 분명 우리 회사의 새로운 브랜드 아니었나?"

틀림없다. 세면대 구석에 붙어 있던 작은 스티커는 라이토쿠사 로고다. 다시 말해 지금까지 눈치채지 못했을 뿐, 사용이 편리한 이 세면대에는 '평균 신장의 여성이라면 허리를 구부리지 않는 높이 설계'라는 신념이 담겨 있었던 것이다.

설마 라이토쿠가 초등학교 도덕 시간에 배우는, '상대방의 입장에 서서 친절을 베푼다'를 콘셉트로 하고 있을 줄은 정말 몰랐다.

아니, 청소 미화 제품은 기본적으로 그런 자세여야 한다. 눈에 띄지 않고 숨죽여 일하기만 하니 7년이 흘러도 이런 사실조차 깨닫지 못하는 것이다.

"허리를 삐끗하고, 정말 세상을 보는 눈이 달라졌구나….."

그리고 직원 식당에서 거스름돈을 바닥에 떨어뜨리고 얼어붙은 이 서른 즈음의 요통인 여성을 보고, 일부러 식사를 멈추고 대신 주워준 기술관리부의 다바타 씨.

아픔을 공유하고 상대방을 이해하려고 개발된 직원 건강 지킴이 앱. 그것이 있다면 이 세상은 상상하는 것보다 훨씬 더 다른 사람에게 친절할 수 있다.

그런 생각을 하며 먹은 오후 두 시의 늦은 점심 메뉴는 정말 좋아하는 키마 카레였다.

제 5 화

타월 손수건을
손에서 놓지 못하는 이유

드디어 허리 보호대를 벗고 걱정 없이 출근하게 되자마자 일어난 일이다.

　아침에 현관을 청소하는 인원이 여느 때보다 많은 게 이상하다고 생각하며 회사 건물 안으로 들어서자, 복도에서 서성이는 사람도 많고 팽팽한 긴장감이 감도는 분위기였다.

　"아, 안녕하세… 요."

　평소에는 아무도 상대해주지 않는, 그저 평범한 인사. 그런데 왜 겁에 질린 눈빛으로 이쪽을 본 후 '뭐야, 놀라게 하지 마'라고 말하는 듯이 안도감을 흘리는지 모르겠다. 애초에 업무를 시작하기 전에 총무과 과장님이 1층 복도의 게시물을 새로 붙이는 모습은 처음 본다.

　"뭐지? 뭔가 이상한데…. 안녕하세요."

괜히 불안한 마음으로 클리닉과의 문을 열자, 그곳은 여느 때와 다름이 없었다.

"하이!"

"마쓰 씨, 좋은 아침입니다."

사나다 씨는 상품을 진열대에 올려놓으며 스마트 안경 너머로 앵무새들에게 말을 걸고 있었고, 모리 선생님은 아침부터 키보드를 타닥타닥 두드리고 있었다. 최근 아무리 해도 이 두 사람보다 일찍 출근하지 못해 몇 시에 오냐고 물어봤는데 지각은 아니니 신경 쓰지 말라며 알려주지 않았기에 더는 꼬치꼬치 묻지 않기로 했다.

"선생님, 오늘 회사에 무슨 일 있다고 들으신 것 있나요?"

"응? 그건 무슨 말이죠?"

"아뇨. 아침부터 분위기가 좀 어수선하지 않아요?"

모리 선생님은 눈치채지 못한 것 같지만, 역시 사나다 씨는 달랐다.

"누가 오는 거 아닐까요?"

"…내빈이요? 아직 업무를 시작하기도 전인데요?"

"업무 시간 외에 방문할 수 있다는 건 그만큼 대단한 사람일 가능성이 높겠네요."

"그렇겠죠?"

"그렇죠. 왜냐하면 이 시간에 복도에 청소기까지 다시 돌리게 하다니, 그것 말고는 생각할 수 없잖아요."

그런 대화에 모리 선생님만 고개를 갸웃거렸다.

"쇼마는 왜 그렇게 주위 변화에 민감해?"

"류 씨가 너무 신경을 안 쓰는 거죠. 뭐, 그래서 나도 편하긴 하지만."

"전부터 몇 번이나 말했는데, 그렇게 주위를 신경 쓰면 피곤하지 않아?"

"전부터 몇 번이나 말했지만, 이건 생물에게 필요한 최소한의 위기 회피 능력이라고요. 그죠, 가나미 씨?"

"네? 아, 뭐…. 저도 그렇게까지 민감하지는 않지만…."

임팔라 센서도 어떠한 위기는 감지한다. 하지만 그 센서는 대인 회피에 특화된 탓에 상황 속 미묘한 기류를 파악하는 데는 그다지 도움이 되지 않는, 살짝 부족한 사양이다. 분위기가 어수선하다는 것은 안다. 하지만 앞으로 일어날 수 있는 어떠한 상황과 어떻게 이어질지 예측하는 일은 서투르다.

"뭐, 어차피 우리와는 관계없지 않을…."

사나다 씨의 말을 가로막듯 클리닉과 문이 힘차게 열렸다.

"자, 이쪽으로! 바로 여기입니다!"

90도 가까이 허리를 구부리며 인사하는 자세로 문을 연 이는 아마도 관리본부 본부장님이다. 총무부, 인사부, 경리부, 법무부를 총괄하는 상당히 높은 직급이기에 나는 만난 적이 별로 없다.

"아, 이곳을 사용하는군요. 나머지는 알고 있으니 이제 괜찮습니다. 고마워요."

그 뒤로 친근한 분위기의 약간 체구가 작고 군데군데 흰머리가 섞여 있는, 정장 차림의 남성이 들어왔다. 테 없는 안경이 묘하게 어울리는 동그란 눈의 동안이어서 외모로 나이를 가늠하기 어렵다.

하지만 이 얼굴을 잊을 리가 없다. 이분은 라이토쿠의 사장, 미쓰바 마사카즈 사장님이다. 아무래도 아침에 느낀 위화감은 예고되지 않았던 사장님의 현장 방문이 원인이었나 보다.

"어? 무슨 일이야, 밋군."

이제부터 어떻게 행동해야 할지 고민하면서 문 근처를 서성이던 관리본부 본부장님은 모리 선생님의 말에 눈을 동그랗게 뜨며 동작을 멈췄다.

"류고 선생은 여전히 아침이 빠르네."

"그건 피차일반이잖아."

동공까지 크게 떠진 본부장님의 눈이 경외심을 담아 천천히 모리 선생님에게 향했다.

"좋은 아침, 미쓰바 씨. 아니, 사장님. 오랜만에 봬요."

"아, 쇼마 씨. 이거 멋진데? 전에 말했던 셀렉션 코너?"

"그보다 사장님. 아침밥은 제대로 드시고 오셨나요? 포도당 젤리 있는데요."

"괜찮아, 괜찮아. 오늘은 제대로 챙겨 먹고 왔으니까."

그런 사나다 씨와의 대화를 들은 관리본부 본부장님은 자신이 설 자리가 없음을 깨달았는지, 조용히 문을 닫고 사무실을 벗어났다.

이런 분위기 속에서는 누구나 그럴 수밖에 없을 것이다.

세계적인 팬데믹 때 경영이 기울어진 라이토쿠를 재건하고, 클리닉과를 포함한 다양한 사내 개혁을 추진하고 있는 미쓰바 사장님. 그런 사람을 '밋군', '미쓰바 씨'라고 부르고, 그런 사람에게 '류고 선생', '쇼마 씨'라고 불리는 사람들 사이에 끼어들 수 있을 리 없다.

"밋군. 이쪽은 의료 사무를 담당하는 마쓰 씨."

이 자리에서 도망칠 수 있는 본부장님은 본인이 굉장히 복받은 사람이라는 사실을 알았으면 좋겠다. 나는 지금 당장이라도 화장실로 뛰어들고 싶은 긴장감을, 손수건을 움켜쥐고 버티는 방법밖에 없었다.

"아아. **그 사람**?"

"맞아, **그 사람**."

"안녕하세요, 미쓰바입니다."

설마 사장님과 악수할 줄은 생각도 못 했다. 그 기습에 손

바닥에서 샘솟은 땀을 쥐고 있던 손수건으로 바로 닦은 건 불행 중 다행이었다.

"처, 처음 뵙겠습니다… 가 아니라, 저는… 의료 사무를 담당하는 마쓰히사입니다."

"류고 선생을 잘 부탁해요."

"네? 아뇨, 아닙니다. 오히려 저야말로…."

행동이 버벅대버린 건 어쩔 수 없다고 치고.

두 사람이 입을 모아 말한 '그 사람'은 어떤 의미일까?

대체로 사전에 최악을 가정해두면 진실을 알았을 때 받는 피해가 최소로 끝난다. 그렇지만 '**그 사람**, 도움이 안 돼'라는 가정은 그것대로 심장이 아프다. 계속 몰려오는 이 방광 자극을 손수건 한 장으로 통제할 수 있을까?

"그런데 밋군. 오늘은 아침부터 무슨 일이야?"

미쓰바 사장님은 무슨 이유인지 갑자기 멈춰서 사나다 씨의 상품 진열대를 응시하고 있다.

아니, 그 시선은 무언가를 보는 듯, 아무것도 보고 있지 않은 것이 분명했다.

"밋군?"

선생님이 어깨에 살짝 손을 얹자, 사장님의 목 위쪽으로만 재생 속도가 빨라지며 머리에서 무언가를 쫓아내듯 고개를 흔들어 정신을 차렸다.

"류고 선생. 잠깐 본사 부서를 둘러보자고."

그리고 아무 일도 없었던 것처럼 대화를 이어 나갔다.

선생님과 사나다 씨는 크게 신경 쓰지 않지만, 지금의 이상한 움직임은 무엇이었을까?

"…같이?"

"그럼. 사내 회진할 시간이지? 오늘은 나도 함께하려고."

모리 선생님은 그 이유를 묻지 않은 채, 말없이 사나다 씨와 시선을 주고받았다.

"그래도 상관은 없는데. 쇼마는 그 전에 약국에 들렀다가 가도 될까?"

"어떤 부서부터 방문하지? 류고 선생이 중점적으로 보고 있는 부서가 있나?"

선생님의 목소리가 닿지 못할 거리는 아니지만 사장님은 선생님의 물음에 대답도 하지 않고 이미 클리닉과를 나가려고 했다.

"쇼마. 평상시처럼 준비해서 가져다줘."

"예설!"

암묵적인 동의가 있는 걸까? 사나다 씨는 가볍게 고개를 끄덕이더니, 회진에 동행하지 않고 의약품을 보관하는 약국 창구로 재빨리 발걸음을 옮겼다.

"밋군."

"류고 선생과 직접적으로 관련이 있는 부서라면 사내 상담 창구가 있는 법무부인가? 아, 그보다 인사부로 할까? 맞다, 류고 선생. 그 얘기 좀 해주겠어? 대뇌의 고차 기능 불균형. 그거 인사부에 꼭 필요한 지식이라고 생각하는데, 내가 도통 시간 내기가 쉽지 않아서 말이야."

사장님이 무슨 말을 하고 싶은 건지 이해할 수 없었다. 그리고 어디에서 스위치가 켜졌는지, 끊임없이 말하며 빠른 걸음으로 복도를 걷기 시작했다. 심지어 모리 선생님도 성큼성큼 큰 보폭으로 걷지 않으면 따라잡을 수 없을 만큼 묘하게 조급한 걸음이다.

"밋군."

"아, 그런데 인사부에만 얘기하는 건 아깝지 않나? 그러면 이렇게 하지. 클리닉과도 소개할 겸 사내 스터디 모임을 만드는 건 어떤가? 류고 선생, 시간 언제 괜찮아?"

그러고는 두툼한 수첩을 재빨리 꺼내서 일정을 잡으려고 했다.

역시 일 처리가 빠른 사람이라더니, '시간은 돈, 무엇이든 바로 결단'이라는 신념이 있는 걸까? 엘리베이터 기다리는 걸 너무 싫어해서 바로 탈 수 없으면 계단으로 다닌다는 소문이 진짜인지도 모르겠다. 암만 그래도 지금은 거의 경보에 가깝다.

"오케이. 알았어. 그건 내가 세팅하고 나중에 연락할게."

"아, 그래? 고마워, 덕분에 수고를 덜겠군."

"밋군."

"응?"

"여성분이 있으니 조금 천천히 걷자."

"아, 실례했네. 그렇군, 역시 먹는 게 낫겠어. …어? 잠깐… 어라?"

드디어 걸음을 멈춘 미쓰바 사장님. 그런데 이번엔 잊어버린 물건이라도 있는 걸까? 설마 주머니 안쪽 원단까지 뒤집어 빼서 물건을 찾는 사람을 눈앞에서 볼 줄은 몰랐다. 사장님은 일 처리가 빠른 만큼 너무 서둘러서 허둥지둥하는 성격인지도 모른다.

하지만 솔직히 말해 '특이한 사람'이라는 인상은 부인할 수 없다.

"마쓰 씨. 잠깐만 기다려줄 수 있습니까?"

"네? 아, 네. 물론입니다."

그렇게 복도에 멈춰 선 사장님을 보고 사내가 술렁거리기 시작했다. 복도를 지나가는 사람들은 정중하게 고개는 숙이지만 황급히 자리를 떠났다. 사무실 안에서는 과장이나 부장급이 복도 상황을 살피면서도 복도로 나올 기미는 조금도 느껴지지 않는다.

그런 곳으로 사나다 씨가 달려왔다.

"여기, 류 씨. 오래 기다렸죠."

"미안, 고마워."

사나다 씨가 선생님에게 건넨 것은 생수병과 작은 무언가다. 클리닉과 진열대가 아닌, 약국 창구로 가지러 간 것을 보면 아무래도 약인 것 같다.

"자, 밋군. 이거 마셔."

선생님은 먼저 생수병을 건넸다.

"오, 땡큐."

그 말만 짧게 건넨 사장님은 주머니 안감이 뒤집힌 채 500밀리리터 페트병 뚜껑을 열었다. 삼켰다고 해야 하나, 목의 움직임이 없어 보인 것은 기분 탓일까? 단숨에 페트병 속 물 절반을 흘리지 않고 깔끔하게 부어 넣듯 마셔버렸다.

"어휴, 고맙네. 류고 선생, 어떻게 알았어?"

"주머니. 뒤집혔어."

"아, 실례."

"그리고 이거. 에틸로플라제페이트인데, 먹을래?"

다음으로 선생님이 건넨 건 작은 알약. 에틸로플라제페이트의 주요 약효는 '항불안 작용'으로, 진료 보수 청구서에는 '불안 신경증'이라는 병명을 붙이는 경우가 많다. 심신증 중에서도 불안과 긴장을 완화시키는 용도로 많이 쓰여, 처방량과 처방 일수에 제한이 있는 약이다.

그렇다는 말은, 설마 미쓰바 사장님은 지금 긴장한 걸까? 게다가 어떠한 심신증 증상이 있을 수도 있다. 사장이라는 자리까지 오른 사람에게는 긴장이나 심신증 따위는 없을 거라고만 생각했는데….

하지만 그래도 잘 모르겠는 건, 긴장한 이유가 본인 회사의 현장 방문이라는 점이다.

"류고 선생. 내가 **그거** 찾는 걸 어떻게 알았어?"

"뭐, 딱 보면 알 수 있다고나 할까…. 오늘은 플래시백도 힘든 것 같고."

플래시백. 그것은 아주 사소한 계기, 때로는 계기가 없어도 일어난다고 한다. 갑자기 과거의 좋지 않은 기억이 마치 어제의 일처럼 퇴색되지 않고 소리와 냄새, 말 한 마디 한 마디까지 선명하게 뇌 안에서 재현되는 일. 대학 시절, 일반교양 시간에 아주 얕게 배운 지식이지만 워낙 인상적이라 관련 도서 한 권을 사서 읽은 기억이 난다.

그것이 언제 사장님에게 일어났다는 걸까?

혹시 클리닉과에서 얼어붙었을 때? 아니면 느닷없이 고개를 흔들었을 때?

"아, 들켰어? 역시 류고 선생한테는 숨길 수가 없군."

"숨길 필요 없잖아. 항상 허리춤 벨트에 매달고 다니던 페트병 파우치도 잊어버리고, 오늘 어쩐 일이야?"

사장님은 다시 물병을 기울여 엄청난 속도로 비워버렸다.

"미쓰바 씨, 여기 한 병 더요!"

놀랍게도 사나다 씨는 또 하나의 페트병을 **사장님에게 던지려** 하고 있었다.

"어? 잠시만요, 사나다 씨! 그렇게는!"

"가나미 씨, 괜찮아요!"

완만한 곡선을 그린 페트병이 사장님 가슴 부근에 빨려 들어갔다.

"오, 쇼마 씨. 땡큐."

"예스! 나이스 캐치!"

엄지손가락을 치켜세우고 윙크라니, 너무나도 스스럼없다. 그렇게 황당해하고 있는데, 순간 사나다 씨도 나름의 방법으로 사장님의 긴장을 풀어주고 있다는 생각이 들었다. 받은 생수병을 벌써 절반 정도 들이킨 사장님은 조금 전보다 한결 표정이 편안해 보였다.

그건 그렇고, 너무 많이 마시는 거 아닌가?

"마쓰 씨. 밋군은 그래도 괜찮아요."

"그런… 가요?"

"긴장하면 입안이 말라버리는 타입이라, 옛날에는 하루에 5리터 정도 마시곤 했어요."

"5리터요?"

"그리고 다뇨여서 자주 화장실에 가야만 했죠. 땡땡이치는 건 아닌지, 수업이나 실습 중에 의심을 많이 사곤 했습니다."

"그, 그렇군요…. 그런데 수업 중이요…?"

마치 모리 선생님과 사장님은 학창 시절부터 알고 지낸 사이라는 말처럼 들린다.

"청각도 굉장히 예민해서요. 진찰실에 있어도 대기실에 누가 왔고 무슨 이야기를 하는지 다 알 수 있을 정도로 과민합니다. 참고로 열 명 정도의 대화가 동시에 귀로 들어온다고 하더라고요."

선생님과 사장님의 관계에 이해할 수 없는 부분이 더 많아졌다. 하지만 어쨌든 미쓰바 사장님은 지금 과도하게 긴장한 것이 분명하다.

"그건… 심신증 증상인가요?"

"아뇨. 밋군은 대뇌의 고차 기능 불균형이에요."

"음, 특수한 능력이네요."

"절대 특수한 게 아닙니다. 인간은 대부분 크든 작든 다양한 수준으로 편차, 즉 불균형이 있어서 대뇌의 모든 고차 기능을 평균적으로 가동할 수 있는 인간은 적을 겁니다. 물론 저와 쇼마에게도 편차가 있고, 분명 마쓰 씨도 있을 거고요."

"그, 그런가요…?"

그 의미를 정확하게 이해할 수 없었지만, 아마 '삶의 어려움'을 말하는 것 같다. 모리 선생님도, 사나다 씨도, 사장님도 어떻게 보면 독특한 사람들이다. 다르게 표현하면 명백히 오늘날의 사회에 잘 어울리지 못하고 주위를 떠다니는 존재라고도 할 수 있다.

그리고 이 빈뇨인도 어떻게 보면 그 안에 포함되어 있다.

"게다가 저렇게 보여도 낯을 많이 가리거든요."

"하지만 선생님과 사나다 씨와는 친한 사이 아닌가요?"

"얼마 전에 마쓰 씨와 이야기하고 싶다고 하더군요. 오늘은 그래서 온 것 같습니다."

"네? 그게 무슨…."

"살짝 긴장하고 있는 이유가 그것 때문이 아닐까요?"

"네? 저한테요?"

대뇌 고차 기능의 불균형 이야기와 완전히 멀어져버렸다.

뭐가 어떻게 되어 사장님이 클리닉과 의료 사무 담당자에게 볼일이 생겼단 말인가.

사장님이 새로 만들고 돌봐주는 부서인데, 거기에서 저도 모르게 실수를 저질렀을지도 모른다. 그렇구나, 그래서 '그 사람'이라고 불린 것이다.

직접 해고 통보를 해야 한다면 아무리 사장이라도 살짝 긴장할 수 있다.

"밋군. 새로워진 직원 식당에 앉아서 천천히 얘기하는 게 어때?"

"어? 하지만 류고 선생, 회진은?"

"각 부서를 함께 돌아다니면 클리닉과가 더 널리 인지될 테니 신경 써주는 거지? 바빠서 그렇게 시간을 많이 빼기도 어려울 텐데….”

민망해하는 사장님의 표정을 보니 아무래도 선생님이 정확하게 짚었나 보다. 그렇다기보다 사장님은 아마도 학창 시절부터 그런 사람이었을 것이다.

"그러면 괜찮아? 같이 회진 안 가도.”

"괜찮아. 고마워.”

"하지만 대장은 벌써 출근한 거야?"

"항상 꽤 이른 시간부터 재료 준비를 하는 것 같더라고.”

"시콰사* 사와**가 있나?"

"그건 안 되지. 직원 식당에서 알코올이라니.”

항상 사나다 씨에게 말꼬리를 잡히는 선생님이 사장님에게 딴지를 거는 모습은 굉장히 신선했다. 다만 사장님은 사내 현장 방문을 핑계로, 사실은 클리닉과와 이야기를 나누고 싶었을 뿐이었던 것 같다.

---

* 동아시아를 원산지로 둔 운향과 식물의 열매로 오키나와의 특산품.
** 주로 소주나 보드카 등에 탄산수, 과즙을 섞어 만든 술의 한 종류.

그렇다는 건, 그 목적은…. 거기까지 생각하니 방광 자극이 단숨에 한계치에 도달했다.

"아, 저기… 선생님…."

에틸로플라제페이트, 지금 여기에서 처방받기는 아무래도 어렵겠지?

업무를 시작한 지 30분 정도밖에 지나지 않았는데도 대장은 직원 식당을 열어주었다.

게다가 이 시간부터 불맛을 입힌 양념장 냄새가 나는 숯불 연기가 주방에서 흘러나온다. 아무리 생각해도 이건 꼬치 가게나 술집에서 흔히 맡을 수 있는, 밤의 냄새다.

"미안해요, 대장. 오랜만에 먹고 싶어서."

"완전 괜찮죠, 미쓰바 사장님. 있는 재료를 그냥 굽기만 하면 되니까."

주방에서 목소리만 들려왔다. 틀림없이 밤의 메뉴를 굽고 있는 듯했다.

"마쓰 씨는 밋군과 처음 만나는 건가요?"

테이블에 앉을 때 모리 선생님이 옆자리에 앉아주었지만, 맞은편에는 미쓰바 사장님이 앉아 있다. 사나다 씨는 완전히 서포터 역할로 돌아선 듯하다. 주방에서 유리잔에 음료를 담아 오는 등, 아침의 직원 식당인데도 불구하고 완전히 술집 분위기다. 아직 사장님 세대는 속을 터놓고 얘기하려면 '술자리 분위기'가 필요한지도 모른다.

"아뇨, 처음은 아니에요. 취임식 때… 사장님 얼굴을 뵌 적은 있어요."

"밋군과 저는 대학 동기입니다."

"네에…."

"류 씨, 류 씨이~!"

분명히 '있는 재료'라고 했으나 거의 이자카야의 시그니처 메뉴 수준인 바지락 조림을 들고 오며, 사나다 씨가 못 말린다는 표정으로 말을 덧붙였다.

"너무 생략했어요. 그러면 가나미 씨가 이해하기가 어렵잖아요."

"그렇군. 그러면 밋군에게 부탁하는 게 좋겠어."

미쓰바 사장님이 손에 든 유리잔 속 탄산이 가득한 호박색 액체가 무엇인지 궁금하다. 하지만 그보다, 무엇 때문에 어떻게 혼날지가 견딜 수 없이 두려웠다. 클리닉과의 진료자를 늘리려는 노력이 부족했거나 접수처에서의 응대 태도에 문제가 있었던 게 틀림없다.

그리하여 해고 통보라는 이름의 권고사직이 나를 기다리

고 있다.

"아… 음…. 어디부터 설명해야 좋을까."

"음, 고등학교 때부터?"

사장님의 고등학교 시절까지 거슬러 올라갈 필요는 없다고 생각하는데….

"그렇구나, 알겠어. 저는 열여섯 살 때 영국 브리스틀에 있는 고등학교를 졸업해, 그 후 케임브리지대학교에 입학하고, 일본으로는 스무 살 때 돌아왔어요."

"…네?"

이 이야기에서 어떻게 설교로 이어질지 도통 짐작이 가지 않았다.

게다가 사장님이 해외 유학파라는 사실은 사보를 봐서 알고 있었지만, **열여섯**에 영국 고등학교를 **졸업했다**는 시점부터 사고가 따라가지 못하고 있다.

"아, 조기 졸업했어요. 감사하게도 부모님이 그 부분은 잘 이해해주셔서. 스스로도 굉장히 복 받은 사람이라고 생각해요."

"아아…. 네에."

다시 말해, 사장님은 중학생 때부터 일본의 교육 시스템에 적응하지 못하고 영국으로 건너간 뒤, 그대로 스무 살에 케임브리지대학교를 졸업. 그러니까 클리닉과에도 그 정도 인재를 원한다는 이야기라면 죄송하지만 솔직하게 무리라고 전해야겠다.

"그리고 귀국하고 나서 진로를 고민하다가…. 흥미가 생겨 늦은 나이에 특별 전형으로 Z대학교 의대에 편입했습니다."

"네에?"

"거기에서 만난 동기가 류고 선생. 그러니까 벌써 20년 가까이 알고 지낸 사이인가."

지금 설교를 듣고 있는 건지 뭔지 도통 이해하기가 어렵다는 건 차치하고.

케임브리지대 졸업부터 Z대 의과대학 편입이라는, 예상조차 불가능했던 그 엄청난 경력에 일단 너무 놀랐다. 게다가 뒤늦게 더 이상한 상황이 있음을 깨닫고 멈칫했다.

"왜 그래요, 마쓰 씨?"

"아, 저기…. 제게는 조금 어려운 얘기여서요…. 하지만, 네."

인원수만큼의 앞접시와 어떻게 봐도 분명 꼬치구이인 닭고기를 담은 작은 접시를 다 옮기고, 마침내 사장님 옆자리에 앉은 사나다 씨가 다시 말을 덧붙였다.

"미쓰바 씨. 가나미 씨는 류 씨와 같은 의대를 졸업했는데, 의사가 아니라 사장을 하고 있어서 당황한 것 같아요."

"아, 그거군."

"…죄송합니다. 번거롭게 해드려서."

"저는 의사가 맞지 않아서 그만두었어요."

무슨 이야기를 하는지 더 알 수 없게 되었다.

"우리나라는 말이죠, **수험 공부**를 잘하면 대개 누구나 의사가 될 수 있잖아요?"

"으음, 그랬… 나요…?"

일단 공부가 가장 큰 문제라고 생각하지만 사장님에게는 문제가 아닌 것 같다.

"그리고 아직도 '성적이 좋으면 의대에 가면 될 텐데'라는 분위기가 있잖아요."

"…뭐, 그렇긴 합니다."

"저는 그래서는 안 된다고 생각해요. 적성에 맞는지, 아닌지는 시험으로 판단할 수 없잖아요. 저를 포함해 의사가 되면 안 되는 애들도 반에 꽤 있었거든요. 그렇지, 류고 선생?"

"그랬지."

그에 바로 대답하는 모리 선생님은 사장님을 어떻게 생각했을까? 확실히 동네 병원에 가면 왠지 모르게 느낌이 묘한 의사와 만나는 경우도 가끔 있다.

"의사 국가 고시에 합격하고 2년 정도 연수 생활을 해보니 '아, 이건 내가 하면 안 되는 일이구나'라는 확신이 들더라고요. 그 일은 저 같은 사람에게는 적합하지 않았어요. 그랬죠."

큰 실수를 저질러 난처한 상황이라도 있었던 걸까? 머릿속이 새하얘져 반응할 말을 찾지 못하고 있는데 사나다 씨가 바로 대화의 공백을 메워주었다.

"근데 미쓰바 씨는 실력이 좋아서 연수 생활했던 병원의 부원장님한테 직접 스카우트도 받았었잖아요."

"그건 그렇지만. 공부를 잘하니까 의대에 입학하고, 그대로 의사가 되었다는 이유만으로 사람의 목숨을 책임지거나 인생을 좌우하면 안 된다고 생각하지 않아?"

"직접 환자를 진찰하는 임상의가 아니어도 괜찮았을 텐데…."

"뭐, 기초 부문이나 연구직이라는 선택지도 있기는 했지만…. 그 일도 그거대로 나한테는 맞지 않는다고 생각했어."

그러면서 사장님은 하얀 이를 한껏 드러내며 웃었다.

다시 말해 미쓰바 사장님은 의사 자격을 가지고 있지만 의료와는 거의 관련이 없는 회사를 다시 만들어나가고 있다는 것. '하기 싫은 일은 억지로 하지 않는다'라는, 어딘가 시원할 정도로 어른스럽지 않고 이해타산을 완전히 제거한 직업관이다. 뒤집어서 말하면 '하고 싶은 일을 직업으로 삼는다'라는 너무 이상적이어서 오히려 현실성이 없는 일을 실제로 하고 있다.

하지만 그렇기에 모리 선생님도, 사나다 씨도 병원이나 약국에 얽매이지 않고 사장님의 뜻을 따라 이 회사에 수시 채용으로 이직한 것이 분명하다.

그런 특이한 사람들끼리 마음이 맞지 않을 리 없다.

"그럼 밋군. 지금 즐거워?"

"번거로운 일은 많은데, 즐거워. 그래서 나만 즐거운 게 아니라 가능하면 일하는 직원들도 조금은 일하는 게 즐겁기를 바라는 거지."

"그래서 어때? 사내 개혁 'SWEGs'는?"

한 번도 들어본 적 없는 단어가 튀어나왔지만, 표정 변화 없이 아무렇지 않은 척 넘어가려고 버텼다. 하지만 역시 사나다 씨는 그 미묘한 변화를 놓치지 않았다.

"자, 류 씨. 가나미 씨에게도 SWEGs를 설명해줘야죠."

"그렇군. 밋군이 내세운 사내 개혁은 'Sustainable Working Environment Goals'의 약자를 딴 SWEGs, 다시 말해 '지속 가능한 노동 환경 목표'를 달성하자는 겁니다."

"그, 그렇군요⋯."

전혀 모르겠다.

그러자 사장님이 앞접시에 음식을 덜며 말을 덧붙였다.

"음, 마쓰히사 씨는 'SDGs'라는 말, 혹시 들어본 적 있나요? 'Sustainable Development Goals'의 약자인데, 다양한 기업이 내세우는 '지속 가능한 발전 목표'라는 표현이에요."

"아, 그 표현…! 네. 요즘 자주 보이는 것 같습니다."

분명 홍보를 도와주러 갔을 때다. 17개의 알록달록한 타일이 붙어 있는 UN 마크의 이미지를, 크기를 조절해가며 서류에 붙인 기억이 있다. 그때 얼핏 들었던 기억으로는 아마 그게 분명 'SDGs'였던 것 같다.

"그걸 제 나름대로 기업 개혁에 도입해봤어요. 예를 들어 여기 새로운 직원 식당은 '공복 해소'를 목표로 바꾸어봤는데, 어떤가요?"

"앗, 그 콘셉트! 그런 대규모 프로젝트의 하나였나요?"

약간 구시대적 향기가 풍긴다고 상당히 실례되는 생각을 한 스스로가 부끄러웠다.

그때 대장이 또 하나의 요리를 들고 왔다.

"미쓰바 사장님. 이거는 닭 껍질이에요. 닭봉에서 떼어낸 거라 고르지 않지만요."

대장이 테이블 위에 놓은 접시에는 고춧가루를 살짝 뿌린 닭꼬치가 담겨 있었다.

"미안해요, 대장. 아침부터 직원 식당에서."

"에이, 무슨 소리예요. 이 정도로는 은혜도 못 갚아요."

그 말은 직원 식당의 대장도 틀림없이 미쓰바 사장님과 어떤 관계가 있는 인물이라는 소리다. 그리고 분명 사내 개혁

SWEGs에 뜻을 보탠 사람일 것이다.

"마쓰 씨. 저와 밋군, 쇼마는 대장 가게의 굉장히 오랜 단골이었습니다."

"역시."

"하지만 신종 바이러스 감염증이 세계적으로 유행하면서 폐점을 피할 수 없게 되었죠. 그걸 안타깝게 생각한 밋군이 SWEGs의 하나인 '파트너십을 통해 목표를 달성하자'에 근거해, 누구도 따라올 수 없는 실력을 지닌 대장에게 직원 식당을 제안한 겁니다."

아무래도 대장은 또 다른 SWEGs 항목에 해당하는 사람이었던 것 같다. 다만 그 항목에 있는 '파트너십'의 의미가 그래도 되는 건지, 살짝 확신이 안 든다.

"그렇다면 영양사님도요?"

"세키네 씨요? 세키네 씨도 도립병원의 영양관리사로 근무하고 있었는데, 역시 팬데믹으로 상황이 어려워져 몸과 마음이 한계에 부딪힌 상태로 소개장을 들고 온 분입니다. 전쟁터를 조금 바꿔보는 게 어떻겠냐고 얘기했더니 흔쾌히 수락해주었죠."

그때 대장과 얘기하는 줄 알았던 사장님이 갑작스럽게 이야기에 끼어들었다.

"맞아요. 그분 아이디어가 정말 좋죠."

어쩌면 이것이 선생님이 아까 말한, '청각이 예민'해 '약 열 명의 대화가 동시에 귀로 들어오는', 그것일지도 모른다.

"그때부터 '나이별 식단'이나 '비주얼 식단' 등 여러 가지를 제안해줬죠. 아, 그렇지, 대장. 언제 한 번 다 같이 한잔하면서 얘기하죠."

"좋죠. 세키네 씨한테도 물어보겠습니다."

왠지 모르게 그냥 술을 마시고 싶은 것 아니냐는 생각도 든다. 옛날에는 이런 분위기에서 다양한 기획과 큰 프로젝트가 진행되었을 것이다.

그렇게 남의 일처럼 생각하고 있는데 갑자기 심장이 크게 피를 뿜어냈다.

곰곰이 생각해보니 남의 일이 아니다.

총무과 과장님이 싫은 티를 내며 내뱉은 말이 새삼스레 뇌리를 스쳐 지나갔다.

'클리닉과? 아… 능력 좋은 새로운 사장님이 돌봐준다던 부서?'

주머니에서 황급히 꺼낸 손수건을 힘껏 움켜쥐었다.

"아니, 선생님…. 잠깐만요."

"왜 그래요?"

이미 방광 자극은 시작됐다. 임팔라 센서는 대인 회피에 특화된 장치지만, 지금은 어느 각도에서 봐도 '그런 분위기'

라며 상황적 위험성을 경고하고 있다.

"제가 잘못 들었을 수도 있는데요, 혹시 그래서⋯."

게다가 하필 이럴 때만 사소한 것들이 선명하게 떠오른다.

재고용 증명서. 분명 출산 휴가나 육아 휴직을 내지 않고 결혼과 출산으로 직장을 퇴직해도 돌아올 의지가 있으면 시기를 불문하고 재고용을 보장한다는 얘기를 들은 것 같다.

개인 학습 경비. 분명 이것도 총무과에 처음 회진 갔을 때 들었던 단어다.

"⋯그래서 재고용 증명서라든지 개인 학습 경비 같은 것을 시작하셨나 해서요."

"그것도 SWEGs에서 '일하는 보람과 경제 성장을 동시에'와 '모두에게 수준 높은 교육을' 목표로 밋군이 독자적으로 고안한 것인데⋯. 마쓰 씨, 꽤 잘 아시네요."

하복부의 자극은 단숨에 임계점에 이르렀다.

"그래서 혹시⋯ 그건가요⋯? 클리닉과는⋯."

"물론 클리닉과와 약국과는 SWEGs의 '모든 직원에게 건강과 복지를'이라는 목표로 신설된 부서입니다."

역시 이건 남의 일이 아니었다.

이번 인사이동은 사장님이 추진하는 사내 대규모 프로젝트의 일환. 비록 무작위 추첨일지라도 어쨌거나 프로젝트 멤버 중 한 명으로 선발된 것이다.

"저… 죄, 죄송합니다!"

사장님과 함께하는 식사 자리에서, 화장실에 가려고 자리를 비우는 행동이 허락될까?

그러나 이미 일어섰으니 이제는 화장실 칸으로 뛰어드는 선택지밖에 없다.

"왜 그래요, 마쓰 씨?"

"죄송해요! 아주 잠깐, 면목 없습니다! 잠깐 자리를, 비우겠습니다!"

온몸의 모공이 곤두서며 등에 소름이 쫙 올라왔다.

이제껏 경험해본 적 없는 격렬한 긴장감이었다.

뛰어 들어간 화장실에는 천만다행으로 아무도 없었다.

"대바악, 대박이야…. 이제 와서 뭐 하냐 싶지만, 이건 정말 대박이야."

다른 칸에 먼저 들어간 사람이 있었다면 틀림없이 대박 위험한 사람이라고 여겼을 것이다. 하지만 상상을 워낙 초월해 '대박'이라는 말만 되풀이할 수밖에 없었다. 다리도 살짝 떨렸다.

"왜 지금까지 눈치채지 못한 거지…? 왜 나는 항상 늦는 거야…. 어휴."

연수 기간을 3개월이나 받고 시험을 보는 시점에 깨달았어야 했다.

자신도 모르는 사이에 사장님이 추진하는 대규모 사내 개혁 프로젝트의 일환으로, 총무과 일반직에서 클리닉과라는 특수한 사내 병원의 의료 사무 담당으로 발령이 났다.

"그래, 그렇구나…. 급여 명세서에 붙기 시작한 '특별 수당'이란 게 이거였어."

기본급은 오르지 않았으니 일반직이라는 건 변함이 없다.

하지만 특별 수당을 포함하면 종합직과 연봉이 크게 다르지 않다.

"…어? 혹시 이거, 사내 사무계 전문직 대우는 아니겠지?"

확실히 의료 사무 공인 시험에 응시해 합격했다.

그러나 경리부에서 회계 지식을, 법무부에서 법률 지식을 각각 활용해 근무하는 사람들에 비해 지금까지 내가 해온 업무는 어떤가. 의료 사무 담당자라고 가슴을 펴고 당당하게 말할 수 있을까? 특별 수당을 받아 마땅하다고 말할 수 있나?

주위에서 나를 어떤 시선으로 바라보고 있었을지 상상하자, 30분은 그냥 화장실 칸에 틀어박히고 싶은 마음이 밀려왔다.

"심지어 사장님과 한 테이블에 있었는데 도중에 자리를 벗어나다니. 말도 안 되지….."

손수건을 꽉 움켜쥔 채 머리를 감싸 쥐었지만 효력을 완전히 잃어버렸다. 잃어버렸다기보다 처음 겪는 긴장감이라 임시 부적이었던 이 손수건으로는 힘이 부족하다.

"어쩌지… 라고 말해도, 서둘러 돌아가는 방법밖에 없잖아…."

손목시계를 보니 이미 10분을 넘겼다. 사장님을 앞에 두고 자리를 비운 시간은 분명 한도를 넘기기 시작했다. 테이블로 돌아가서 둘러댈 핑계를 생각하려 했지만, 그럴 시간조차 없다는 결론에 도달했다.

"안 돼…. 당장 돌아가야겠어."

일단 솔직하게 말하고 모든 것을 운에 맡기자. 회사에서 먼저 직원을 해고하기 어려운 요즘, 흔히 말하는 '좌천 부서'로 이동하게 되면 바로 사표를 제출하자. 오히려 이번 부서 이동이 이례적이라고나 할까, 내 인생에는 분수에 맞지 않았다.

"…그래도 괜찮겠지. 오히려 그게 나을지도 몰라."

좀비 영화를 보면 언제나 '포기하고 맨 먼저 물리는 게 편할 텐데' 하고 생각했다. 나는 저항하거나 몸부림치며 적극적으로 대항하는 태도와는 무관한 사람이었는데, 클리닉과

에서 모리 선생님과 사나다 씨와 보낸 몇 개월이 그 사실을
잊게 했다.

"좋았어, 돌아가자."

큰맘 먹고 화장실 칸을 나와 너무 뜨겁지 않은 미온수로
손을 씻고 부드러운 종이 타월로 물기를 닦았다. 거울에 비
치는 한심한 모습도 화장실의 밝은 조명 탓인지, 혈색만은
좋아 보였다. 모든 것이 허리를 배려한 높이에 세면대와 개
인 칸의 공간도 넉넉해, 흐르듯 여유롭게 화장실을 빠져나올
수 있다. 라이토쿠의 화장실은 쓰는 사람을 향한 고민이 정
말 많이 담겨 있는 화장실이라고, 이럴 때이기에 더욱 고마
운 마음이 들었다.

나와 같은 사람에게 화장실은 단순히 볼일을 보는 장소가
아니다. 기분을 전환하고 마음을 가다듬는 중요한 장소다.
그런 장소의 쾌적함은 보통 사람이 생각하는 것 이상으로 감
사한 일이다.

"죄송합니다, 사장님…. 그, 갑자기 자리를 비워서요."

사라질 만큼 위축되어 직원 식당의 테이블로 돌아왔지만,
사장님은 전혀 개의치 않는 눈치였다. 오히려 생각지도 못한
말이 돌아왔다.

"아, 심인성 빈뇨죠? 긴장하게 해서 미안해요."

"아…."

그리고 보니 사장님도 의사 국가 고시에 합격해 2년뿐이지만 병원에서 연수도 했다. 모리 선생님이나 사나다 씨에게 이유를 듣고 바로 이해했을지도 모른다.

그렇지만 그것과 '일을 잘하고 있는가'는 별개의 문제다.

"닭 껍질 먹을래요? 대장이 만든 양념, 엄청 맛있는데."

"아, 감사합니다…. 잘 먹겠습니다."

"화장실은 신경 안 써도 돼요. 오늘은 그 일 때문에 마쓰히사 씨를 만나러 온 거고요."

"…그 일, 말이군요."

닭 껍질 꼬치를 한 입 베어 물었지만 긴장한 탓에 맛이 조금도 느껴지지 않았다.

"그나저나 마쓰히사 씨**도** 손에서 타월 손수건을 놓지 못하는 사람이군요."

그 말의 의미를 생각하고 있는데, 사장님은 닭 껍질 꼬치를 놓고 탄산이 톡톡 튀는 수수께끼의 호박색 음료를 꿀꺽꿀꺽 다 마셨다.

그리고 이를 드러내며 생긋 웃더니 주머니에서 손수건을 꺼냈다.

"아, 그건…."

"타월 손수건이어야만 하죠."

한눈에 바로 알 수 있을 정도로 두꺼운 타월 손수건이었다.

"맞아요. 주머니가 조금 볼록해져서 곤란하지만."

"하지만 만지는 느낌이 달라요, 그죠?"

"네, 맞아요. 타월 재질이 아니면 쉽게 진정이 되지 않잖아서…."

너무 뜻밖이어서인지 사장님을 상대로 신나서 손수건 이론을 펼치고 말았다.

"앗, 죄송합니다. 저도 모르게 그만."

"타월 천으로 만든 이불로 몸을 감싸는 것도 좋아하지 않아요?"

"아, 그거 너무 좋아해요."

"접어놓은 이불에 양손부터 머리까지 깊게 집어넣는 것도."

"네, 그러면 기분 끝내주죠."

"엄청나게 큰 인형이나 안는 베개 같은 것도요."

"갖고 싶은 판다 캐릭터 인형이 있는데, 방이 좁아서…."

얼굴 가득 웃음을 짓고 있는 사장님, 그리고 다정한 시선을 보내는 선생님과 사나다 씨. 그 모습에 정신이 번쩍 들어 등에서 식은땀이 흘러내렸다.

초면인 사장님께 지금 허물없이 무슨 말을 하는 걸까, 나.

"으앗, 실례했습니다! 죄, 죄송합니다!"

"괜찮아요, 괜찮아. 저도 이걸 만지고 있으면 마음이 놓이거든요."

"사장님도… 그러신가요?"

어느새 사나다 씨가 가져온 또 한 잔의 호박색 음료를 건네받은 사장님은 단숨에 절반 가까이 마셔버렸다.

"그 이유를 '이행 대상'이라는 심리학 용어로 설명할 수 있어요. 그렇죠, 류고 선생?"

앞접시를 깨작거리던 모리 선생님이 신기한 듯 고개를 들었다.

"응? 그건 밋군이 설명해야 하지 않을까?"

"아니지. 여기는 의사로서, 상사로서, 류고 선생이 하는 게 더 좋을 거야."

"하지만 마쓰 씨의 긴장을 풀어주고자 공통 화제를 찾아 말을 꺼낸 거 아니야?"

그 말을 듣고 사나다 씨가 깊은 한숨과 함께 머리를 쓸어 올렸다.

"류 씨, 역시 그런 얘기는 콕 집어서 말하면 안 된다는 거 몰라요?"

도무지 이야기의 흐름을 파악하지 못하는 선생님은 고개를 갸웃거리며 유리잔을 입으로 가져갔다.

"저… 그 말씀은… 어?"

요점은 선생님과 사나다 씨 그리고 사장님까지, 모두 너무 좋은 사람이라는 것.

신경 써주고 있는 줄도 모르고 제멋대로 긴장해서 화장실로 뛰어 들어가, 이제 인생이 이렇게 끝나도 어쩔 수 없다고 체념했던 스스로가 부끄러울 뿐이다.

"마쓰 씨. 이행 대상이란, 이해하기 쉽게 설명하면 불안할 때 '엄마 대신' 만지면서 '안정감'을 얻어 정서를 진정시키는 걸 말해요."

"엄마 대신이라니…. 이 손수건이요?"

"맞아요. 어머니의 품에 안겨 보호받는 아이들이 느끼는 안정감의 잔재죠. 대부분 담요나 포대기, 인형, 목욕 타월 등 부드러운 물건을 선호합니다. 마쓰 씨가 손수건이면 뭐든지 상관없는 것이 아니라, 반드시 타월 재질 손수건을 가지고 다니면서 불안감이 증폭될 때 만지작거리거나 무릎 위에 올려놓는 이유는 무의식적으로 불안과 스트레스로부터 몸을 보호하려는 **정상적인 반응**입니다."

그 설명을 듣고 지금까지 내 모든 행동이 이해되었다.

그래서 여태 이 타월 손수건을 '안심 부적'으로 삼았던 것이다.

"하지만 선생님. 타월 손수건으로 안심하는 사람이… 그렇게 많나요?"

"스트레스를 받을 때 정서적 안정감을 주는 건 사람마다 달라요. 수건 등 부드러운 물건부터, 책 읽기, 일기 쓰기 등 다양한 취미, 예를 들어 저는 만들기, 쇼마는 반려동물, 그 밖에도 음악 감상이나 그림 그리기 등 뭐든 될 수 있어요. 그러한 물건을 선택하기도 합니다."

"촉감이 부드럽지 않아도 괜찮나요?"

"가지고 있으면 안심할 수 있고, 마음이 평온해지고, 혼자 할 수 있는 것이라면 무엇이든 괜찮습니다."

거기까지 선생님께 설명을 듣고 나니 문득 내 지금까지의 행동이 눈에 밟혔다.

모나고 튀어나온 돌이 더 얻어맞지 않도록, 숨듯이, 다른 사람과 관계하지 않도록, 남에게 의지하지 않도록 생활하면서 긴장하면 화장실로 뛰어 들어갔고, 불안해지면 무의식중에 엄마 대신인 절대 안심의 상징을 손에 꼭 쥐고 부적으로 삼았다.

삶에 이렇게나 겁이 많다니 스스로가 너무나 한심했다.

"그, 그런가요…. 왠지 부끄럽네요."

"…뭐가요?"

"왠지… 어른이 다 되지 못했다는 증거 같아서요."

"그렇게 말하면 밋군도 **어른스럽지 않다**는 말이 되는데?"

"앗, 아닙니다! 사장님이 어른스럽지 못하다니, 저는 그런 뜻이 아니라…!"

사나다 씨가 다시 한번 깊은 한숨과 함께 머리를 쓸어 올리며 말했다.

"류 씨. 이야기가 복잡해진다니까아."

"딱히 복잡한 얘기는 안 했는데?"

"가나미 씨는 어른답지 못하다고 한 게 아니라, **어른이 되지 못한 것 같다**고 말했잖아요."

"아, 잠깐만요, 사나다 씨! 저는 딱히 사장님이 어른이 되지 못한 것 같다고 말한 게 아니에요!"

"거봐, 이야기를 난해하게 만든 건 쇼마라니까."

"뭐? 전혀 아니죠."

갑자기 미쓰바 사장님이 웃음을 터뜨렸다.

"역시 류고 선생과 여러분과 함께 있으니 즐겁군요."

"아니, 밋군. 나는 딱히 분위기를 풀거나 즐겁게 해주려던 게 아니라…."

"자, 류 씨. 인제 그만."

우여곡절 끝. 긴장을 풀어주려는 사장님의 배려는 아무래도 성공적이었던 것 같다. 지금, 화장실에 가고 싶던 그 강렬했던 마음이 싹 사라진 게 그 증거다.

"그래서 마쓰히사 씨. 본론으로 들어가볼까요?"

"아, 네."

"오늘 부탁하러 온 것은 다름이 아니라…."

'부탁'이라는 말에 귀를 의심했다.

최후통첩, 혹은 견딜 자신이 없는 질타 같은 격려도 아니고, 부서 이동을 비공식적으로 알려주는 것도 아니다.

아니, 이 자리 분위기에 휩쓸려 정신을 놓으면 안 된다. 다른 부서로 옮기지 않겠냐는 부탁일 가능성도 있다는 것을 잊지 말자.

"다음 주, 제1상품개발부에 방문해줄 수 있을까요?"

"역시… 그런가요?"

상품개발부는 총무 분야에 7년이나 있었던 사람이 발을 들여놓을 수 있는 부서가 아니다. 이것은 '본인의 입에서 퇴직 의사를 듣기 위한' 부서 이동이라고 생각하는 게 맞을 것이다.

"응? 역시라니?"

"아, 저… 부서를 이동하라는 말씀이죠?"

"아니? 그런 말은 한마디도 안 한 것 같은데."

"네? 아니에요?"

"사내 화장실에서 불편한 점이나 개선해야 할 점을 가르쳐주었으면 해서요."

잠깐만, 사장님이 무슨 말을 하는지 모르겠다.

"화장실? 가르쳐준다니…. 제가 상품개발부 분들께요?"

"맞아요. 이번에 공공시설 등의 화장실 사업을 시작하려고요. 심인성 빈뇨인 사람이라면 화장실을 이용하는 빈도가 꽤 높죠?"

"아아…. 네에."

"류고 선생에게 누구 적임자 없냐고 물었더니, 바로 **그 사람**이라며 추천하더라고요."

"…**그 사람**?"

두 사람이 입을 열자마자 말하던 '그 사람'이 설마 이런 뜻이었을 줄이야.

"여기저기 화장실도 잘 알고 있을 테고, 마쓰히사 씨가 생각하는 '이상적인 화장실'을 프레젠테이션해줄 수 없을까 하고요."

"프레젠테이션? 제가요?"

당연하지만 총무과에 있을 때는 단순 사무만 했다. 다른 과 사람들 앞에서 프레젠테이션 발표를 했던 경험도 없고, 겨우 자료 작성을 두세 번 도와준 정도다.

"일단 이번 주의 말 정도로 생각하고는 있는데, 마쓰히사 씨 일정은 어때요?"

"이번 주, 요…. 네, 괜찮… 은 건 아니지만, 전혀…. 어, 프레젠테이션?"

"안심해요. 저도 갈 테니까."

"헉! 사장님도 오시나요?"

아무 생각도 나지 않아 얼어붙기 직전, 모리 선생님이 도움의 손길을 내밀어주었다.

　"밋군, 밋군."

　"아, 미안해요. 류고 선생의 말도 들어봐야죠. 접수 담당자가 자리를 비우는 거니까."

　"마쓰 씨는 빌려주는 것뿐이라는 사실을 잊지 마."

　"…응? 그게 무슨 말이야?"

　"제대로 돌려달라는 거야."

　사나다 씨는 맙소사 하는 표정으로 한숨을 내쉬며 물방울이 잔뜩 붙은 유리잔 속 호박색 음료를 한 모금 마셨다.

　"괜찮아요, 가나미 씨. 자료 작성은 제가 도울게요."

　"아니, 쇼마. 그건 내 업무니까."

　"쇼마 씨, 류고 선생, 무슨 말을 하는 거야? 나는 마쓰히사 씨의 의견이 필요한 건데."

　"아, 미쓰바 씨. 괜찮습니다. 얘기가 복잡해지니 나머지는 맡겨주세요."

　"그래? 그럼, 알았어."

　"기다려, 쇼마. 내가 언제 복잡한 얘길 했다고 그래?"

　"그런 표정이 되었을 때는 대체로 복잡하거든요."

　"그런 표정이라니, 도대체 어떤 표정인데."

　"그렇게 걱정하지 않아도 가나미 씨는 클리닉과로 돌아올 테니까."

모리 선생님이 어떤 표정을 짓고 있는지, 그 의미는 무엇인지 전혀 알 수 없었다.

그래도 한 가지 알게 된 것은, 화장실에 뛰어들지 않아도 된다는 것.

다시 말해 이런 상황에서도 스트레스나 긴장을 느끼지 않는다는, 믿을 수 없는 사실이었다.

약속한 시간은 눈 깜짝할 사이에 찾아왔다.

비품을 확인하려고 딱 한 번 방문했던 도쿄 에도가와구에 있는 제1상품개발부. 라이토쿠 제품 가운데 공업용 이외의 일반 아날로그 상품이나 그 부품 대부분을 개발하고 있는, 개발 본부 가운데 가장 큰 부서다. 본사 3층의 가젯 애호가들이 모인 아담한 제3상품개발부와는 달리 사무실 내 회의 공간까지 있다.

"자, 제 말은 여기서 줄이겠어요. 지금부터 화장실 사정에 빠삭한 본사 클리닉과의 마쓰히사 씨, 부탁드립니다. 자, 여러분. 모쪼록 부담 없이 토론해주세요."

"총무부 클리닉과의 마쓰히사입니다. 오늘은 귀중한 시간을 내주셔서 감사합니다."

　SDGs=지속 가능한 발전 목표와 미쓰바 사장님이 고안한 SWEGs=지속 가능한 노동 환경 목표의 차이가 궁금해 찾아서 비교해보니, 역시 특이한 사람이 할 법한 발상이라는 생각이 새삼 들었다.

　SDGs의 '기아 종식'은 SWEGs에서 '공복 해소'로 바뀌어 새로운 직원 식당이 되었고, 마찬가지로 SDGs의 '양질의 포괄적인 교육 제공과 평생 학습 기회 제공'은 새롭게 도입된 '개인 학습 경비'로 기존의 경비 개념을 개인 교육에 적용한 것이다. 그리고 '지속 가능한 경제 성장 및 양질의 일자리와 고용 보장'은 '재고용 증명서'를 만들어 복직을 보장한다. 물론 클리닉과는 '모든 사원에게 건강과 복지를' 목표로 설치된 부서다.

　아무래도 '파트너십을 통해 목표를 달성하자'라며, 이전 업무를 살린 제2의 경력으로서의 재고용이 지금도 곳곳에서 적극적으로 진행되는 것 같은데, 그 선발 주자가 직원 식당의 대장과 영양사인 세키네 씨, 게다가 모리 선생님과 사나다 씨인 듯했다.

　그리고 사장님은 SDGs의 '깨끗한 물과 위생의 보장 및 지속 가능한 관리'를 사내에서는 '안전한 물과 화장실을 회사 안에'로 내걸어, 그것을 그대로 '신사업'으로서 공공시설이나 상업 빌딩의 화장실 사업에 참가할 생각이다.

즉, 오늘은 라이토쿠의 새로운 브랜드 방향성에 관한 회의인 셈이다.

"아시다시피, 우리 회사의 화장실은 매우 양질의 설비와 공간을 제공하고 있습니다."

회의실에 있는 긴 테이블의 주인공 자리, 즉 의장석에서 노트북을 열고 사나다 씨와 선생님의 도움을 받아 만든 자료를 모두의 컴퓨터에 공유한 다음, 그 옆 창에 준비한 대본을 내게만 보이게 띄워놓고 유세를 부리듯 읽고 있다.

아무리 준비한다고 한들, 이 극심한 긴장감은 극복할 수 있는 것이 아니다. 하물며 바로 옆에서는 미쓰바 사장님이 팔짱을 끼고 듣고 있다.

"개인 칸의 넓이나 선반, 세면대 높이 등 다른 상업 시설에서 이용하는 화장실과 비교해도 손색이 없지만, 어디까지나 물리적인 사용이 편리하다는 인상을 받았습니다."

하지만 긴장감 부분은 '역시 의학', '역시 모리 선생님'이라며 감사하고 싶다.

미쓰바 사장님도 가끔 먹는다는 항불안제 '에필로플라제페이트 2밀리그램'을 선생님께 처방받아 30분 전에 먹었다. 그러자 신기하게도 '빙글빙글 한곳에 모여 머릿속을 떠나지 않던 불안과 초조함'이 '뭐, 어떻게든 되겠지'라는 생각이 들

정도로 놀라울 만큼 편안해졌다.

"그렇군요. 기본적으로 우리 회사의 화장실 구조를 답습하면서 얼마나 쾌적한 '부가가치'를 부여하는가가 다른 회사와 차별화가 된다는 말이군요."

한 번도 만난 적 없는 제1상품개발부의 프로젝트 리더는 작업복 차림으로 팔짱을 낀 채 공유한 자료 화면을 바라보고 있었다.

"네. 오늘은 그 점에 대해서 제 의견을 말씀드리려고 합니다."

"저, 죄송한데요."

다른 참가자가 손을 들었다.

"본인의 의견이라고 하셨는데, 뭔가 객관적인 수치나 고객설문 조사 등은 참고하지 않으셨나요?"

제일 아픈 곳을 찔렸다.

데이터가 없는 프레젠테이션 자료에 무슨 의미가 있단 말인가.

"그런 수치화된 데이터는, 너, 넣지는 않았습니다만…. 제가 심인성 빈뇨가 있는 사람으로서…. 아니, 화장실을 매우 빈번하게 사용하는 사람으로서, 개인적이지만, 다음과 같은 점을 생각할 수 있었습니다."

"저… 죄송하지만 제가 잘 몰라서 그런데요, 심인성 빈뇨가 있는 분들은 얼마나 자주 화장실을 이용하나요?"

또 한 명의 안경을 쓴 성실해 보이는 이 남자는 심인성 빈뇨 자체에는 관심이 없고 화장실 사용 빈도가 궁금한 것 같다. '간단히 말해 지금도 화장실에 달려가고 싶은 충동에 시달리고 있을 정도입니다'라며, 언젠가는 농담처럼 웃으며 이야기하는 날이 왔으면 좋겠다.

그렇지만 심인성 빈뇨에 대해 흥미 위주로 끈질기게 질문을 받으니 이 정도에서 깔끔하게 넘어가주면 나로서는 오히려 감사하다.

"음, 글쎄요. 긴장의 정도나 수분 섭취량에 따라 다르겠지만, 적어도 한 시간에 한 번, 많을 땐 20~30분마다 가고 싶을 때도 있습니다. 영화관에 갈 때는 상영 한 시간 전부터 수분을 섭취하지 않고 있어요."

회의실 공기가 가볍게 술렁거렸다.

"그 정도로요?"

"힘들겠네요, 그러면."

"부장님. 그 정도로 자주, 매일 화장실을 이용하는 분이라면 섣부른 설문 조사로 허수가 들어간 데이터보다 지금 자료의 의견에 따르는 게 유익하지 않을까요?"

"하긴, 그렇겠네. 사장님은 어떠신가요?"

"응? 저는 신경 쓰지 말고 다 같이 토론해도 돼요."

결론에만 관심이 있는지, 사장님은 자신의 노트북 키보드를 탁탁 두드리며 일하고 있다. 키보드를 두드리는 강한 힘은 모리 선생님과 똑같다.

"그러면 마쓰히사 씨. 이어서 부탁드립니다."

잘난 척을 하고 싶었던 것도 아닌데, 무심코 헛기침하고 말았다.

"우선 부가가치로서 '안심'을 제공하는 겁니다."

"…화장실이 위험하다는 말인가요?"

"아뇨. '보안'의 의미가 아닙니다. 화장실 출입문 통로는 좁아지기 쉬우니, 바닥에 진행 방향을 알려주는 화살표가 있으면 들어서자마자 나오는 사람과 부딪힐 걱정이 없어 안심할 수 있습니다."

"화장실을 이용하는 데 그런 걱정을 하나요?"

"서두르다 보면 아찔한 순간이 발생하거든요."

"그러면 설비나 제품보다는 추가 스티커나 페인트가 낫겠네요."

"음…. 그러면 바닥 재질과의 조화도 그렇고, 마모되는 게 문제겠네요."

이런 사소한 의견에도 진지하게 귀를 기울이고, 메모를 하고 있다. '이것이 기업의 기획 회의인가'라며 남의 일처럼 감탄하고 말았다.

"그리고 '편리성'입니다. 화장실 칸의 문을 닫는 걸 감지해서, 사용 중인 칸의 수를 입구에서 한눈에 확인할 수 있으면 좋을 것 같습니다. 참을 수 있는 시간을 계산하거나 다른 화장실을 찾는 기준이 될 수 있으니까요."

"아, 그거군요. 비행기나 기차 입구 같은 곳에 화장실 램프가 켜지거나 꺼지면서, 자리에 앉아 있어도 화장실에 사람이 있는지 없는지 확인할 수 있는 그거!"

"맞습니다. 그것이 공공시설이나 상업용 건물 화장실에도 보급되면 좋을 것 같습니다."

"그렇군요. 그 표시를 보고 참을지 아니면 다른 화장실을 갈지…. 그러면 다음 항목은 그것과 연관이 있군요?"

"네. 화장실에 전파가 닿지 않게 한다면, 스마트폰을 만지작거리며 화장실 칸에 오래 앉아 있는 사람이 줄어들지 않을까, 특히 개인적으로… 그렇게 생각했습니다."

솔직히 평소에, 이쪽은 인내심의 한계에 맞닥뜨렸는데 화장실 칸 안에서는 우아하게 SNS나 동영상 시청에 열중하는 건 불공평하다고 생각하고 있었다.

"콘서트홀 등은 방해 전파로 휴대전화 서비스가 안 되게 하는 곳이 늘고 있어요."

"하지만 문제는 그거죠. 정부에 신청해야 해요."

"그래요? 아키하바라에서 파는 거 본 적 있는데."

"그건 신청 없이 쓸 수는 있지만 전파가 미약하거든요."

"아, 화장실 정도면 그 정도로도 괜찮지 않을까요?"

"아, 잠깐만요. 그러면 차라리 화장실 칸에 들어온 지 몇 분이 지났는지, 밖에서 몇 명이 기다리고 있는지, 칸 안에 액정으로 표시하는 건 어떤가요?"

그렇게 30분 정도 예정되어 있던 프레젠테이션과 회의는 열띤 토론과 함께 한 시간을 훌쩍 넘겨버렸다. 그리고 무려 다음번 미팅에도 참석해달라는 부탁을 받았다.

"사장님, 마쓰히사 씨. 수고하셨습니다. 오늘 귀중한 의견, 감사드립니다."

"거봐요, 제 말이 맞죠?"

"네. 이번에 주신 의견을 꼭 반영하겠습니다."

"아, 차가 왔네요. 먼저 실례할게요."

"그러면 다음 미팅 때 뵙겠습니다."

제1상품개발부 부장님이 고개를 깊이 숙이며 배웅했다. 건방지게 사장님과 함께 회사 차를 타고 본사로 돌아가는, 전 총무과 현 클리닉과의 서른을 앞둔 여자. 평소 인연이 없는 가죽 시트의 뒷자리에 앉아, 말로 표현할 수 없는 묘한 기분에 휩싸였다.

"미쓰바 사장님, 죄송해요. 예정보다 시간이 오래 걸렸습니다."

마지막 버튼을 눌렀는지, 사장님이 드디어 무릎 위의 노트북을 덮었다. 그렇게 바쁘면 도중에 먼저 일어나도 되지 않았을까? 걱정되어 마음이 편치 않았다.

"응? 아, 신경 쓰지 마요. 그들에게도 좋은 회의가 된 것 같고요."

"설마 저의 심인성 빈뇨가, 무언가에 조금이라도 도움이 되리라고는 생각도 해본 적이 없어요…."

부끄러움, 한심함, 노력 부족, 끈기 부족. 지금까지는 그런 부정적인 감정밖에 없었다. 그런데 어디서부터 어떻게 된 건지 모르겠지만 정신을 차려보니 초면인 타부서 직원들과 함께 일하고 있다.

7년간 사람이나 상황으로부터 도망쳐 숨었던 내 모습이 부끄러웠다.

"…역시, 조금씩 스스로를 바꾸려고 노력해야겠네요."

"예? 마쓰히사 씨는 스스로를 바꾼다든가 바꾸지 않는다든가, 그런 생각은 할 필요 없지 않아요?"

"네…?"

조금, 무슨 말인지 모르겠다.

지금은 아무리 생각해도 그런 흐름의 '좋은 이야기'가 맞는 것 같은데.

"왜냐하면 애초에 말이에요, 류고 선생은 의료 사무에 희망하는 인재상으로 '비밀 유지 의무에 적합한 성실한 인재'라고 제출했거든요."

"아아, 네에….."

"그래서 인사부에 물었더니, '성실하고 입이 무거운 사람이라면 총무부의 마쓰히사 씨가 적합하다'라고 바로 대답했대요. 회사 내에서 그렇게 평가받는 사람은 별로 없잖아요."

"아니, 그건….."

누구에게도 얻어맞지 않으려고 다른 사람의 소문이나 무리에 일절 관여하지 않았던 일이 다른 각도에서는 '성실하고 입이 무거운 사람'이라고 평가되리라고는 꿈에도 생각하지 못했다.

"요즘 '달라져야 한다'라든가 '변화의 계기', '너도 바뀔 수 있어'처럼 무리해서라도 스스로를 바꾸어야 한다고 부추기는 광고나 캐치프레이즈가 자주 보이지 않아요?"

"네. 비교적 많이 보여요."

그래서 아까 '살짝 좋은 말'을 해본 건데.

"만약 마쓰히사 씨가 그 무렵의 자신을 바꿨다면, 지금의 부서 이동은 없었을 거고. 그러면 당연히 오늘 일도 없었을 테죠?"

"…그렇네요. 네."

"그래도 자신을 바꾸려는 노력을 해야만 할까요?"

역시 생각이 기발한 사장님인 만큼 세상의 움직임을 전부 부정해준다.

그런데 그 말이 묘하게 마음을 편하게 만들어준다.

"저, 그 말씀은… 자신이 변하지 않음으로써 얻은, 자신이 변하는 계기… 라고 해도 될까요?"

"좋네요. 그 모순적인 느낌."

사장님은 즐거운 듯 이를 드러내며 환하게 웃었다.

말이 너무 어려운 탓일까, 아니면 에틸로플라제페이트 때문일까? 솔직히 뭐가 됐든 괜찮았기에 생각을 멈추기로 했다.

"마쓰히사 씨는 이후에 일정 있나요?"

"…클리닉과로 돌아가서요?"

"네. 벌써 4시 반이 넘었으니까, 오늘은…."

그때 스마트폰 진동이 울리며 화면에 '모리 선생님'이라는 글자가 떴다.

게다가 한 번 울리고 멈추지 않고 있으니 이건 분명 전화다.

"아, 저…."

"괜찮아요. 전화 받아요."

"감사합니다. 모리 선생님 전화라서요."

"어? 류고 선생한테서 온 거예요?"

그 말을 들은 사장님의 미소는 사나다 씨에게서 가끔 볼 수 있는, 천진난만하면서도 짓궂은 미소와 비슷했다.

"정말 미안한데, 곤란하게는 하지 않을 테니 제가 받아도 될까요?"

"아… 네에."

사장님이 그런 얼굴로 부탁하면 누구나 스마트폰을 넘기지 않을 수 없을 것이다.

계속 진동하는 스마트폰을 받아 든 사장님은 망설임 없이 화면을 터치해 전화를 받았다.

"아, 류고 선생? 응? 나야…. 그래, 지금 막 끝났어. 뭐? 지금 차에서 긴자로 향하는 중…. 마쓰히사 씨? 같이 있지. 바로 퇴근해서 회식이나 할까 해서."

잠깐, 무슨 말인지 모르겠다.

아무튼 사장님은 어린아이처럼 즐거워 보였다.

"여보세요오. 류고 선생? 어? 잘 안 들리네?"

그렇게 말하고 전화를 끊어버린 사장님이 함박웃음을 지으며 스마트폰을 돌려주었다.

"마쓰히사 씨. 상사 갑질로 노동청에 신고하진 말아줘요."

"딱히 그렇게 생각하지 않았는데…. 저, 선생님이…."

"괜찮아요. 바로…."

다시 진동이 울리며 화면에 뜬 '모리 선생님'이라는 글자를 보고 사장님은 무척 즐거워했다.

"저… 사장님?"

"아, 정말. 류고 선생은 옛날부터 변함이 없네."

"그래서 전화는…. 저, 어떻게 해야….."

"받아요. 엄청나게 걱정하고 있을 거예요."

"…걱정이요? 무슨 걱정이요?"

"조만간 알게 될 거예요. 우선 전화부터 받아요."

얼굴을 찡긋하며 웃은 미쓰바 사장님은 운전기사에게 라이토쿠 본사로 가라고 지시했다.

"네, 마쓰히사입… 네? 아뇨, 저 진짜 마쓰히사예요."

이번에는 옆에서 사장님 휴대전화가 울렸다.

"아, 쇼마 씨? 괜찮아. 본사로 돌아가고 있어. 하지만 류고 선생한테는 말하지 마."

석양을 받은 검은 가죽 시트의 회사 차에 실려 흔들리는데 신기하게도 웃음이 터져 나왔다.

이리저리 치이는 나약한 인간임에는 변함이 없지만 이곳은 튀어나온 돌이 되어도 얻어맞지 않는 곳이다.

눈에 띄지 않고, 누구에게도 의지하지 않고 숨죽여 조용히 살아갈 필요가 없는 곳.

그것이 나의 새로운 세계, 총무부 클리닉과. 나의 새로운 보금자리다.